AF197483

KAMPENWAND
VERLAG

**ISBN: 978-3986600693**

© 2022 Kampenwand Verlag
Raiffeisenstr. 4 · D-83377 Vachendorf
www.kampenwand-verlag.de

Versand & Vertrieb durch Nova MD GmbH
www.novamd.de · bestellung@novamd.de · +49 (0) 861 166 17 27

Text: Noah Fitz
Umschlagfotos: Tomsickova Tatyana / Shutterstock,
Gordan / Shutterstock
Korrektorat: Jasmin Kraft
Druck: CUSTOM PRINTING
Wał Miedzeszynski 217, 04-987 Warszawa, Polen

# NOAH
# FITZ

# MISCHA

## *vergessen*

Teil 2
Ein Junge auf
der Flucht erzählt
seine bewegende
Geschichte!

# KAPITEL 1

## *Konstantin*

W a…wartet au…auf mich!«
Michael riss zu Tode erschrocken den Kopf herum. Anitas Hand zuckte zusammen und zerquetschte beinahe seine Finger.

»O Gott!«, flüsterte Gregor nach Luft schnappend. Bei der Erscheinung torkelte er rückwärts und fiel hin, als er auf dem glitschigen Boden ausrutschte. Die Augen weit aufgerissen, so als habe er den Leibhaftigen persönlich auf sich zukommen sehen, flüsterte er schnell ein Vaterunser.

Michael erstarrte. Seine vor Schreck geweiteten Augen tränten. Auch er fürchtete sich vor dem, was er sah – Konstantin. Der Junge, den sie im Gras hatten liegengelassen, er lief auf sie zu.

Irgendwo krachte es erneut. Das Donnergrollen zerriss die grauen Wolken. Der blaue Himmel schimmerte für einen kurzen Augenblick durch den entstandenen Riss hindurch, um gleich darauf wieder zu verschwinden. Die riesigen Tropfen versiegten, ein greller Lichtstrahl zerschnitt die Wolken endgültig, trotzdem zitterte Michael am ganzen Körper.

Konstantin? Wie war das möglich? Ist er wie Jesus von den Toten auferstanden? Der Gedanke jagte wie ein eisiger Schauer durch seine Glieder.

Gregor stotterte unverständliche Zeilen eines Gebets, das Michael nicht kannte, Anita stieß ein ersticktes Schnauben aus.

»Wa…wa…wartet!« Konstantins Stimme klang nicht mehr so laut. Doch sein Lächeln wurde immer breiter.

»Sing, Konstantin, sing! Konstantin, du sollst singen! Sing!« Michael wurde mit jedem Wort lauter, bis er aus vollem Halse schrie: »Sing, sing, SING!« Er begann wie ein Wahnsinniger zu lachen.

Konstantin lachte jetzt auch, breitete seine Arme aus und rannte auf sie zu. Er humpelte auf einem Bein, stolperte, flog vornüber, rappelte sich auf und sang ein Lied über die Engel.

Anita kreischte vor Freude, Gregor saß einfach nur da, er gab sich Mühe, das Gesehene zu verarbeiten.

Nach einer gefühlten Ewigkeit, als ihre Stimmen heiser und die Hälse trocken waren, packte Michael den Jungen bei den Schultern und sah ihn durchdringend an. Sein Atem ging schwer, auch Konstantin schnaufte. Tränen benetzten seine Augen.

»Wie ist das möglich, Konstantin?«

Konstantins Augenbrauen fuhren leicht in die Höhe, er verstand scheinbar die Frage nicht, unentschlossen schaute er jetzt zu Anita, die dümmlich grinste, dann zu Gregor, der immer noch im hohen Gras saß und die ganze Situation abwartete.

Der Himmel klärte sich wieder, sodass sie von der Sonne gewärmt wurden.

»W…w…w…was m…meinst d…du?«, stotterte Konstantin mit krächzender Stimme und schluckte mit schmerzverzerrtem Gesicht.

»Die Schlange! Du wurdest doch von der Schlange gebissen.« Michael war sich nicht mehr sicher, ob er das Ganze nicht nur träumte, doch die Schmerzen in seiner Brust und an seiner Hand schienen mehr als real zu sein. Erst jetzt fiel ihm auf, dass ein riesiges Insekt auf seinem Handrücken saß. Gierig trank es sein Blut, und der Hinterleib färbte sich dunkel. Michael klatschte mit seiner Linken auf den Blutsauger, von dem nichts als ein roter Fleck blieb, der einem Tintenklecks ähnelte.

Michael hob den Kopf und wartete auf eine plausible Erklärung.

Allmählich hellte sich Konstantins Gesicht auf. Zwei makellos weiße Zahnreihen blickten durch seine aufgeplatzten Lippen, die zu einem Lächeln wurden. »Das war keine Schlange«, sang der Junge mit heller Stimme.

Michael bekam erneut eine Gänsehaut.

»Ich hatte nur einen A…Anf…Anfall.« Auf einmal klang er sehr müde, seine Mundwinkel sanken erneut nach unten. Er schien beschämt zu sein.

»Was für ein Anfall?«, meldete sich Anita. Sie klang besorgt, so wie es ein kleines Mädchen nur sein kann, ehrlich und voller Fürsorge.

»M…m…manchmal, w…w…wenn ich mich s…sehr arg erschrecke, dann b…be…bekomme ich keine Luft und s…se…sehe dann wie to…to…tot aus, aber d…da… dann wache ich auf und alles ist wie…wieder gut.«

»Du hast uns einen ganz schönen Schrecken eingejagt, du Arsch!« Gregors Augen funkelten zornig. Er stand auf und warf einen Erdbrocken nach ihm, der Konstantin mitten auf die Brust traf. Der zerfiel jedoch und rieselte als Staub zu Boden.

»Tu…tu…tut mir leid«, flüsterte Konstantin, während er den schmutzigen Fleck auf seinem Hemd verrieb.

»Aber mich kümmert es einen Sch…Scheiß, w…wa… was d…du d…da s…sa…sagst. Verpiss dich einfach!«, schrie Gregor und äffte Konstantin dabei mit affektiert piepsiger Stimme nach.

Konstantins fast schon mädchenhaft weiche Züge, sein schlanker Körperbau, die beinahe durchsichtige weiße Haut sowie das ständige Stottern boten für Gregor genug Angriffsfläche, um den schüchternen Jungen zu necken, das wusste Michael. Aber jetzt waren all diese Gedanken unwichtig.

»Hat dich also diese Schlange erschreckt? Und dann bist du gestorben? Ich meine umgefallen«, stellte Anita fest.

»Nein, ein Wassergeist«, fuhr Gregor dazwischen.

»Wirklich?« Ihr Blick wurde ernst. Sie schaute ihren Bruder und Konstantin abwechselnd an.

»Aber ich habe niemanden dort gesehen. War er so schrecklich? Wie hat er ausgesehen?« Ihre kindliche Naivität ließ sie noch an Wunder und übernatürliche Wesen glauben. »Ich habe mal eine Hexe gesehen, die kam in der Nacht, wirklich. Sie hat mich gewürgt. Stimmt's, Michael, du hast sie auch gesehen.«

»Das war Gregor«, unterbrach Michael sie schnippisch.

»Lasst uns lieber weitergehen. Nicht, dass Stepan auf uns wartet. Er ist schlimmer als jeder Flussgeist.«

»Genau«, stimmte Gregor zu und klopfte Konstantin auf den Rücken. »Warum ist dein großer Zeh so rot?«

Konstantin rieb immer noch an seinem Hemd. »Habe mich an einem Stein angesch…schlagen.«

Jetzt lachten alle losgelöst. Für einen kurzen Augenblick waren die bevorstehenden Strapazen vergessen. Sie kreischten beinahe vor Erleichterung. Der Himmel klärte sich, sodass das hellblaue, fast wolkenlose Firmament über ihnen schwebte, die warmen Sonnenstrahlen schienen auf ihre Gesichter und wärmten ihre Seelen.

Als ihr ausgelassenes Gelächter heiser, ihre Augen nass und ihre Münder trocken geworden waren, schallte eine Stimme zu ihnen herüber. Zuerst von Weitem – jemand rief einen Namen – dann kamen die Schreie immer näher. Die Rufe verlangten nach einem von ihnen.

## KAPITEL 2

# *Das Erwachen*

---

Zuerst drangen nur vereinzelte Laute an sein Ohr, wie Fetzen schnappte er die Worte auf, die für ihn keinen Sinn ergaben. Sie fluteten seinen zerschundenen Geist. Alexander hörte Stimmen, viele. Menschen schrien, keuchten, fluchten, schimpften und flehten den Allmächtigen an, dem Ganzen ein Ende zu setzen.

»Du vermaledeite Schlampe, lass mir mein Bein«, brüllte jemand aus vollem Hals. Seine Stimme war die eines sehr verzweifelten Manns.

Alexander versuchte, seine Lider zu heben, doch alles, was er zustande brachte, war ein flüchtiges Zucken mit dem rechten Zeigefinger. Ein Gefühl der Angst kroch wie ein Wurm unter seine Haut, immer tiefer, bis in sein Herz, das wie wild gegen die Rippen schlug.

*Bin ich in der Hölle angekommen?*, fragte er sich selbst, dass niemand der Anwesenden hier sein Erwachen bemerkte, zumindest nicht sofort. Er fröstelte, seine rechte Schläfe brannte, als habe ihm jemand einen glühenden Draht durch die Schädeldecke gejagt. Die sengende Hitze ließ Alexander erschaudern, er schwitzte und fror gleichermaßen. Verzweifelt versuchte er, sich an das Letzte zu erinnern, ehe die Welt von der Schwärze verschluckt wurde, an den Augenblick, bevor er in das tiefe Loch der Hölle gestürzt war. Was ist passiert? Welches Ereignis hatte ihm die Erinnerung genommen? Die Albträume hafteten an ihm wie heißer Teer, der sich nur samt der Haut abreißen ließ. Einmal hatte er erlebt, wie ein Mann mit heißem Wasser übergossen wurde. Es war ein Unfall, der Mann starb qualvoll, die Haut schälte sich von ihm ab wie erkaltetes Wachs, das Fleisch darunter war blutig und knallrot. Genauso brannte jetzt auch sein Kopf. Das Pochen wurde unerträglich, seine Schädeldecke drohte zu explodieren. Er wollte schreien, doch alles, was er zustande brachte, war ein zischendes Keuchen, so, als würde er ersticken. Sogar seine Lippen weigerten sich, sich zu bewegen. Am meisten fürchtete er, bei klarem Verstand begraben zu werden, um unter der Erde qualvoll zu verenden. Das würde passieren, wenn er nicht bald aufwachte. Die Gedanken wurden zu heißen Nadeln und brannten sich schmerzlich in sein Gehirn.

»Ich glaube, der kommt langsam zu sich. Jemand sollte Scherenkind hierher beordern, er hatte diesbezüglich eine strikte Anweisung erteilt«, brummte eine ihm unbekannte Stimme. Alexander konnte den tiefen Bariton des Mannes sehr gut und deutlich hören, er überschattete alle Geräusche, die nicht nur menschlicher Natur waren.

Ein metallisches Klimpern schallte wie eine helle Glocke. »Du da!«, fuhr die Stimme jemanden an, vermutlich den Tollpatsch, der die Schüssel fallen ließ. »Heb das hier sofort auf und lauf schnell in die Werkstatt zur großen Mühle, dort verlangst du nach Andrej Koslow, hast du mich verstanden?« Der Mann klang, als spräche er mit einem, der schwer von Begriff war.

»Jawohl!«, entgegnete eine andere männliche Stimme, die jedoch viel höher und um einige Jahre jünger klang. Sie musste einem jungen Mann, vielleicht einem Kind gehören, dachte Alexander. Also bin ich nicht in der Hölle gelandet. Könnte ich mich doch nur an den einen verdammten Augenblick erinnern, der mein Gedächtnis wie ein Lichtschalter ausgeknipst hat.

Heiße Tränen zwängten sich unter seinen Wimpern hervor, unbeirrt kullerten sie über seine weiße Haut, die wie Pergament über sein Gesicht gespannt war. Dabei hinterließen sie schimmernde glänzende Linien. Alexander öffnete seine aufgeplatzten Lippen leicht.

»Trinken«, hauchte er ein einziges Wort, um erneut in den tiefen Schlaf eines Sterbenden zu versinken.

## KAPITEL 3

# *Wiedersehen und Trennung*

I…ich glau…glaube, das i…ist mei…meine Ma… Mama«, stotterte Konstantin. Mit kreidebleicher Miene schaute er seine Freunde ungläubig an, so als suche er nach einer Bestätigung. Er war aus ihm unbekannten Gründen von ihr getrennt worden. Jetzt schien sein Leben erneut eine Wendung zu nehmen.

Die Kinder standen schweigend herum, denn keiner wusste, was sie ihm sagen sollten. Da drehte sich Konstantin in die Richtung, aus der er die Rufe vermutete. Eine Silhouette schimmerte in der Ferne, die von zwei weiteren begleitet wurde. Erst jetzt wurde den Kindern klar, dass sie vom Weg abgekommen waren und sich die ganze Zeit von der Scheune entfernt hatten, anstatt sich ihr zu nähern.

»M…Ma…Mama!«, schrie Konstantin – die Stimme vor Freude zittrig und fremd. »Mama, ich bin hier!« Ohne sich umzuschauen, lief er auf seine Mutter zu, stolperte, fing sich jedoch. Strauchelnd und nur knapp einem Sturz entgehend, bahnte er sich den Weg durch das hohe Gras. Endlich sah seine Mutter ihren Sohn auf sich zulaufen.

Sie zögerte kurz, dann lief auch sie mit erhobenen Armen auf ihr Kind zu. Sie trafen wie zwei Wellen aufeinander und verschmolzen zu einer einzigen. Die Frau drückte ihr Kind fest an sich und ging in die Knie. Mit vor Freude zittrigen Händen vergrub sie ihr Gesicht an der schmalen Brust des Jungen. Beide weinten.

Michael verspürte bei dem Anblick einen stechenden Schmerz in der Brust. Auch seine Geschwister starrten mit tränenden Augen auf Konstantin. Wie gern würden auch Gregor und Anita sich von ihrer Mutter in den Arm nehmen lassen, nur war ihre Mama nicht mehr bei ihnen. Michael schluckte den Zorn und die Bitterkeit mit stoischer Haltung herunter. Seine Hand suchte die von Anita. »Kommt, wir müssen gehen, sonst gibt es Ärger«, flüsterte er kaum hörbar. Anitas dünne Finger waren eiskalt, als sie sich um seine Hand schlossen.

Gregor zog an einem Grashalm und steckte sich das zarte Ende in den Mund. Der Stängel wippte in seinem rechten Mundwinkel, als er darauf zu kauen begann, dann spie er ihn mit angewidertem Gesicht wieder aus. »Schmeckt nach Kuhpisse«, schimpfte er.

Anita schmunzelte. »Kuhpisse«, wiederholte das Mädchen das böse Wort, dabei verzog sie ihren Mund zu einem kecken Lächeln, in das Michael mit einfiel. Als er Anita anblickte, war die Traurigkeit in ihren Augen nicht mehr zu sehen, sie glänzten vor Freude. Sie zog mit ihrer freien Hand an einem Grasbüschel, zupfte einen Halm heraus, kaute kurz darauf und sagte dann: »Das schmeckt wirklich nach Kuhpisse.«

Gregor trat nach einem Stein und schritt den beiden voraus.

»Michael, du musst es auch probieren, das schmeckt wirklich nach Kuhpisse«, kicherte Anita. Sie hielt ihm einen anderen Halm vor die Lippen.

»Ich glaube es dir«, nuschelte er nur, ohne den Versuch zu starten, ihrer Bitte nachzugehen. Seine Schwester öffnete die Lippen, kräuselte den Mund zu einem verzerrten Strich und schüttelte dann den Kopf.

Michael zog Anita hinter sich her.

»Warum schmeckt das Gras eigentlich nach Kuhpisse?«, wollte sie dann von ihm wissen.

»Weil Kuhpisse nach Gras schmeckt«, entgegnete er ein wenig zu barsch. Ihm ging die Fragerei auf die Nerven, trotzdem war er froh darüber, dass sie nicht mehr an ihre Mutter dachte und sich ihre Laune besserte. Er selbst schweifte in Gedanken aber immer wieder zu seiner Mama ab. Wo sie jetzt sein könnte, beschäftigte ihn auch sehr.

Sie hatten Konstantin eingeholt. Gemeinsam liefen sie auf die anderen Begleiter zu. Konstantins Mutter flüsterte ihm die ganze Zeit über etwas zu.

»Wann werdet ihr endlich Vernunft annehmen und unseren Anweisungen folgen?«, schimpfte der große Mann mit der Glatze, als die Kinder sich samt Konstantins Mutter den beiden Männern angeschlossen hatten.

Sie alle, außer der Frau, starrten mit gesenkten Köpfen zu Boden, ohne sich ihrer Schuld bewusst zu sein. Aber einem Erwachsenen zu widersprechen waren sie nicht gewohnt, außerdem hatten sie Angst vor weiteren Rügen und Bestrafungen, die folgen konnten, falls sie sich nicht fügten.

Michael umfasste die Münze von Igor, die um seinen Hals hing. Zaghaft knetete er sie mit seinen Fingern, dabei bewegte er stumm die Lippen.

»Warum seid ihr so schmutzig?«, wollte Stepan von ihnen wissen. Seine Miene war von Zornesfalten durchzogen. Nun schien er noch grimmiger und furchteinflößender dreinzublicken als zuvor.

»Wir haben gedacht, Konstantin ist gestorben, danach hat Gregor gesagt, er wird ihn tragen, aber Konstantin war zu schwer, wir wollten ihn aber nicht begraben, dann ist er wieder aufgewacht und war nicht mehr tot«, plapperte Anita drauf los.

Stephans Stirn legte sich in Falten, als er seine buschigen Augenbrauen hob. Seine Augen wurden zu zwei schmalen Schlitzen, er konnte Anita nicht folgen. Er schüttelte heftig den Kopf und fuhr sich mit der rechten Hand ungläubig über die Glatze. »Was? Ich verstehe kein einziges Wort. Ihr sollt so sprechen, dass ich euch auch verstehen kann – ihr deutschen Kinder«, entfuhr es ihm. Seine Stimme klang wie ein Donnergrollen. Anita zuckte zusammen und suchte hinter Michaels Rücken Schutz.

»Er wurde von einer Schlange gebissen«, hörte Michael seine Schwester flüstern, nun auf Russisch.

Konstantins Mutter schnappte mit einem Keuchen nach Luft, mit sorgenvollem Blick sah sie ihren Sohn fragend an.

»Ich ha…ha…hatte wieder einen A…A…Anfall«, erklärte Konstantin.

»Mir reicht es jetzt langsam! Ich hab die Faxen dicke. Ihr geht alle mit, ab heute werdet ihr unserem Schmied zur Hand gehen, und damit meine ich euch drei …«

»Und Onkel Fjodor?«, unterbrach ihn Michael. Als ihm bewusst wurde, dass er sich erneut ungefragt eingemischt hatte, biss er sich sofort auf die Zunge.

Zornesröte stieg dem Mann ins Gesicht. »Fjodor Iwanowitsch gehört die Holzfabrik, für die ihr bald jeden Tag in den Wald gehen werdet. Wie gesagt, damit meine ich euch alle drei. Und nun schweigt, keiner sagt mehr ein Wort. Ihr da«, er deutete mit seinem großen Zeigefinger auf die beiden Brüder, »ihr macht mir keinen Ärger mehr, habt ihr Bengel mich verstanden?« Er sprach langsam, jedes Wort glich einer Drohung, seine Hand öffnete und schloss sich mehrmals zu einer Faust.

Die Kinder stimmten dem Mann mit ängstlichen Mienen stumm zu, wie auch die Frau, die heftig mit dem Kopf nickte, dann presste sie ihren Sohn fest an sich.

Der große Mann, dessen Gesicht jetzt eine dunkelrote Farbe angenommen hatte, strich sich energisch über den kahlen Schädel, der von tiefen Furchen zerklüftet war. Er schien mit der ganzen Situation überfordert zu sein.

*Er ist schwer von Begriff,* dachte Michael.

»Ihr beiden«, fuhr der Mann mit gepresster Stimme fort, mit dem Finger deutete er auf die beiden Brüder, »und du, Stottermaul«, er machte einen Schritt auf Konstantin zu, packte ihn am Kragen und riss ihn aus der Umklammerung der verängstigten Frau, »ihr geht mit Nikolai zum Pferdestall. Das Mädchen kommt mit mir, die Frau auch, ihr könnt hoffentlich nähen und backen.«

Ohne ein weiteres Wort zu verlieren, schubste er den leichenblassen Konstantin in Michaels Richtung, im Vorbeilaufen packte er Anita am Handgelenk und zerrte sie mit sich.

Noch bevor sich jemand widersetzen konnte, stellte sich Nikolai vor die drei Jungs und tätschelte mit seiner linken Hand das auf Hochglanz polierte Holz seiner Schrotflinte, die er über seiner rechten Schulter trug. Dabei entblößte er eine Reihe krummer Zähne.

»Kommt, wir haben noch viele Bäume zu fällen«, sagte er mit breitem Grinsen.

Michael folgte seiner Schwester mit traurigem Blick, auch sie schaute sich nach hinten um, dabei stolperte sie ständig über ihre eigenen Füße, weil sie der Mann an ihrem Arm zog.

»Los jetzt, genug der Sentimentalitäten, ihr müsst euch euer Essen verdienen.« Der dürre Mann schubste Gregor und zwang auch Michael zum Gehen. »Eure Schwester wird ja nicht zum Schafott geführt, wenn sie einigermaßen mit einer Harke oder einer Hacke umgehen kann, so wird sie den anderen Frauen auf dem Feld zur Hand gehen. Los jetzt, sonst knallt es – aber gewaltig. Onkel Fjodor duldet keine Schmarotzer. Und Emil ist ein sehr guter Mann, ihr müsst Gott danken, dass ihr so viel Glück hattet, vielleicht könnt ihr von ihm das eine oder andere lernen. Auch wenn ihr es nicht verdient habt.« Er zog den Rotz die Nase hoch und spie den schleimigen Klumpen auf den nassen Boden. »Los, los.« Nikolai schubste die Jungen einen nach dem anderen in eine bestimmte Richtung. Sie widersetzten sich nicht mehr.

Mit gesenkten Köpfen folgten die Jungen einem Weg, der zwei tiefe Furchen aufwies, die von großen Wagenrädern stammen mussten, und sich in weiten Bögen durch die Landschaft schlängelten.

»Dieser Weg führt direkt zum Hof und führt aus dem Wald. Ihr werden ihn nicht nur einmal am Tag bis hin zu den Baumfällarbeiten beschreiten müssen. Aber nicht einfach so, natürlich. Ihr werdet die Baumstämme zur

Holzfabrik schleppen.« Michael schaute den Drachenjäger, der keiner war, fragend an.

»Wisst ihr, wie man mit den Bullen umgeht?«

Die beiden Brüder zogen ihre Stirne kraus, nur Konstantin nicht, der weinte stumm und winkte seiner Mutter ununterbrochen hinterher, auch wenn sie kaum mehr zu sehen war.

Michael warf einen letzten Blick über die Schulter. Die Gruppe wurde zu einem kleinen Fleck in der Landschaft. Nichts als verschwommene Silhouetten waren von ihnen geblieben.

»Wohin bringt er meine Schwester?«, wollte Michael wissen, seine Stimme klang fest, obwohl er am ganzen Körper zitterte.

»Zu den Frauen, wohin denn sonst?«, entgegnete Nikolai genervt. »Kommt, ihr bekommt einen Happen zu essen, danach geht es in den Wald, wir brauchen Holz. Das mit den Bullen bekommt ihr auch noch gezeigt. So dumm kann keiner sein, der nicht mit einem Bullen einen Baumstamm ziehen kann. Kommt jetzt!«, fuhr er die Jungen an und verpasste Gregor einen Klaps auf den Hinterkopf.

Gregor duckte sich, als der sehnige Mann erneut zu einem Schlag ausholte. Diesmal fuhr dessen Hand ins Leere, er fluchte gedämpft und verpasste Konstantin einen Arschtritt, weil der am nächsten war.

# KAPITEL 4

## *Am Pferdestall*

W er von euch ist der Älteste?«
Michael, Gregor und Konstantin zuckten mit den Schultern. Ihre Blicke waren auf den Boden gerichtet. Die Luft roch nach Heu, Pferdemist und Schweiß. Die drei Jungs standen in einer Reihe vor einem großen Tor. Die Stimme gehörte zu einem Mann, dessen Bart grau war und ihm bis an den dicken Bauch reichte. Er trug nur eine schmutzige Leinenhose, die von einem Bändel statt eines Gürtels gehalten wurde. Sein nackter Oberkörper war behaart, wie bei einem Bergmenschen – so stellte Michael sich dieses Sagenwesen immer vor. »Wie heißt du?«, fragte der Mann Gregor und zog genüsslich an seiner Pfeife. Eine Rauchwolke quoll dabei aus seinen beiden Nasenlöchern.

»Du sollst antworten, wenn du gefragt wirst, Bengel«, ertönte die unangenehme Stimme von Nikolai. Er gab Gregor einen saftigen Arschtritt, sodass er nach vorne stolperte und auf die Knie in eine Pfütze fiel.

Ein alter Mann mit riesigem Bauch und krausem schulterlangem Haar, grummelte unverständliche Worte in seinen Bart hinein. Er schüttelte den Kopf, ging auf Gregor zu und half ihm auf die Füße.

»Wenn du noch einmal einen von den Jungen anfasst, werde ich dir dein Gewehr sonst wohin stecken«, sagte der alte Mann mit ruhiger Stimme an Nikolai gewandt. Seine trüben Augen wurden dunkel, und Nikolai machte einen Schritt nach hinten.

»Komm, steh auf, Junge. Ich heiße Onkel Emil, und wie heißt du?«

»Gregor«, flüsterte der Junge mit gesenktem Kopf.

»Und du?« Onkel Emil zeigte mit dem Mundstück seiner Pfeife auf Michael.

»Michael Berg, wir sind Brüder.«

»Alle drei?« Die buschigen Augenbrauen fuhren nach oben. Er klopfte Gregor sachte auf die Schulter. Seine Füße, die in Gummistiefeln steckten, schmatzen laut, als er zwei Schritte auf den eingeschüchterten Konstantin zumachte. »Ich glaube, der da ist nicht euer Bruder, der hat ganz andere Gesichtszüge.« Onkel Emil lächelte dabei.

Auch Konstantin versuchte es mit einem Lächeln, ließ es aber bei dem Versuch bleiben.

Michael schluckte schwer. War dieser alte Herr wirklich ein gutmütiger Mensch wie Igor, oder hatte er andere Absichten und spielte ihnen nur etwas vor?

»I…ich bi…bi…bin …« Dann brach Konstantin ab.

Onkel Emil zog die Stirn kraus und verharrte mitten in der Bewegung. Das Mundstück seiner Pfeife schwebte dicht vor seinen Lippen in der Luft. Er stand jetzt ganz nah bei den Jungen und schaute sie abwechselnd an. Sein Blick sprang von Konstantin zu Michael und wieder zurück.

»Frierst du, oder bist du etwa ein Stotterer?«

»I…ich … ich« Mehr bekam Konstantin nicht heraus.

Er war sehr aufgeregt, darum war sein Stottern jetzt noch schlimmer, stellte Michael fest. »Wenn er singt, dann stottert er nicht«, flüsterte Michael und verfluchte sich selbst für sein vorlautes Mundwerk.

Statt einer Rüge erschallte lautes Lachen. Onkel Emils Bauch hüpfte dabei. »Was? Ich habe so etwas bisher nie gesehen, davon gehört habe ich auch noch nicht. Was hast du mir hier für Wesen angeschleppt, Nikolai?« Er machte einen tiefen Zug und nickte Konstantin aufmunternd zu, während er den Rauch ausblies. »Sing mir mal was vor«, ermutigte er Konstantin und strich sich mit dem Handrücken über die feuchten Augen. »Du, Nikolai, du kannst wieder gehen, ich komme mit den Bälgern schon irgendwie klar. Jetzt geh schon.«

Nikolai murmelte etwas Unverständliches, drehte sich um und ging.

Konstantin schaute auf seine nackten Füße, die in der schlammigen Pfütze bleich wie zwei tote Fische schimmerten.

»Jetzt geniere dich nicht, ich fresse keine kleinen Knirpse«, ermutigte ihn Onkel Emil aufs Neue. »Nur keine Hemmungen. Ich komme mir jetzt sowieso vor, als befände ich mich in Gegenwart eines außergewöhnlichen Kindes. Kannst du mich denn auch verstehen? Oder stotterst du etwa auch beim Denken?« Er klang ernst. Die Pfeife wippte in seinem Mund.

Ganz langsam hob Konstantin den Kopf. Seine Brust wurde breiter, als er einen tiefen Atemzug machte, und dann sang er wieder das Lied über die Engel. Zuerst ganz leise, doch mit jeder Strophe wurde seine Stimme heller, die Worte ergreifender.

Onkel Emil verstand kein einziges Wort, trotzdem hörte er angespannt zu. Sein Blick war in die Ferne gerichtet, vom dicken Rauchnebel umhüllt war sein Gesicht ernst und nachdenklich.

## KAPITEL 5

# *Alexander*

———

Alexander gab undeutliche Laute von sich. Seine Stimme klang schwammig, seine Augenlider flatterten wie die Flügel einer Motte. Er sah in dem immer wiederkehrenden Traum erneut seine Freunde. Andrej, wie er sterbend auf die Knie fiel, Elkin, der Zigeuner – dessen Kopf von einer Kugel getroffen wurde. Die beiden reckten ihre Hände, die nichts als Krallen waren, an denen ihre Haut in Fetzen herabhing. Sie schrien, lippenlose Münder mit faulen Zähnen riefen seinen Namen: Alexander, Alexander!

»Lasst mich los, lasst mich los«, murmelte er. Er blinzelte und schaute sich ängstlich um, als er für einen Augenblick aus seinem Delirium aufwachte, um erneut in einem tiefen Schlaf zu versinken. Er sah ein hübsches Gesicht dicht vor seinen Augen, wollte etwas sagen, nur seine Zunge war viel zu dick. Wieder schwanden seine Kräfte, er stürzte abermals in die Dunkelheit, die Krallen der Toten zerrten an ihm, packten seine Füße und zogen ihn ins Erdreich.

Alexander spürte nicht den nassen Lappen auf seiner Stirn, auch hörte er nicht die beruhigenden Worte der jungen Frau, die sich um ihn kümmerte, und er nahm auch nicht die Anwesenheit von Achim Scherenkind wahr. Alexander wanderte an einem Abgrund entlang. Eine verlorene Seele, gefangen zwischen zwei Welten.

Der Kopfschuss war tödlich gewesen, doch Alexander weigerte sich, zu sterben. Er kämpfte weiter, wollte leben, er musste zurück zu seiner Familie. Es war jetzt seine Pflicht, sich um seine Mutter und seine Geschwister zu kümmern, nachdem der Vater von ihnen gegangen war. Es war seine Aufgabe, sein Kreuz, das er zu tragen hatte. Unsägliche Wut strömte durch seine Glieder, selbst in dem Zustand, in dem er sich befand, wollte er sich an den Männern rächen, die ihm sein früheres Leben genommen hatten. Er trachtete nach Vergeltung. Auge um Auge, so stand es in der Bibel, dem heiligen Buch der Christen. Sein Atem ging stoßweise, seine Finger verkrampften sich, zerrten an dem weißen Laken. Blut lief aus seiner Kopfwunde, doch er lebte, und allein das zählte.

Alexander sah einen hellen Schein in der Ferne, die Hoffnung war noch nicht gestorben. Das strahlende Flackern wuchs zu einer Flamme an, der Glaube wurde von Wut genährt, die in seiner Brust kochte.

## KAPITEL 6

# *Im Stall*

Onkel Emil betrachtete den Jungen einen Augenblick lang nachdenklich. »Worum geht es in diesem Lied?« Er wartete.

Konstantin schwieg.

Der ältere Mann nahm die Pfeife aus dem Mund und strich sich mit dem Handrücken über die Lippen.

Gregor machte überhaupt keine Anstalten, sich zu Wort zu melden, er stand neben Michael und gab ihm einen leichten Schubs mit dem Ellenbogen.

Michael gab den Sinn des Textes in kurzen, abgehackten Sätzen wieder. Onkel Emil hörte interessiert zu, dabei klopfte er den verbrannten Tabak aus der Pfeife heraus, indem er mit dem Kopf der Pfeife gegen seine Handfläche schlug. Der Pfeifenkopf war an den Rändern angebrannt. Das Mundstück schien aus einem Knochen gefertigt zu sein.

Michael schwieg, als er mit der Übersetzung der Worte fertig war. Mit einem nach innen gekehrten Blick sah er zu, wie die Asche von der schwieligen Hand auf die schlammige Erde rieselte. Onkel Emil räusperte sich, klopfte seine Handflächen sauber, steckte die Pfeife in seine Hosentasche und schlussfolgerte: »Also werden die Menschen später zu Engeln.« Er zwinkerte den Jungs aufmunternd zu.

»Was passiert mit unserer Schwester?« Michaels Blick klärte sich.

Die Frage kam so unverhofft, dass der alte Mann zuerst nicht begriff, was der blonde Junge von ihm wollte und von welcher Schwester jetzt überhaupt die Rede war.

»U…und mei…mei…meiner Mu…Mutter?«, fügte Konstantin hinzu. Auch er sah den Mann fragend, ja fast schon flehentlich an.

»Die kommen zu den Frauen, die haben es gut bei Fjodor Iwanowitsch. Er hat eine kleine Weberei, dort sind ein paar gesunde Hände jederzeit gut zu gebrauchen. Na kommt, folgt mir, bevor ihr hier Wurzeln schlagt. Ich gebe euch etwas zu essen, nicht, dass eure Bäuche noch am Rückgrat festwachsen.« Er drehte sich um und lief zu einem Haus, das unweit der Scheune am Waldrand stand.

Michael begriff nicht sofort, was Onkel Emil mit ›am Rückgrat festwachsen‹ gemeint hatte. Aber er vermutete, dass es sich auf ihre eingefallenen Bäuche bezog. Sofort begann sein Magen zu knurren und auch aus Gregors Bauch konnte er ein blubberndes Rumoren wahrnehmen.

»Setzt euch hier auf die Treppe.« Onkel Emil deutete auf die drei hölzernen Stufen, die zum Haus führten, er selbst verschwand hinter einer schiefen Tür, deren Angeln wie tausend Mäuse quietschten.

»Glaubst du, er meint es wirklich ernst?«, ertönte Gregors Stimme.

»Ich ho…ho…hoffe es«, stotterte Konstantin.

Michael saß in der Mitte, sodass er sich ducken musste, als Gregor dem anderen Jungen eine Kopfnuss verpasste. »Mit dir redet doch keiner. Wegen dir müssen wir jetzt unser Essen teilen. Wärst du mal lieber wirklich von der Schlange gebissen worden«, fuhr Gregor Konstantin an, verstummte jedoch jäh, als dumpfe Schritte hinter der Tür lauter wurden, und dann ging sie schon auf.

»Macht mal Platz, ihr Bälger«, sagte Onkel Emil und stellte einen tönernen Krug, der mit einem weißen Tuch bedeckt war, auf die nackte Erde. Er hüstelte und gab jedem der Kinder einen blechernen Becher in die Hand. Dann griff er zur Karaffe. Er ging zuerst zu Konstantin. »Halte den Becher gerade, Stotterjunge«, wies er den Jungen ungeduldig an. Der stotternde Bub hielt den Becher mit beiden Händen fest umklammert. »So ist es richtig«, lobte ihn Onkel Emil. Vorsichtig goss er allen nacheinander etwas von der frischen Milch ein. »Trinkt langsam, und lasst auch etwas für mich übrig«, ermahnte er sie, umfasste mit beiden Händen den halbleeren Krug, stellte das irdene Gefäß auf die oberste Stufe und verschwand erneut im Haus.

Als Michael einen ersten Schluck von der warmen Milch nahm, gingen damit furchteinflößende Assoziationen einher – die Kuhmilch erinnerte ihn an sein Zuhause, sie schmeckte nach lang vergessenen Tagen aus der scheinbar unwirklichen Welt seiner Vergangenheit. Als er erneut daran nippte, war sie bitter. Michael bildete sich ein, die Stimme seiner Mutter zu hören, und wie sie lachte. Dann strich sie ihm über das Haar. Er zuckte zusammen, denn die Hand war nicht die seiner Mutter …

»Na, schmeckt euch die Milch?«

Michael blinzelte die sich anbahnenden Tränen weg, als er die nicht ganz unangenehme Stimme von Onkel Emil hinter sich vernahm. Der nicht sehr große Mann, der aber trotzdem von stattlicher Statur war, zwängte sich an den drei Jungs vorbei. Er ging zum Holzstapel, der links vor dem Eingang aufgestapelt war, nahm mit der rechten Hand ein größeres Holzscheit und stellte es hochkant vor den verdattert dreinschauenden Kindern auf. In der Linken hielt er ein Bündel, das er jetzt vorsichtig auseinanderwickelte. Michael trank schnell den Rest seiner Milch leer und hielt den Alubecher mit beiden Händen fest umschlossen vor seiner Brust.

Als das weiße Leinentuch auseinandergefaltet wurde, erblickten sie einen dunklen Brotlaib, dessen Kruste schwarz und aufgesprungen war. Es duftete betörend. Der Gedanke ans Essen ließ ihnen das Wasser im Mund zusammenlaufen. Michael schluckte. Mit leuchtenden Augen starrte er auf das Brot. Onkel Emil griff an seinen rechten Stiefel und holte ein großes Messer heraus, das in ein schmuddeliges Tuch eingewickelt war. Die Klinge glänzte, als er das Messer ausgewickelt und von beiden Seiten an seinem Hosenbein abgestreift hatte.

Die Kruste knackste. Krümel breiteten sich auf dem weißen Tuch aus, der Duft nach Frischgebackenem war allgegenwärtig. In schmerzlichem Starren verharrten die Kinder, ihr ganzes Augenmerk galt dem Messer, das sich durch den Laib fraß. Als die erste Scheibe abgeschnitten war, wagte sich keiner der drei, sich zu rühren – sie waren wie hypnotisiert.

»Wie heißt du nochmal?«, wollte Onkel Emil wissen.

»Konstantin, er heißt Konstantin«, sagte Gregor schnell und schluckte mehrmals.

»Hier, nimm und iss, aber pass auf, dass kein Krümel auf dem Boden landet.«

Konstantin blickte sich um.

Michael packte den Jungen am Arm und schubste ihn grob nach vorne, worauf dieser strauchelte, sich jedoch schnell wieder fing, weil Michael ihn am Hemd festhielt. »Streck deine Arme aus, du Idiot«, flüsterte Michael gehetzt.

Konstantin zögerte. Schließlich faltete er die Hände zu einer kleinen Schüssel und hielt sie Emil dicht vor der Brust haltend hin. Einem Bettler gleich stand er da.

Onkel Emil legte ihm die Scheibe in die Hände. Anstatt zurückzugehen, ging der kleine Bub auf die Knie und biss in das weiche Brot. Seine Happen wurden schneller, er stopfte sich den Mund voll und verschluckte sich dabei.

»Nicht so hastig«, ermahnte ihn Onkel Emil. Knurrend beugte er sich nach vorne, mit der flachen Hand schlug er Konstantin dreimal auf seinen schmächtigen Rücken.

Gregor brummte einige Schimpfwörter. »Ich habe Hunger, verdammt«, nuschelte er auf Deutsch, sodass Onkel Emil ihm einen fragenden Blick zuwarf.

»In meiner Gegenwart wird russisch gesprochen«, sagte er ruhig, kratzte sich mit der Messerspitze am Bart und schnitt eine zweite Scheibe ab. »Jetzt du.« Er deutete mit dem Kinn in Michaels Richtung.

Michael hörte seinen Bruder erneut fluchen.

»Verdammte Scheiße«, brummte Gregor mit schmollendem Gesichtsausdruck und vor der Brust gekreuzten Armen.

»Noch so ein Wort, und du bekommst heute nichts, Gregor.« Bei diesen Worten wurde Gregor kleiner.

Michael stand mit krummem Rücken vor dem Mann und streckte seine beiden Hände nach vorne. Das Brot fühlte sich auf seinen Handflächen weich und ein wenig feucht an. Michael ging wieder zurück zur Treppe. Er biss nicht in die Scheibe hinein, er wartete, bis auch sein Bruder ein Stück Brot in seinen Händen hielt, erst dann machte er einen kleinen Bissen. Nichts in seinem Leben hatte je besser geschmeckt als dieses graue, weiche, nach Hefe und frischem Korn duftende Brot. Er ließ den Klumpen auf seiner Zunge zergehen.

Onkel Emil strich die Krumen in seine Hand und ließ sie in seinem Mund verschwinden. Den Rest des Brotes wickelte er erneut ein. Das Messer verschwand wieder in seinem rechten Stiefel. Krächzend stand er auf, machte drei Schritte auf den Krug zu, nahm ihn und trank die Milch leer.

»Nachdem ihr gegessen habt, holt ihr Wasser aus dem Bach«, sagte er. »Die Eimer stehen im Stall. Die Tiere müssen getränkt werden.« Mit der rechten Hand wischte er sich über den Bart. Das Bündel mit dem Brot hielt er unter dem linken Arm. »Das Fass am Tor muss später auch voll Wasser sein, danach kommt ihr wieder zu mir, ich zeige euch dann, was ihr noch zu tun habt. Der Tag ist lang, aber nicht lang genug. Bis zum Herbst seid ihr meine Leibeigenen, habt ihr mich verstanden?«

Die Kinder nickten stumm. Gregor und Konstantin hatten das Brot verschlungen, Michael nicht, er hielt ein kleines Stückchen in der linken Hand, die er zur Faust geballt hatte.

Onkel Emil hatte es bemerkt. Nur an den Augen konnte Michael erkennen, dass Onkel Emil ihn anlächelte. »Du hast es doch nicht etwa für deine Schwester aufgehoben?«

Michael nickte kaum merklich.

»Sie wird schon nicht verhungern, noch nicht. Wir wissen zwar nicht, wie lange der Krieg andauern wird, dennoch, du musst zu Kräften kommen, du bist ein Mann und brauchst mehr Brot als eine Frau. Der Winter kann hart werden, darum müssen wir jetzt dafür Sorge tragen, dass es uns in der kalten Jahreszeit an nichts fehlt. Iss dein Brot auf, das ist ein Befehl.«

Die letzten Worte klangen überhaupt nicht wie ein Befehl, eher wie eine Bitte.

Onkel Emil schüttelte den Kopf und stampfte in die Hütte hinein.

»Wenn du es nicht essen willst …«, begann Gregor, doch Michael stopfte sich den Klumpen in den Mund und starrte seinen Bruder auffordernd an. Beide grinsten breit. Gregor schlug Michael leicht gegen die Schulter.

»Arschloch«, schimpfte er immer noch grinsend und schaute sich schnell um, weil ihm bewusst wurde, dass er erneut deutsch gesprochen hatte. Doch von Onkel Emil war keine Spur zu sehen.

»Ich habe Durst. Kommt, wir holen Wasser.« Gregor ließ seinen Blick über den Hof schweifen. Michael machte das Gleiche. Er sah einen Zaun, der gerichtet werden musste, einen großen Stall mit riesiger angebauter Scheune, einen Geräteschuppen, eine Hütte, die etwas abseits stand, davor befanden sich ein Tisch und zwei Bänke. Und überall ragten spitze Baumkronen von Nadelbäumen heraus.

Dann sah Michael seinem Bruder ins Gesicht. Die honigbraunen Augen leuchteten, wie immer waren sie hellwach, auch wenn sein Gesicht bleich und verhärmt war. Die Wangen waren tief eingefallen, aber Gregor schien vor Tatendrang nur so zu strotzen. Vielleicht erhoffte er sich dadurch, eine weitere Scheibe Brot zu erarbeiten. Der Gedanke gefiel Michael, auch wenn es nur ein Wunschtraum war. Er hatte ein kleines Stück Brot in seiner linken Backe versteckt. Er würde so lange daran saugen, bis auch der letzte Krumen sich in seinem Mund aufgelöst hatte, aber so konnte er sich noch viele Stunden an diesem köstlichen Geschmack erfreuen. Das Gefühl, das eher innerer Unruhe als Angst glich, löste sich allmählich auf, alles, was blieb, war ein leichtes Zittern in den Gliedern. Michael versuchte es mit positiven Gedanken zu verdrängen. Er saugte an dem Klumpen Brot und folgte Gregor, der schnell zum Stall gerannt war. Michael sah nur seine schmutzigen Fersen und wie sich das lange Hemd im Wind aufbauschte.

# KAPITEL 7

## *Keine Milch*

Im Stall flirrte die Luft vor Hitze, und es stank beißend nach Kuhpisse. Michael musste die Luft anhalten. Über den beiden Kühen, die vor dem großen Tor auf dem matschigen Boden standen und mit ihren Schwänzen um sich schlugen, schien die stickige Luft zu leben. Mücken und grün schimmernde Fliegen schwirrten wie schwarzen Wolken um die beiden Tiere herum. Ihre großen Augen waren von grünen Panzern mit Flügeln umsäumt. Sie schlugen mit den Schwänzen und stampften mit den Füßen, doch es half alles nichts. Die Fliegen formierten sich neu, nach kurzem Pausieren setzten sie ihren lästigen Angriff fort.

Michaels Blick schweifte über die Bretter und Heuballen – er war auf der Suche nach den Eimern. Als er nicht fündig wurde, ging er den breiten Gang entlang, tiefer in den Stall hinein. In einer dunklen Ecke standen drei Bullen und ein altes Pferd. Seine Flanken waren eingefallen, sodass Michael durch das dunkelbraune, fast schon schwarze Fell die Rippen des alten Tieres sehen konnte. Sein Papa hatte solche Pferde als Klepper bezeichnet, scherzhaft hatte er mal Gregor und Michael erklärt, sie hießen so, weil ihre Knochen beim Laufen klapperten. Michael hatte damals nicht wirklich daran geglaubt, dass man das hören konnte, doch bei diesem Anblick, der sich ihm bot, schien ihm die Vorstellung nicht mehr so unrealistisch zu sein.

Endlich sah er die hölzernen Eimer. Sie standen in einer Reihe an eine Wand gelehnt. Hinter sich hörte Michael, wie Konstantin giggelnd auflachte. Gregor schimpfte ihn einen dummen Deppen, lachte jedoch mit.

»Ich habe sie gefunden!«, rief Michael über seine Schulter und lief um das alte, klapperige Tier herum, das ihn mit seinen großen schwarzen Augen anschaute und prustend zu schnaufen begann. Eine Wolke aus Fliegen stob in alle Richtungen davon. Erst jetzt sah Michael, dass das Pferd an den Augen und um die Ohren offene Wunden hatte.

Plötzlich begann Konstantin laut zu stottern. »Er … er … Gre…Gregor!«, rief er. Doch dann wurde sein Gestotter abrupt unterbrochen.

Michael hörte ein saftiges Klatschen, kurz darauf folgte ein Stöhnen. Eine Männerstimme brüllte und unverständliche Rufe hallten von den Wänden wider. Das Pferd scheute und begann zu wiehern.

Ein zweites Klatschen entlockte auch Gregor einen lauten Aufschrei, der von einem erschrockenen »Bitte nicht!« erstickt wurde.

Michael ließ von den Eimern ab und drehte sich schnell um. Er sah, wie der graubärtige Mann mit dem prallen Wanst auf seinen Bruder einschlug. Zwei, drei, vier Mal, zählte Michael in Gedanken. Onkel Emil hielt einen ledernen Gürtel in der Hand. Der Riemen sauste auf Gregor nieder, surrte durch die Luft und landete mit einem lauten Klatschen auf dessen schmalem Rücken.

»Ich habe euch nicht bei mir aufgenommen, um mich von euch bestehlen zu lassen«, brüllte Onkel Emil.

Als Konstantin nach Emils muskulösen Arm griff, baumelte er wie ein Anhängsel daran und flog bei der nächsten Bewegung zu Boden. Der folgende Schlag traf jetzt nicht mehr Gregor, sondern Konstantin. Mit weit aufgerissenen Augen japste er nach Luft. Der Gürtel traf ihn an der linken Wange. Blut quoll aus seiner Nase hervor.

Michael eilte zur Hilfe, griff jedoch den aufgebrachten und bis zur Weißglut erzürnten Mann nicht an. Er stellte sich mit zur Decke erhobenen Händen dazwischen. Onkel Emils Blick ging durch ihn hindurch. Sein vom Wetter gegerbtes Gesicht nahm weichere Züge an, die Augen sprühten nicht mehr vor Zorn, als er Michael vor sich stehen sah.

Onkel Emil atmete schwer, nicht, weil er sich verausgabt hatte, nein, er war von den Kindern enttäuscht, stellte Michael fest, doch was der Grund dafür war, wusste er nicht. Den galt es noch herauszufinden.

Endlich senkte Onkel Emil seinen rechten Arm, der Gürtel baumelte wie eine tote Schlange in seiner großen Faust.

»Das nächste Mal, wenn ich euch dabei erwischen sollte, werde ich diesen Vorfall dem Herrn Genossen Pulski melden«, sprach Onkel Emil mit ruhiger Stimme, die allen dreien eine Gänsehaut bescherte.

Michael blieb für eine Sekunde lang das Herz stehen. Die beiden Brüder wussten nur allzu gut, wer dieser Pulski war, und welche Konsequenzen es nach sich ziehen würde, falls sie in seine Hände geraten sollten. Was Michael aber noch mehr ärgerte als die eisige Angst, war die unbändige Wut auf seinen Bruder und die Unwissenheit darüber, welchen Delikts sich Gregor schon wieder schuldig gemacht hatte. Sie hatten etwas angestellt, von dem Michael nichts mitbekommen hatte, aber es musste etwas Gravierendes sein, was den Mann so sehr in Rage gebracht hatte, dass er drauf und dran war, sie halb totzuschlagen.

Onkel Emil deutete mit dem Gürtel auf einen der Eimer, den Michael mitten im Gang liegen ließ, als er die Schreie gehört hatte. »Sorgt dafür, dass die Tiere nicht mehr durstig sind.« Dann ging er wieder nach draußen.

Gregor suchte die Schuld stets zuerst bei den anderen, auch jetzt begriff er immer noch nicht, wie knapp sie dem Tod entkommen waren. »Konstantin, hättest du nicht so deppert gelacht …« Er ballte seine rechte Hand zur Faust.

»Was hast du angestellt, Gregor?«, fragte Michael mit rauer Stimme, sein Hals war staubtrocken und kratzte. Er stand immer noch mit dem Rücken seinem Bruder zugewandt und sah auf das Tor. Ohne sich umzudrehen wartete er die Antwort ab. Weil seine Arme schwer geworden waren, ließ er sie langsam sinken.

»Ich wollte doch nur etwas von der Milch haben, aber dieser fette Mann musste ja gleich auf mich einschlagen wie ein Irrer«, ertönte die bebende und verzerrt klingende Stimme seines Bruders.

Michael schluckte eine Beleidigung hinunter. »Benutz die Sprache, die auch Onkel Emil versteht«, ermahnte er seinen Bruder.

Tatsächlich erschien der alte Mann wieder im Tor und schlenderte gemächlichen Schrittes auf sie zu. Er zog an seiner Pfeife, sein linkes Auge tränte, weil es von einer dichten Rauchwolke umnebelt war.

Gregor spuckte einen dicken Batzen Schleim auf den Boden. »Es tut mir leid, Onkel Emil, ich dachte, ein bisschen Milch würde uns allen guttun, wir haben immer noch Hunger«, sprach Gregor mit gesenktem Kopf. Sein Hemd war dunkel vom Kuhmist.

Michael sah seinen Bruder mit abschätzendem Blick an. Gregor hielt einen Alubecher in der Hand, einen der drei Becher, die sie kurz zuvor von Onkel Emil bekommen hatten. Die schmutzigen Finger der linken Hand strichen über die zerbeulte Fläche, die der rechten hielten den Henkel fest umschlossen. Gregor wagte es nicht, den Kopf zu heben, sein dunkles Haar war schweißnass.

»Die beiden Kühe sind Jungkühe, sie haben noch nicht gekalbt, was bedeutet, sie können noch keine Milch geben. Gib mir den Becher und geh dich waschen, bevor du die Tiere tränkst. Das gilt auf für dich, Kostja.«

Michael wusste, dass Kostja eine Koseform von Konstantin war. Konstantin war es scheinbar nicht bewusst, dumm war er aber deswegen nicht, denn auch er nickte und schickte sich an, den Stall so schnell wie möglich zu verlassen.

Also wollte Gregor tatsächlich die Kühe melken? Michael staunte über die Dreistigkeit seines Bruders, konnte sich jedoch nur mit Mühe ein flüchtiges Grinsen verkneifen. Der war schon immer ein Dummkopf, dachte Michael und sah sich die beiden an, wie sie sich hinausschlichen. Ihre Hemden waren am Rücken voller Kuhscheiße, auch ihre Beine waren mit der grüngelben Schmiere überzogen.

»Wartet vor dem Tor auf mich«, brummte Onkel Emil.

Gregor und Konstantin zuckten zusammen, als sie jedoch begriffen hatten, dass sie nicht mehr geschlagen und gerügt wurden, nickten sie erneut. Erleichtert liefen sie dann schnellen Schrittes zum Tor.

»Und du? Warum warst du nicht mit den beiden an den Kühen? Hast du etwa keinen Hunger mehr?«, wollte Onkel Emil von Michael wissen.

Michaels Magen krampfte sich schmerzhaft zusammen. In seinem Bauch begann es laut zu brummen. Der Klumpen Brot in seinem Mund hatte sich schon aufgelöst, er fuhr sich mit der Zunge über die Stelle, wo er noch einige Krumen zu spüren vermutete.

»Antworte gefälligst!«, herrschte Onkel Emil ihn an und blies eine Rauchwolke durch seinen Bart, die Michael husten ließ.

»Ich habe nach den Eimern gesucht«, lautete seine schlichte und gleichzeitig auch ehrliche Antwort.

Onkel Emil schnalzte mit der Zunge, fuhr sich mit der rechten Hand über den dichten Bart und dachte nach.

»Du und deine Brüder …«

»Kostja ist nicht mein Bruder«, unterbrach ihn Michael und wollte sich am liebsten für sein vorlautes Mundwerk die Zunge abbeißen.

»Wie auch immer, ihr zieht euch jetzt um. Die beiden werden bis heute Abend Wasser holen müssen, auch für die Banja. Weißt du, was Banja bedeutet?« Onkels Emils Stirn war von unzähligen Furchen durchzogen, die buschigen Augenbrauen fuhren leicht in die Höhe, senkten sich jedoch sogleich wieder. Nur rote gezackte Linien blieben auf der vom Wetter trockenen Haut deutlich zu sehen.

»Ja, dort kann man sich waschen.«

»Also seid ihr Deutschen auch ein reinliches Volk.« Das war weniger eine Frage als eine Feststellung.

»Kennst du dich mit Pferden aus?«, wechselte Onkel Emil das Thema, sodass Michael einen Augenblick brauchte, um ihm zu folgen.

Der Junge nickte und zuckte gleichzeitig mit seinen Achseln. »Eigentlich nicht wirklich.« Michael entschied sich dann doch für die Wahrheit. »Aber ich kann es lernen«, fügte er rasch hinzu.

Mit der Pfeife im Mund und den Händen in den Hosentaschen wippte der bärtige Mann auf den Fußballen und musterte Michael eine gefühlte Ewigkeit lang, ohne ein Wort zu sagen.

»Zuerst werden wir aber nach den Bienen schauen. Komm mit.« Onkel Emil legte Michael seine schwere Hand, die erstaunlich warm war, auf die Schulter. Er klopfte ihm sachte auf den Hinterkopf und ging auf das große Tor zu. Eine Rauchwolke stieg in die Luft. *Wie bei einer Dampflokomotive,* dachte Michael und schritt dem Mann hinterher.

Der Dreck auf dem Boden drang zwischen seine Zehen und quoll wie warmer Schleim bei jedem Schritt hindurch. Das feuchte Schmatzen seiner Füße wurde vom lauten Muhen der beiden Stiere übertönt.

»Ist gut, morgen dürft ihr wieder in den Wald«, brummte Onkel Emil, ohne sich umzublicken.

## KAPITEL 8

# *Michael*

———————————

Schweigend warteten sie vor dem Zaun auf Onkel Emil. Er wollte schnell ins Haus. Als sie ihn wieder auf sich zukommen sahen, kam Bewegung auf. Er hatte etwas dabei, das er unter den Armen hielt, das wie Kleidung aussah.

»Hier. Bevor ihr die Hosen anzieht, wascht euch gründlich, aber stromabwärts. Wo der Fluss ist, wisst ihr ja jetzt. Einfach diesen schmalen Pfad entlang und an der ersten Gabelung nach links. Nachdem ihr euch gewaschen habt, lauft ihr zwanzig Schritte stromaufwärts und schöpft erst dann die Eimer voll. Habt ihr mich verstanden?«, lauteten die Anweisungen von Onkel Emil, der keine Widerrede duldete.

Gregor und Konstantin nickten und nahmen jeder eine Hose. Der grobe Stoff war an einigen Stellen geflickt worden, trotzdem gab es an vielen Stellen kleine Löcher.

»Die Schuhe kriegt ihr später, wenn es kalt genug ist. Hier, das ist deine. Zieh dich um und komm mit, du kannst dich dann später waschen, stinkst ja nicht nach Kuhmist wie diese beiden hier«, fuhr Onkel Emil fort und reichte auch Michael eine Hose aus grober Baumwolle. »Die Eimer holt ihr aus dem Stall. Michael zeigt euch, wo sie stehen. Wenn die Tiere im Stall getränkt sind, müsst ihr zusehen, dass auch das Fass voll wird, danach werdet ihr auch das zweite Fass, das vor der Banja steht, bis zum Rand auffüllen.« Die beiden Jungen verharrten mitten in der Bewegung und runzelten die Stirn.

»Was Banja bedeutet, das weiß ich, aber wo steht sie?«, meldete sich Gregor. Ohne aufzublicken, wischte er sich mit frischen Grasbüscheln über seine Beine.

Onkel Emil wies ihnen die Richtung. Gregor und Konstantin folgten seinem ausgestreckten Arm. Es war die schiefe Hütte mit dem Tisch und den zwei wackeligen Bänken davor.

»Später werden hier viele Männer auftauchen, die sich ihre Pelle waschen und sich sauber schrubben wollen. Jetzt müsst ihr aber schleunigst zusehen, dass ihr hier wegkommt. Du, Michael, kommst mit mir«, brummte Onkel Emil. Ohne abzuwarten, schritt er Richtung Wald. Michael sah seinem Bruder in die Augen. Gregors Blick war scharf und eisig.

»Hast du das von langer Hand vorbereitet, Bruder? Mich zu hintergehen?«, zischte Gregor.

»Du bist ein Idiot, Gregor. Wegen dir wären wir fast in die Hände von Pulski geraten, deine Dummheit bringt uns immer in die Bredouille!«

»In die was?«, fuhr Gregor auf und machte einen Schritt auf Michael zu. Dieser sah seinem Bruder an, dass er nicht einmal zu versuchen bereit war, seinen Ärger zu verbergen. Er war ebenso wenig nicht gewillt, die Schuld auf sich zu nehmen. Trotzdem wich er nicht vor ihm zurück.

›Bredouille‹, dieses Wort hatte er einmal in einem Buch gelesen, sein Vater hatte ihm die Bedeutung des Wortes erklärt. Michael hatte sich an das Wort einfach so erinnert, weil er in solchen Situationen oft an seinen Vater dachte.

»Mach nicht noch mehr kaputt«, gab Michael mit kaum hörbarer Stimme von sich.

Gregors linkes Augenlid zuckte.

»Michael, komm jetzt. Und redet endlich russisch, verdammt noch mal.« Die Stimme von Onkel Emil kam von Weitem und ließ trotzdem alle drei zusammenzucken. Vor allem flößte sie Gregor mehr als nur Respekt ein, aus Furcht vor schlimmen Konsequenzen brachte er kein weiteres Wort mehr heraus, ballte nur seine rechte Hand zu einer Faust und drohte seinem jüngeren Bruder an, ihn zu schlagen.

Michael tat es mit einem Schulterzucken ab, drehte sich um und lief dem großen Mann hinterher. Dann fiel ihm ein, dass er die Hose noch unter seiner linken Achsel eingeklemmt hatte. Das viel zu große Hemd flatterte wie ein Segel an seinem Körper.

»Wo sind die Eimer?«, schrie Gregor seinem Bruder mit vor Zorn bebender Stimme hinterher.

»Stehen bei dem alten Pferd im Stall«, rief Michael über seine Schulter und faltete die Hose auf. Auf einem Bein hüpfend versuchte er zuerst mit dem rechten, danach auch mit dem linken Bein in die etwas zu groß geratene Hose hineinzuschlüpfen. Das viel zu lange Hemd reichte ihm bis über die Knie. Michael band das Kleidungsstück mit einem Strick aus Hanf fest um die Hüften. Die Hose rutschte auch nicht mehr, erst danach legte er einen Zahn zu.

Onkel Emil lehnte am Eingang seines Hauses unter einem Vordach. Daneben stand ein Waschtisch, der von zwei Pfosten flankiert war. Michael erreichte den Mann, als dieser den breiten Ledergürtel, mit dem er zuvor auf Gregor und Konstantin eingeprügelt hatte, an einem der Pfosten aufhängte. »Deine Schmutzwäsche kannst du neben den Waschtisch schmeißen, meine Schwester wird sich später darum kümmern.« Michael warf das Bündel auf den Boden.

Der schiefe Dachvorsprung diente zum Schutz vor Regen und Schnee. Neben dem Waschtisch standen ein Schemel und ein kleiner Tisch. Ein matter Spiegel, dessen Ränder aufgeplatzt waren und dessen Glas gesprungen war, hing über der Spüle. Onkel Emil betrachtete sich selbst darin. Mit zu schmalen Schlitzen zusammengekniffenen Augen hob er den Kopf und inspizierte seinen Hals.

»Komm her, Michael«, brummte er, ohne den Blick von seinem Spiegelbild zu nehmen.

Michael tat einen Schritt auf den Mann zu. Diese Aggressivität, die kam und ging, machte ihn unberechenbar, darum war der Junge stets auf der Hut.

»Wasch dir gründlich die Hände, wir werden jetzt zu meinen Bienen gehen. Hast du Angst vor Bienen?«

Michael zuckte die Achseln.

»Du darfst deine Angst nicht zeigen, sie können sie nämlich riechen. Diese kleinen Biester sind schlimmer als Bluthunde.«

Michael hielt seine Hände unter den Wasserhahn und rieb sie aneinander, ließ dann noch mehr Wasser über die Finger, später auch über die Handrücken laufen. Seine rissige Haut schien einigermaßen sauber. Seife gab es hier keine. Da er sich vor dem Mann wie vor dem Tod fürchtete, wollte er ihn nicht erneut erzürnen. Auf weitere Wutanfälle konnte er liebend gern verzichten. Also ging er auf Nummer sicher und kratzte mit einer groben Bürste über die Fingerkuppen, sodass kein Dreck mehr unter den Fingernägeln klebte.

»Das reicht jetzt«, ertönte Onkel Emils tiefe Stimme, während er etwas Tabak in die Pfeife stopfte. Zufrieden mit dem Ergebnis, steckte er sie zwischen seine Zähne und riss ein Streichholz an. Mit kurzen, schnellen Atemzügen brachte er die Pfeife zum Qualmen. Er schmatzte mit dem Mund, zog genüsslich daran und ließ eine dichte Rauchwolke zum Himmel steigen. »Der Rauch wird uns vor den kleinen Tierchen schützen. Komm, lass uns nachschauen, ob wir ihnen etwas abzwacken können.« Onkel Emil klang auf einmal sehr sanft, so als spräche er mit seinem Sohn, denn so hatte Michael seinen Vater in Erinnerung, freundlich und fürsorglich, manchmal aber auch streng und fordernd.

Stumm liefen sie ums Haus herum und passierten den Zaun, der das große Anwesen umsäumte und der mehr als Markierung als dem Schutz diente, mutmaßte Michael. Sie folgten einem Trampelpfad, der von beiden Seiten mit Unkraut überwuchert war. Immer mehr von den Bienen schwirrten an Michael vorbei, je weiter sie sich vom Hof entfernten. Ein angenehmer Geruch nach wilden Blumen stieg in seine Nase. Er ließ seine Hände an beiden Seiten herunterhängen, spreizte seine Finger und ließ sie über die grünen Halme gleiten, die ihn sanft an den Kuppen kitzelten. Das tröstliche Summen der Bienen, ihr emsiges Treiben gefiel ihm und ließ ihn für einen Moment vergessen. Die Welt, den Krieg und den Hunger. Michael schloss für einen Augenblick die Augen. Alles um ihn herum verschwand für einen kurzen Moment in der Dunkelheit. Weil er aber nicht der Länge nach hinfallen wollte, öffnete er seine Augen dann doch lieber wieder. Da sah er auch schon die kleinen Häuschen, die in einer Reihe an einer Waldlichtung aufgestellt waren.

## KAPITEL 9

# Kampf ums Überleben

Alexander hörte wieder Stimmen. »Der wird nicht mehr aufwachen. Bring ihn raus, ich habe kein Bett mehr für ihn übrig, für einen Deutschen sowieso nicht.« Der Unbekannte gab sich keine Mühe, seinen Hass zu verbergen, den er scheinbar den Deutschen gegenüber zu empfinden schien. »Sie haben mir meinen Sohn genommen, und jetzt soll ich ihresgleichen retten?« Alexander konnte es dem Mann nicht verübeln, konnte sogar seine Abscheu nachvollziehen. Wäre da nicht sein Leben, das von dieser Entscheidung abhing, auf den Haufen zu den anderen Toten geworfen zu werden, würde er dem Mann sogar zustimmen. Aber Alexander war nicht in der Lage, sich nicht wehren. Mit aller ihm verbliebenen Kraft und seinem ganzen Lebensmut konzentrierte er sich auf seine Augenlider. Nichts. *Verdammt,* fluchte er, ohne sich irgendwie dazu äußern zu können, sodass die Menschen, die um ihn herumstanden, keine Chance hatten, zu bemerken, dass er noch lebte. Die Wunde an seinem Kopf brannte wie Feuer.

»Der Leutnant hat ihm das ganze Hirn weggeschossen, da ist nichts mehr drin. Auch wenn er sich in die Hose scheißt und die Brühe schluckt, die du ihm einflößt, bedeutet es noch lange nicht, dass er nicht abkratzt. Und wenn, was soll aus ihm werden? Ein sabberndes Etwas, das den ganzen Tag nichts anderes tut, als die Wand anzustarren? Dunja, dieser Mann ist eine lebende Leiche, akzeptiere das.« Die Stimme des Mannes klang scharf.

»Sagen Sie den Männern, sie sollen ihn zu mir nach Hause bringen. Wenn er stirbt, dann stirbt er eben, und wenn es Gottes Wille ist, dass er diese Prüfung, die ihm vom Allmächtigen auferlegt wurde, überlebt, so habe ich keine Sünde auf mich genommen. Das ist dann die Entscheidung des allmächtigen Vaters gewesen und nicht meine.«

»Du bist doch eine Närrin. Es tut mir wirklich leid, dass dein Mann im Krieg verschollen ist, aber der hier wird dir deinen Nikita nicht ersetzen.«

»Es liegt nicht an Ihnen, darüber zu entscheiden. Können Sie dafür sorgen …«

»Ist schon gut, verschone mich nur mit deinen frömmelnden Sprüchen. Du begehst damit eine Sünde, du trachtest nach diesem Mann wie eine läufige Hündin nach einem Rüden«, fuhr der Unbekannte auf. »Helft mir mal, diese Leiche hier auf die Tragbahre zu hieven«, befahl er brüsk.

Alexander spürte, wie grobe Hände ihn an Beinen und Armen packten. Der Schmerz fuhr wie ein heißer Blitz durch seinen ganzen Körper.

»Halte die Tür auf«, befahl eine Stimme.

Das Quietschen der Türangeln ging Alexander durch Mark und Bein. Mit jedem Schritt, den die Männer taten, drohte sein Kopf zu explodieren. Er spürte, wie eine kleine Hand, die weich und feucht war, über seine Schulter strich. Die Berührung gab ihm Kraft, aus der er neue Energie schöpfte.

Plötzlich drohte Alexander von der Bahre wegzurutschen. Die Männer hielten ihn schräg, sodass er gefährlich nach links absackte. Zwei kleine Hände packten ihn am rechten Arm. Die Finger waren dünn, dennoch war der Griff so fest, dass es Alexander ein wenig schmerzte. »Er fällt gleich von der Trage«, schrie die vor Aufregung bebende Frauenstimme.

»Halt ihn fest, sonst passt er nicht durch die verdammte Tür«, blaffte eine andere Stimme, die rau klang. Der Mann mit der kratzigen Stimme fluchte und keuchte vor Anstrengung.

Ein eisiges Frösteln durchzuckte Alexanders Körper und legte sich wie ein kalter Dunstschleier über ihn. Ein Gefühl der Schwerelosigkeit und unbändiger Angst raubte ihm die Luft.

Alexanders Atem ging keuchend und schwer. Zum Glück fror er jetzt nicht mehr, denn eine warme Brise des Spätsommers und die Sonnenstrahlen flößten ihm etwas Hoffnung ein. Die Männer hielten ihn wieder in der Waagrechten, sodass er nicht mehr herunterzufallen drohte. Die Umklammerung der kleinen Frauenhände lockerte sich. Alexander konzentrierte sich erneut auf das Öffnen seiner Augen – und endlich flatterten sie. Ein gleißender Lichtstrahl kroch durch den schmalen Schlitz und brannte auf seiner Netzhaut. Er kämpfte und zog angestrengt das rechte Lid nach oben, so lange, bis sein Auge zu tränen begann.

»Dunja«, flüsterte er, oder bildete er sich das nur ein? Alexander wusste es nicht. Für einen Augenblick verlor er aufs Neue das Bewusstsein. Die Anstrengung kostete ihn viel Kraft, die er nicht hatte.

»Legt ihn bitte auf das Bett«, flüsterte Dunja. Wie aus dem Jenseits drang ihre Stimme in die Dunkelheit, in der Alexander schwebte. Er war zu schwach, um zu leben, jedoch zu stur, um zu sterben. ›Du bist ein zäher Stiefel‹ hatte einmal jemand zu ihm gesagt. Ja, das bin ich, zu stolz, um zu sterben, zu schwach, um zu leben, verbesserte er den Satz in Gedanken, zu schwach, aber nicht zu müde, fügte er hinzu.

Erneut wurde Alexanders Körper durchgeschüttelt. Sein Rücken versank in weichen Federn, und er fiel in einen traumlosen Schlaf, wie schon viele Male zuvor, mit den Gedanken, nie wieder aus dem Traum zu erwachen. Er vernahm dumpfe Schritte von schweren Stiefeln auf Holz, die mit jedem Atemzug leiser und unechter wirkten.

»Närrisches Weib«, gab einer der Männer von sich. Das dumpfe Knallen der Tür schnitt die Geräusche von draußen ab. Alles, was blieb, waren die Stille und das leise Flüstern.

»Ich werde dich gesund pflegen, Sascha«, vernahm Alexander die zärtliche Stimme von Dunja. Sie nahm seine Hand in die ihre. Ihre Fingerspitzen strichen sanft über seinen Handrücken. *Hoffentlich bilde ich mir das nicht bloß ein,* hämmerte der Gedanke durch sein Hirn, das eine einzige offene Wunde war, und in dem unaufhörlich ein Feuerwerk aus Schmerzen explodierte.

»Du lebst, Sascha, du musst leben. Ich brauche dich, ich habe sonst niemanden.« Mit diesen Worten verlor

Alexander erneut das Bewusstsein. Er fiel in einen Abgrund, sein Geist verschwand in einer schwarzen Wolke. Wie ein Echo hallte die Stimme von Dunja immer noch nach. »Ich brauche dich, Sascha. Ich glaube an dich und werde für dich beten.«

Zum ersten Mal in seinem Leben kam die schwerelose Dunkelheit Alexander tröstlich vor.

## KAPITEL 10

# *Angst*

Wenn man die Tiere mit Respekt behandelt, dann …«, Onkel Emil klatschte sich mit der Hand in den Nacken und verzog schmerzhaft sein Gesicht. »Bienengift ist gut für das Immunsystem«, sagte er trocken. Mit gelangweilter Miene betrachtete er das tote Insekt, nur einen Augenblick lang, gönnte sich dann einen tiefen Zug von seiner Pfeife und warf die tote Biene zu Boden. Erneut zog Onkel Emil an der Tabakspfeife und blies erst dann den Rauch auf den Rahmen, den er in seiner linken Hand hielt und der von Bienenwachs fast komplett zugewachst war. Kleine sechseckige Waben schimmerten golden, als Onkel Emil den Rahmen in die Sonne hob. »Diesen Honig lasse ich den Bienen, ich habe dieses Jahr schon zwanzig Liter geschleudert«, sprach er mit hörbarem Stolz in der Stimme. Behutsam schob er den Rahmen zurück in den Bienenstock.

»Warum haben Sie nur ein krankes Pferd? Onkel Stepan sagte, hier wäre ein Pferdestall, wo sind die anderen Tiere geblieben?« Michael wedelte mit den Armen, als eine der Bienen sich auf seine Unterlippe setzen wollte. Als sie ihn an der Wange berührte, spürte er das schwache Aufwirbeln der Luft auf seiner Haut, was ihm eine Gänsehaut bescherte. Es war ihm einerlei, wie gesund das Gift dieser kleinen Tiere war, auf den Schmerz, den eine einzige Biene mit ihrem Stachel verursachte, konnte er heute und an anderen Tagen sehr gut verzichten. Seine Nackenhaare sträubten sich, die Kopfhaut begann zu jucken. Michael kratzte sich, als hätte er Läuse.

»Ich werde euch heute die Haare abrasieren«, sagte Onkel Emil salopp. Er kaute am Mundstück seiner Pfeife. Nachdenklich fuhr er sich erneut über seinen dichten Bart, so als zöge er ihn in die Länge.

»Alle meine Pferde, es waren zehn an der Zahl, hat die Rote Armee gebraucht. Ich bin hier der Schmied, musst du wissen. Zumindest war ich vor dem Krieg einer, und Pferdezüchter. Ich liebe diese Geschöpfe.« So etwas wie Wehmut klang bei seinen letzten Worten durch. Der sonst so gefühlskalte Mann schniefte. Er brauchte eine Weile, um weitersprechen zu können.

Sie schritten schweigsam zurück zum Hof. »Der Deutsche hat mir alles genommen. Meine Tiere und meine beiden Söhne. Meine Frau starb an Melancholie. Der Herzschmerz hatte sie dahingerafft, ihre Seele war verblutet. Nach dem letzten Brief von der Front, hat sie sich im Wald an einem Baum …« Die Worte gingen in ein trockenes Husten über.

»Und die Kühe?«, versuchte Michael das Thema zu wechseln. Doch Onkel Emil schien ihm nicht zuzuhören.

»Aber ihr Kinder, ihr könnt ja nicht für die Taten eurer Eltern zu Sündenböcken gemacht werden. Auch wenn ich mich gerne an den Deutschen rächen würde, doch was hätte ich davon, wenn ich jeden einzelnen mit bloßen Händen erwürgen dürfte? Ich würde es tun, wirklich, aber nur dann, wenn es mir meine Söhne und meine Frau zurückbringen würde. Aber ich bin zu feige. Nicht, dass ich mich vor dem Krieg fürchte, nein, ich bin zu feige, mir diesen Strick um den Hals zu legen. Bei Gott, ich habe es versucht. Zweimal schon stand ich auf einem wackligen Schemel. Ich bin sogar einmal ...«, er schluckte und füllte seine Lunge mit dem heißen Rauch, »...aber ich hatte mich in der Länge verschätzt.« Plötzlich fing der Mann laut zu lachen an, sodass sein dicker Bauch hüpfte. Er drehte sich um und schaute Michael mit einem Glanz der Freude, die seine Augen zum Leuchten brachten, freundlich an. »So stand ich auf dem Boden, und der verdammte Strick hing noch einen guten Meter schlaff von der Decke herunter. Ich habe sogar das alte Pferd über mich lachen hören.«

Bei diesen Worten musste sogar Michael schmunzeln. Dann, wie aus heiterem Himmel, lachten die beiden so laut, dass ihre Kehlen trocken und ihre Stimmen heiser wurden.

Sie schritten den schmalen Pfad entlang, jeder in seine Gedanken vertieft.

Wie aus dem Nichts ertönte ein langanhaltendes Rufen, das zu einem panischen Schreien anschwoll.

Vollends verwirrt drehte Michael seinen Kopf nach links. Die Schreie kamen aus der Scheune. Zuerst war Michael wie paralysiert, dann, als die Starre sich löste, rannte er so schnell wie noch nie in seinem Leben. Seine Lunge brannte, das Herz hämmerte ihm gegen die Rippen. Keuchend erreichte er das offenstehende Tor.

»G…g…Gre…Gregor«, stotterte Konstantin und wies in die Dunkelheit. Er stand kreidebleich vor dem Eingang und schlotterte am ganzen Körper, so, als ob er fröre.

Michael schluckte die aufkeimende Angst herunter.

»Was ist passiert?«, keuchte er. Ohne eine Antwort abzuwarten, lief er mit kleinen Schritten durch das Tor.

Gregor schrie, nein, er kreischte wie ein Mädchen.

Zuerst konnte Michael seinen Bruder nirgends ausmachen. Als das Geschrei durch trockenes Husten unterbrochen wurde, glaubte er das gurgelnde Knurren eines Hundes zu vernehmen. Michael tastete sich weiter hinein, jetzt konnte er nicht nur die Konturen, sondern auch die Tiere ausmachen. Ihm war von dem kurzen Lauf und der Hitze schwummrig geworden, alles um ihn herum versank in verschwommener Dunkelheit. Er strich sich mit der linken Hand den Schweiß aus den Augen. An einem der Balken hatte er eine Mistgabel entdeckt, nach der er griff und die er jetzt mit den spitzen Zinken voraus vor sich hielt.

»Michael, mach das Viech kalt!«, kreischte Gregor. Er drückte sich mit dem Rücken gegen die unbehauenen Balken.

Erst jetzt konnte Michael den Übeltäter des ganzen Schreckens ausmachen. Ein Deutscher Schäferhund stand mit gefletschten Zähnen dicht vor Gregor. Die Lefzen troffen vor Geifer, die Reißzähne leuchteten im fahlen Licht kurz auf. Michaels Blick klärte sich, sodass er jetzt die Umgebung klar und deutlich sehen konnte. Trotzdem rührte er sich nicht mehr, wagte nicht, sich zu bewegen.

Der Hund warf seinen Kopf nach hinten und warnte Michael mit einem kurzen Bellen davor, sich vom Fleck zu rühren.

»Mach den Scheißköter kalt, du feiges Arschloch!«, flennte Gregor mit weinerlicher Stimme. Auch ihm hing der Sabber in langen, durchsichtigen Fäden vom Kinn herunter.

Der Hund schnappte mit den Zähnen nach dem aufgeschreckten Jungen und erwischte Gregor am Saum seines Hemdes. Michael hörte das trockene Reißen und das gedämpfte Knurren.

»Aus, Adolf! Aus!«

Michael zuckte zusammen. Die laute tiefe Stimme erfüllte den großen Raum und hallte von der hohen Decke wider.

Das Knurren wurde zu einem Winseln. Die Rute verschwand zwischen den Hinterbeinen des Kläffers. Er ließ von Gregor ab und senkte die Schnauze zu Boden.

»Adolf, komm her!«, herrschte Onkel Emil den Hund an. Mit gesenktem Hinterteil und mit der Schnauze, die immer noch gen Boden gerichtet war, lief der Hund zu seinem Herrchen. Vollkommene Unterwerfung strahlte das vor Kurzem noch so stolze und furchteinflößende Tier mit seinem Auftreten aus.

Gregor stand mit dem Rücken an den Balken gepresst und ließ sich langsam zu Boden sinken. Er bedeckte sein von Tränen nasses Gesicht mit den schmutzigen Händen und weinte bitterlich.

»Reiß dich zusammen, Kerl. Adolf hat nur sein Revier verteidigt.« Onkel Emil tätschelte sachte die Flanke seines Hundes. Der Hund reckte den Kopf und leckte über die kräftige Hand von Onkel Emil. Sein reumütiger Blick heischte nach Bestätigung, dass er nichts falsch gemacht hatte. »Das hast du fein gemacht«, lobte ihn der Mann.

Adolfs Schwanz wedelte über den Boden und wirbelte den Staub auf.

Michael ließ die Mistgabel fallen und trottete auf seinen Bruder zu.

»Wo warst du? Wo bist du die ganze Woche abgeblieben, du alter Schlingel?«, sprach Onkel Emil mit gespieltem Tadel zu Adolf, der jetzt hechelnd seinen Herrn anschaute. »Hast wohl alle Weibchen abgesucht, habe ich recht?« Onkel Emil lachte auf und zog genüsslich an seiner Pfeife.

In dieser Ecke des Stalls war der Boden staubig, nicht wie bei den Kühen und den Bullen, dort war die Brühe aus Stroh und Mist knöchelhoch.

Hier roch die Luft nach Heu und trockenem Gras, aber auch nach saurem Schweiß, den sein Bruder ausströmte.

»I…ist de…de…der Wolf tot?«

Michael drehte sich um und sah den hellen Schopf von Konstantin, der nur seinen Kopf durch das Tor streckte und mit zusammengekniffenen Augen in die Dunkelheit spähte.

Ein kurzes Bellen donnerte so laut los, dass Michael über seine eigenen Füße stolperte und dicht neben seinem Bruder auf den Boden krachte.

»Was seid ihr für feiges Pack!«, grölte Onkel Emil. Er war es gewesen, der gebellt hatte, da war sich Michael sicher. Er kicherte, und auch Gregor weinte jetzt nicht mehr. Von Konstantin war weit und breit nichts zu sehen. Adolf saß auf dem Hintern, die Vorderbeine langgestreckt, und wachte über sein Herrchen.

»Komm, Adolf, wir müssen jetzt den Ofen anschmeißen, bald kommen die Herren von den Feldern, und sie werden sich waschen wollen. Und ihr zwei«, er sah die beiden Brüder mit ernster Miene an und deutete mit dem Mundstück seiner Pfeife zuerst auf die Mistgabel, dann Richtung Kühe, »ihr macht hier den Mist weg, der Karren steht draußen und die Schaufel auch. Alles muss hier sauber sein. Dann kommt ihr dran. Ich werde euch heute die Schädel rasieren. Ihr werdet euch danach eure Haut sauber schrubben. Später gibt's was zu essen, aber nur, wenn ihr fleißig wart. Eurem singenden Freund sagt ihr, dass er euch helfen soll, habt ihr alles verstanden?« Die Brüder nickten nur. »So ist es richtig, immer schön brav sein. Was meinst du, Adolf?« Der Hund gab ein kurzes, aber sehr lautes Bellen von sich, als wäre er mit allem einverstanden. Mit geöffnetem Maul hechelte Adolf und wedelte aufs Neue mit dem Schwanz.

# KAPITEL 11

## *Am Bach*

---

Und jetzt?«, wollte Gregor wissen, als die drei Jungs vor dem Bach standen und ins schmutzige Wasser starrten. Der Bach, der an dieser Stelle so breit wie ein Fluss war, führte unerklärlicherweise sehr viel trübes Wasser und Schlamm mit sich. Michael vernahm das Wiehern mehrerer Pferde von weiter flussaufwärts.

»Ich g…g…glaube, d…d…da we…werden Pfe…Pferde ge…ge…gebadet«, stotterte Konstantin und schaute in die Richtung, aus der die Laute zu kommen schienen. Durch das Schilf, das sanft im lauen Wind wogte, blieb ihnen die Sicht aufs Wasser verwehrt.

»Was machen wir jetzt, du Schlaukopf? Du bist doch der Liebling des dicken Zwergs, befehlige uns«, fuhr Gregor seinen jüngeren Bruder an und stellte seine zwei leeren Eimer ab.

Michael sah Gregor tief in die Augen, er vermutete, darin erneut den aufflammenden Zorn zu erkennen, der gegen ihn gerichtet war, auch wenn er wie so oft für das Geschehen keine Verantwortung trug.

»Wir müssen ein Stück stromaufwärts laufen, dort wird das Wasser bestimmt wieder sauber sein«, entgegnete Michael schlicht, ohne der Bemerkung seines Bruders Beachtung zu schenken. Statt weiter darüber zu diskutieren oder sich auf einen Streit einzulassen, lief Michael einfach den Fluss entlang. Die Eimer schaukelten leicht bei jedem Schritt. Sie wogen schwer in seinen Händen und ließen seine Schultern brennen, aber Michael verzog keine Miene. Der Schmerz lenkte ihn von bösen Gedanken ab. Hinter ihm knackten trockene Halme. Konstantin folgte ihm dicht auf den Fersen, wusste Michael, ohne sich umzublicken. Konstantin summte eine Melodie, die in ihm eine Erinnerung wachrief, von der ihm ein kaltes Schaudern über den Rücken lief. Nicht, weil sie ihn an etwas Schreckliches erinnert hatte, nein, die einfache Melodie rief in ihm die vergessen geglaubten Erinnerungen wach, die ihn an die Tage erinnerte, an der seine Mama seiner kleinen Schwester Anja jenes Wiegenlied vorgesungen hatte. Jede Nacht hatte seine Mama dieses Lied gesungen.

»Eia popeia schlags Gockerle tot. Legt ma koa Eier und frisst ma mei Brot«, sang Michael die Worte nach. Fortlaufend wiederholte er die Strophen, selbst dann noch, als Konstantin schon nicht mehr summte. Er flüsterte das kurze Lied so lange vor sich hin, bis sein Hals rau und trocken wurde. Schweiß lief ihm über den Rücken, das Hemd klebte wie ein nasser Lappen an ihm, die Fußsohlen brannten wie Feuer.

»Hey, hier ist das Wasser nicht mehr trüb«, rief Gregor euphorisch, aber dennoch mit gedämpfter Stimme. Michael blieb abrupt stehen und sah, wie sein Bruder zwischen dem Schilfrohr verschwand.

Konstantin folgte ihm. Auch Michael beeilte sich. Sie achteten darauf, sich nicht an den scharfen Blättern zu schneiden. Die Halme ragten ein ganzes Stück über ihre Köpfe und raschelten trocken. Sie schritten immer weiter, bis sie kniehoch im Wasser standen. Leicht außer Atem hielten sie ihre Hände zu kleinen Schüsseln gefaltet und tauchten sie ins kristallklare Wasser ein. Mit krummen Rücken und müden Gliedern setzten sie sie dicht an die rissigen Lippen und sogen gierig daran. Das Wasser roch brackig und hatte einen komischen Beigeschmack, trotzdem tranken die Kinder, bis sie nicht mehr konnten und ihre Bäuche voll waren.

Ein Laut schallte durch die Luft, der die Kinder hochschrecken ließ. Michael verharrte mitten in der Bewegung. Er war gerade dabei, den ersten Eimer mit Wasser zu füllen, und die Strömung versuchte, ihm diesen aus den Händen zu reißen. Ein von Entsetzen und Hysterie belegter Schrei, er klang überhaupt nicht menschlich, und dennoch musste er von einem Menschen stammen, schallte über das Wasser. Die kleinen Härchen auf seinen Unterarmen stellten sich auf, oder bildete er sich das alles nur ein? Er versuchte, sich zu beruhigen. Michaels Hände wurden nass. Er spähte in die Ferne, konnte jedoch niemanden ausmachen. Der Bach machte an der Stelle einen Rechtsknick, sodass er nur das Schilfrohr sah.

Michael, Gregor und Konstantin starrten einander an, eine gefühlte Ewigkeit lang schwiegen sie einfach. Nur das leise Plätschern des Wassers war zu vernehmen, ansonsten herrschte absolute Stille.

»Was war das?«, fragte Konstantin schließlich, ohne zu stottern. Auch sein Eimer war unter der Wasseroberfläche verschwunden.

»Eine Eule«, brummte Gregor scheinbar unbeeindruckt, doch Michael kannte seinen Bruder zu gut, als sich von seinem Gehabe täuschen zu lassen.

Dann waren die Schreie wieder da, diesmal jedoch nicht so gellend. Wind kam auf und trug sie weg. Mit jedem Herzschlag wurden die Stimmen leiser, bis sie allmählich zu einem kaum hörbaren Rufen verklangen. »Wir sollten zusehen, dass wir hier schleunigst wegkommen.« Gregor fragte nicht, er hatte wie so oft für alle entschieden, ohne die Übrigen nach ihrer Meinung gefragt zu haben. Doch keiner der anderen beiden hatte dieses Mal etwas dagegen.

»Wa…was mei…meint ihr? Wa…war da…da…das ei…ein Me…Me…Mensch o…oder Tier?« Konstantins Augen leuchteten.

»Ich glaube, es war eine Frau«, flüsterte Michael und zog den Eimer aus dem Wasser. Die Müdigkeit flutete in gleichmäßigen Wellen durch seinen Körper. Nur unter enormer Anstrengung gelang es ihm, den Eimer wieder herauszuziehen. Selbst die Angst verhalf ihm nicht zu mehr Kraft, er war zu erschöpft.

»Lasst uns jetzt zurücklaufen, wir haben noch viel Arbeit vor uns, der Stall muss auch noch saubergemacht werden«, murmelte Michael.

Sie liefen durch das Schilf, stumm und jeder in seine Gedanken vertieft wateten sie zum Ufer.

»Beim nächsten Mal nehmen wir eine andere Stelle zum Wasserholen«, schlug Gregor vor, auch jetzt widersprach ihm niemand. Sie hatten zu viele schreckliche Dinge erlebt, auf weitere Gräueltaten hatten sie keine Lust. In stummem gegenseitigen Einvernehmen schritten sie mit gesenkten Köpfen zurück zur Scheune. »Wollen wir Onkel Emil davon erzählen?«

Michael und Konstantin blieben ihm eine Antwort schuldig.

## KAPITEL 12

# Alexander

A lexander fröstelte. Er spürte, wie ein nasses, intensiv nach Kräutern duftendes Tuch über seinen nackten Körper gelegt wurde. Dann setzte Dunja einen Becher an seinen Lippen an. Er nippte daran. Immer wieder gelang es ihm, aus seinem tiefen Traum aufzuwachen. Er nahm von der Umgebung nicht viel wahr. Er glaubte, in einer Traumwelt gefangen zu sein, so als schwebe er ohne Hoffnung auf einen Ausweg zwischen Leben und Tod.

Jedes Mal, wenn er aus dem Delirium aufzuwachen glaubte, war Dunja bei ihm. Sie sprach versöhnliche Worte und flößte ihm etwas stets von der bitter schmeckenden Flüssigkeit ein. Manchmal war der Sud warm. Heute war die Konsistenz dickflüssig und hatte einen leicht fettigen Geschmack – wie frischer Lebertran.

»Das machst du gut, Sascha. Ich werde dich wieder aus der Hölle herausholen«, flüsterte die ihm so vertraut gewordene Stimme zu, mit jener Überzeugung und Liebe, die nur Mütter ihren Kindern entgegenbringen. Alexander versuchte, all seine Kräfte zu bündeln, um Dunja etwas mitteilen zu können. Seine Stimmbänder brannten vor

Anspannung, der Kehlkopf ließ sich nicht bewegen, weil er durstig war. Ihm lag allerlei auf dem Herzen, was er ihr sagen wollte. Er hatte ihr so viel von sich zu erzählen, von seiner Flucht und von dem Leben davor, auch davon, was er dem jungen Mann angetan hatte. Anstatt all das zu mitzuteilen, versank er aufs Neue in einem tiefen, traumlosen Schlaf. Er hörte Dunjas beruhigende Worte nicht, auch nicht ihren leisen Gesang, nicht das Klappern von Töpfen, als sie einen neuen Sud für ihn aufstellte und unzählige Kräuter hineinwarf. Einige zerrieb sie zwischen ihren Fingern, andere zerkleinerte sie in einem Mörser zu Staub. Die restlichen Pflanzen kamen als Ganzes in den großen Topf, der in den Ofen hineingeschoben wurde und dessen Inhalt später unter der zügelnden Flamme vor sich hin zu blubbern begann. Die von diesem Duft geschwängerte Luft gelangte auch in seine Lunge, doch davon nahm Alexander nichts mehr wahr.

Dunja legte sich zu ihm ins Bett, strich ihm sanft mit den Fingern über die Brust, bettete ihren Kopf in die Kuhle an seiner Schulter, schloss ihre Augen und schlief vor Erschöpfung ein. Ihr Herz gab den Ton und den Rhythmus an, doch auch das nahm Alexander nicht bewusst wahr – er schwebte immer noch zwischen zwei Welten, aber er war sich sicher, dass es noch zu früh für ihn war, zu gehen. Auf ihn wartete eine Frau, die ihn liebte.

# KAPITEL 13

## *Bei der Scheune*

W arum stinkt das Wasser so nach Schlick?« Onkel Emils Gesicht bekam rote Flecken. Sein graues Haar war feucht, die Augen waren glasig, und er schwankte ein wenig, so als wäre ihm schwindlig. Er hielt wieder seinen breiten Lederriemen in der Hand. Als er zu einem Schlag ausholte und der Gürtel mit einem Zischen die Luft durchschnitt, drohte der dicke Mann nach rechts umzukippen. Mit der linken Hand griff er, ohne dies wirklich beabsichtig zu haben, den Rand von dem großen Fass, das von den Kindern zur Hälfte aufgefüllt worden war. Dieser Zufall verhinderte in letzter Sekunde, dass der schwankende Mann zu Boden ging.

»Warum riecht das Wasser nach Schlick?«, wiederholte er den Satz erneut.

»Da war eine tote Frau«, ergriff Konstantin als Erster das Wort.

Er sprach so schnell, dass er keine Zeit zum Stottern fand, stellte Michael nicht zum ersten Mal fest.

Konstantins ganzes Augenmerk galt dem Schäferhund,

der jetzt nicht von der Seite seines Herrn wich und die Kinder mit forschem Blick taxierte.

»Was sagst du, Bengel? Wie oft habe ich gesagt, ihr sollt so reden, dass ich euch verstehe!«, fluchte Onkel Emil. Spucke flog aus seinem Bart, wo sie sich zuvor gesammelt hatte.

Michael wischte sich die Tropfen mit dem Handrücken von der Stirn. Er holte tief Luft, und endlich rutschte der Klumpen in seinem Hals tiefer, sodass er jetzt halbwegs durchatmen konnte. Doch noch bevor er die Worte von seinem Kameraden übersetzen konnte, sagte Konstantin: »Frau.« Diesmal benutzte er ein russisches Wort, dann umschloss er seinen dünnen Hals mit den Händen und schob seine Zunge aus dem Mund heraus, dabei krächzte er, als würde er ersticken.

»Was ist in ihn gefahren?« Der betrunkene Mann machte große Augen. »Er will mich doch verschaukeln. Wovon redest du? Jetzt du, sag mir, was hier los ist.« Er deutete mit seinem Zeigefinger auf Gregor. »Du sagst mir jetzt, was Sache ist. Langsam und deutlich und von Anfang an, ansonsten gibt es was auf den Hintern. Falls ich undeutlich rede, kann ich diesen Gürtel für mich sprechen lassen, und das mache ich wirklich gern, das könnt ihr mir ruhig glauben, ihr drei.«

Angesicht seines finsteren Blickes brauchte Michael niemanden, der ihn vom Gegenteil überzeugen musste.

Sich seiner Geste unbewusst, fasste Gregor sich an die Wange, schon einmal hatte ihn dort der Gürtel getroffen. Mit gesenktem Kopf sagte er: »Wir waren am Fluss, wo das Schilfrohr dicht am Ufer wächst, dort haben wir zuerst ein Pferd gehört und Stimmen. Das Wasser war trüb, also gingen wir etwas weiter stromaufwärts. Als wir eine passende Stelle gefunden hatten, hörten wir, wie eine Frau geschrien hat.«

»Eine Frau?«, unterbrach ihn der Mann. Er wankte nicht mehr, als er von dem Fass abließ. Seine Augen wie auch sein Verstand wurden zusehends klarer. Er schniefte und sah zu seinem Hund herunter. »Was meinst du, Adolf? Können wir den deutschen Bengeln glauben, oder erzählen sie mir irgendwelchen Humbug?« Er lallte jetzt auch nicht mehr.

Der Hund blickte zu seinem Herrchen auf und hörte ihm zu, so, als verstünde er jedes seiner Worte. Dann, als sein Besitzer aufgehört hatte zu sprechen, leckte Adolf sich über die feuchte Nase, senkte die Schnauze und begann zu winseln.

»Nein, ich habe zwar etwas von dem Selbstgebrannten probiert, aber betrunken bin ich bei Weitem nicht, mein lieber Adolf.« Onkel Emil tätschelte dem Hund den Rücken. »Heute falle ich schon nicht ins Wasser.« Onkel Emils Stimme klang versöhnlich, so als spräche er mit einem Kind und nicht einem Hund.

Adolf hob seinen Kopf und leckte dem Mann die Finger, als dieser ihm über die Schnauze strich. »Aber wehe, dort ist keine Leiche, dann werdet ihr dieses hier …« Um seine Drohung zu verdeutlichen, wickelte er sich den Gürtel um die rechte Faust und streckte sie den Kindern entgegen.

Totenstille, gefolgt von einem leisen Winseln von Adolf – auch er wusste, wovon der Mann sprach, so schien es zumindest für Michael, weil der Hund seinen Schwanz tief zwischen die Hinterbeine einzog, sein knochiges Hinterteil berührte dabei fast den Boden. Allen war klar, wer hier das Sagen hatte.

»Kommt jetzt, ihr nichtsnutzigen Bälger. Wenn eure Vettern auf der anderen Seite des Uralgebirges genauso dumm und zu nichts zu gebrauchen sind wie ihr es seid, dann wird der Krieg nicht lange dauern. Kommt jetzt.« Er drehte sich kurz um, weil keiner sich traute, ihm zu folgen. Nur der Hund wich nicht von seiner Seite, wobei er einen respektvollen Abstand zur rechten Hand hielt, in der der Lederriemen war.

Onkel Emil winkte mit der linken Hand, und Adolf duckte sich. In nackter Angst, dass der Schlag ihm galt, sprang das Tier jaulend zur Seite. »Was ist heute in euch gefahren? Selbst du, Adolf, bist heute ein Waschlappen. Kein Wunder, denn auch du bist ein deutscher Sprössling.« Onkel Emil lachte laut über seinen eigenen Witz, wankte, zog seine Hose zurecht und marschierte, ohne sich erneut umzuschauen, Richtung Bach.

»Ich will eure Ärsche vor meinen Augen sehen! Wird's bald?«

Michael schluckte schwer. Er warf einen Blick zur Seite. Gregor verpasste Konstantin einen saftigen Arschtritt. »Du kannst dein Maul wohl nie halten! Und dabei hast du nicht einmal gestottert, du Arsch mit Ohren!« Eine weitere Klatsche, heftiger als die erste, ließ Konstantin aufheulen.

»Ihr sollt in meiner Anwesenheit russisch reden.«

»Konstantin wird Ihnen die Stelle zeigen«, entfuhr es Gregor, der Konstantin mit beiden Armen nach vorne schubste, sodass dieser stolpernd und beide Arme vor sich gestreckt, den betrunken Mann um gute zwei Schritte überholte und der Länge nach auf die Erde schlug.

»Nicht so hastig! Nicht, dass du hinfliegst«, zog Onkel Emil den aufgebrachten Jungen auf.

Konstantin wischte sich mit dem Handrücken über die Augen, stand auf und lief schweigend voraus.

Strammen Schrittes bewegte sich der betagte Mann vorwärts, auch wenn er dabei Schlangenlinien lief, denn immer wieder wich er von dem Pfad ab. Michael hatte dennoch Mühe, Onkel Emil zu folgen. Die Strapazen der Deportation und das karge Essen zehrten an seinem jungen Körper, und auch Gregor atmete schwer.

Sie hatten noch einige Meter bis zum Fluss zu laufen, da blieb Konstantin schon wie angewurzelt stehen.

»Dort«, sagte er und deutete in eine bestimmte Richtung. Sein ausgestreckter Arm zitterte genauso wie seine Knie.

Onkel Emil kratzte sich am Bart, brummte unverständliche Worte. Dann, ohne jegliche Vorwarnung, holte er Luft und pfiff. Ein ohrenbetäubendes schrilles Pfeifen erfüllte die gesamte Umgebung, sodass Michael sich die Ohren zuhalten musste und das Gesicht zu einer Grimasse verzog.

# KAPITEL 14

## *Ein Verbrechen*

M ichael wartete ab, bis das Sirren in seinem Kopf verebbte. Ein dunkler Schwarm schwarzer Vögel stob in alle Himmelsrichtungen aus dem Schilf.

Als Michael die Hände von den Ohren wegnahm, hörte er das unverkennbare Krähen, das aus Hunderten Kehlen schwarzgefiederter Vögel drang und die Luft zum Vibrieren brachte – so kam es ihm zumindest vor. Das Schlagen von unzähligen Flügelpaaren war ohrenbetäubend, und der graue Himmel färbte sich schwarz.

»Ihr könntet recht haben«, entfuhr es Onkel Emil, als das Rufen der Krähen nur noch aus weiter Ferne zu vernehmen war. »Komm, Adolf, lass uns nachschauen. Diese Vögel aus dem Jenseits kommen nur dann in Scharen, wenn sie sich ein Festmahl erhoffen.« Onkel Emil fuhr sich über den Bart und stampfte zu der Stelle, von der aus die Vögel emporgestiegen waren. Michael und seine Freunde zögerten.

»Kommt mit, sonst werde ich mein Versprechen heute doch noch einlösen«, brummte Onkel Emil ohne jeglichen Zorn in der Stimme. »Kommt, oder ich lasse Adolf auf euch los«, sagte er eher müde als aufgebracht. Der alte Mann klang zunehmend verunsichert, je weiter er sich dem Schilf näherte.

Ihre nackten Füße versanken immer tiefer im Schlamm, je mehr sie sich dem flachen Ufer näherten. Durch die Pflanzen ging eine Schneise, die einem schmalen Trampelpfad glich, der durch dichtes Dickicht in einen Wald führte.

Gregor ging als Erster der drei voraus, ihm folgte Michael, und dahinter war der schwer schnaufende Konstantin.

Ein Bellen, dann drang ein leises Jaulen durch den dichten Uferbewuchs. Gregor stockte, auch Michael blieb stehen.

»Wa...was wa...war da...das?« Konstantins Stimme zitterte.

»Verflucht und zugenäht!« Die Empörung in der Stimme war von Furcht geprägt. Der raue Ton von Onkel Emil toste wie eine Lawine und übertönte das laute Rauschen von Blut, das durch Michaels Kopf raste. »Sieh sich das mal einer an. Was in drei Teufels Namen ...« Onkel Emils Stimme brach jäh ab. Ein Gurgeln, danach ein Plätschern gefolgt von einem Hustenanfall ließ Michaels Magen rebellieren. Nur mit Mühe konnte er seinen Mageninhalt bei sich behalten.

Gregor nicht, auch er übergab sich direkt vor seine Füße.

Michael zwängte sich an ihm vorbei, eine unsichtbare Kraft zog ihn mit sich. Der Junge schritt immer weiter, so lange, bis er knietief im Wasser stand, raus aus dem Schilf, nur um zu sehen, was den alten Mann so erschreckt haben mochte.

Die subtile Veränderung in ihm ließ ihn viel kleiner erscheinen. Eine Naivität, die nur Kinder in sich tragen, weil sie stets an das Gute glaubten, nahm von Michael Besitz und verschwand dann sofort wieder, als der Bub einen toten Körper im Wasser schweben sah. Trauer und Entsetzen fluteten ihn mit unvorstellbarer Wucht. Er war nicht imstande, den Blick von dem toten, bis zur Unkenntlichkeit entstellten Körper abzuwenden. Es war eine Frau, die da mit dem Gesicht nach oben im Wasser lag. Wo war ihr Gesicht denn?, fragte sich Michael und schluckte hart. Alles, was er sah, war ein roter Fleck, der mit weißen Stäbchen bestückt war. Diese waren Knochen, stellte er fest und schluckte abermals. Die Galle, die in ihm hochstieg, brannte wie Säure in seinem Mund und Rachen. Schmerzverzerrt sah er sich um. Er würgte die Säure herunter und holte tief Luft.

Konstantin hielt sich im Dickicht versteckt, und Gregor kotzte sich die Seele aus dem Leib. Der stand weit nach vorne gebeugt da, stützte seinen Oberkörper mit den Händen an den Knien ab und reiherte.

Michael riskierte einen verstohlenen Blick nach rechts. Onkel Emil sah ihn finster an. Seine Augen waren rot, ein dünner Faden hing an seinem Bart, den er mit einer schnellen Bewegung seiner Linken wegwischte. Instinktiv tauchte er die Hand ins Wasser und wollte sich damit übers Gesicht fahren. Als ihm bewusst wurde, dass das Wasser mit dem Blut der Toten besudelt war, wischte er sich die Hand an seiner Hose ab.

»Was ist hier passiert?« Ein Flüstern, das einer Drohung gleichkam, bescherte Michael eine Gänsehaut.

Michael zuckte langsam die Achseln.

»Habt ihr jemanden hier gesehen oder gehört?« Jetzt zitterte nicht nur die Stimme, auch Onkel Emils Bauch bebte und seine Arme zuckten.

»Ein Pf…Pferd«, stotterte Konstantin.

»Was?«

»Pf…Pferd«, wiederholte Konstantin erneut. Als er den eisigen Blick Onkel Emils sah, hüstelte er. »Ei…ein Pf… Pferd.« Jetzt sprach er russisch.

»Habt ihr gesehen, wer im Sattel saß?«

Die Kinder blieben stumm.

»Der Typ hat der Frau das Gesicht zertreten.« Onkel Emil inspizierte den Leichnam nur flüchtig, um seine beängstigende Vermutung zu bestätigen.

Michael wurde es eisig kalt bei den Worten. Sein Blick streifte die nackten Füße der Frau, die auf dem schlammigen Grund lagen und bei jeder Wellenbewegung den Schlick aufwirbelten. Kleine Fische schwammen um die Leiche herum und schnappten nach winzigen Hautfetzen.

»Lasst uns verschwinden, wir waren niemals hier und haben nichts gesehen.« Jetzt klang die Stimme des Mannes gepresst. Er warf einen Blick in die Runde, suchte nach Bestätigung, dass die Jungen keinen Ärger machen und ihm stumm folgen würden.

»Was geht hier vor?«, herrschte eine laute Stimme die Anwesenden an. Ein Mann auf einem Pferd näherte sich von der anderen Seite des Bachs.

Michael musste blinzeln, die untergehende Sonne wurde vom Wasser reflektiert und blendete ihn. Die Silhouette war im Gegenlicht völlig schwarz. Das stolze Ross schäumte mit seinen Schritten das Wasser auf.

Michael schirmte mit der Hand die Augen vor den grellen Sonnenstrahlen ab. Trotzdem konnte er nicht erkennen, wer da auf sie zugetrabt kam. Erst als der Mann dicht vor ihnen stand, erkannte er den Reiter. Ein eiskalter Schauer überkam den Jungen bei dem Anblick. Konnte das tatsächlich möglich sein?

# KAPITEL 15

## *Ein weiteres Wort*

———

Alexander fröstelte. Er hatte nicht lange geschlafen, das wusste er. Erneut hatte er von vergangenen Tagen geträumt, hatte seine Mutter in diesem Traum gesehen. Als er sie in den Arm nehmen wollte, wich sie vor ihm zurück. Er lief auf sie zu, doch sie ließ ihn nicht gewähren, ehe er ihr sein Vorhaben nicht erklärt hatte. »Ich will dich nur noch ein einziges Mal in den Armen halten«, flüsterte er. Die Berührung war flüchtig. Alexander zuckte zusammen, als seine Lippen die Wange seiner Mutter berührten. Ihre Haut war kalt, sie duftete nicht wie seine Mutter nach Hefeteig und Kräutern. Ihr Atem roch streng nach Fäulnis, ihre Zähne waren schwarz, als sie ihre Lippen zu einem traurigen Lächeln verzog.

»Was ist passiert, Mutter?«

»Noch ist deine Zeit nicht gekommen«, entgegnete sie, ihm eine Antwort auf seine Frage schuldig bleibend.

Plötzlich wurde ihm bewusst, dass sie nicht alleine waren. Im Augenwinkel nahm er eine Bewegung wahr, ein latentes Gefühl der Angst flutete seinen Körper. Als er langsam seinen Kopf in die Richtung drehte, in der er eine

Gestalt vermutete, stockte ihm der Atem. Die gleißende Sonne blendete ihn. Die Silhouette stand direkt im Sonnenlicht. Die Abenddämmerung glättete die Konturen, als Alexanders Augen sich zu schmalen Schlitzen verengten.

»Vater?«

Der Schemen trat näher.

Schweiß legte sich wie ein Nebel auf Alexanders Haut. Er kämpfte gegen das Schwindelgefühl an, der Traum war zu real, er konnte seinen Vater nicht nur sehen, er konnte ihn spüren, mit allen Sinnen.

»Du musst dein Leben wieder in den Griff bekommen. Deine Mutter hat recht, noch ist es zu früh, die Zeit ist noch nicht reif.« Sein Vater stand jetzt direkt vor ihm, Mutter war nicht mehr da. Starke Arme drückten Alexander fest an sich. Statt geschockt zu sein, verspürte Alexander ein Gefühl der Zufriedenheit, das ihn vollkommen in sich einschloss, wie ein Kokon. Genauso kam er sich vor, eingehüllt in ein Laken, wie ein Kind.

Als sein Vater von ihm abließ und sich in Luft auflöste, hinterließ er eine Leere, die für immer unausgefüllt bleiben würde. Trotzdem breitete sich zunehmend eine absolute seelische Ruhe in seinem geschwächten Körper aus. Dieser Traum, da war sich Alexander sicher, hatte etwas Existenzielles und gleichermaßen Surreales aus der Welt geschafft, das ihn daran gehindert hatte, zurück ins Leben zu finden. Die Furcht, die ihn all die Tage gequält hatte, war mit einem Mal verflogen. Seine Brust zog sich nicht mehr schmerzhaft zusammen.

»Wasser«, kam es über seine rissigen Lippen. »Wasser, Wasser. Ich will leben«, sagte er und fuhr sich mit der Zunge zaghaft über seinen rauen Mund. Die Bilder vor seinem inneren Auge lösten sich auf, wurden zu einer weißen Dunstwolke. Sein Vater klopfte ihm ein letztes Mal auf die Schulter, drehte sich um und verließ ihn schweigend – für immer. Dann verschwand er im dichten Nebel seines Traumes.

Alexander verspürte einen unsäglichen Drang, noch ein einziges Mal zurückkehren zu können, zurück zu dem alles entscheidenden Ereignis, an dem sein Leben eine andere Richtung genommen hatte. Er wollte zurückgehen, um in diesem Moment eine andere Wahl treffen zu können, eine, die sein Schicksal nicht auf diese Weise herausforderte, eine, die all das, was danach geschehen war, nicht zugelassen hätte. Aber an welchem Tag nahm sein Los diese Wendung, die sein Leben in den Abgrund vieler katastrophaler Ereignisse gestoßen hatte? Die Frage, ob danach sein Leben andere Formen angenommen hätte und ein besseres geworden wäre, drängte sich in den Vordergrund.

Als er darüber nachdachte, wurde er sich Dunjas Nähe gewahr.

»Trink das hier«, flüsterte sie ihm leise zu.

Alexander öffnete die Lippen und tat einen Schluck, dann noch einen. Das Leben schien zurückzukehren, wie ein Dieb schlich es in seinen Körper zurück und suchte in ihm nach einem passenden Versteck.

## KAPITEL 16

# *Begegnung*

---

Pulski. Diese Tatsache traf Michael wie ein Fausthieb. Aus dem Augenwinkel warf er seinem Bruder einen hastigen Blick zu. Gregor nickte unmerklich. Langsam wischte er sich mit der Handkante über die Lippen, zum Zeichen, dass Gregor Ruhe bewahren – und was noch wichtiger war – kein Wort sagen sollte. Erneutes Nicken.

Die beiden Brüder sagten weder einen Ton, noch hatten sie vor, die Situation durch eine auffällige Bewegung zu verschlimmern. Ungefragt würde keiner von ihnen irgendeine Erklärung abgeben, sie blieben einfach mit gesenkten Köpfen stehen und schwiegen.

Pulskis Fuchs wieherte und stellte sich auf die Hinterhand. Wasser spritzte, als das Tier sich wieder beruhigt hatte und mit den Vorderbeinen auf dem Boden ankam. Adolf gab einen Laut von sich, der halb Bellen und halb Winseln war.

»Dein Köter scheucht mein Pferd auf«, sagte der Mann auf dem Pferd. Er war immer noch genauso groß, wie Michael ihn in Erinnerung hatte, aber sein Gesicht war älter geworden. Seine Uniform war ihm zu groß und hing über die Schultern herab. Auch die Haut an den Wangen und unter den bösen Augen warf Falten, als wäre er darunter geschrumpft.

»Adolf, Platz!«, brummte Onkel Emil. Adolf schnaufte und lehnte sich mit der linken Flanke an das Bein seines Herrchens.

»Kennst du diese Frau?«, wollte Pulski wissen.

Onkel Emil schüttelte nur den Kopf. »Ich weiß nicht, ihr fehlt …« Weiter kam er nicht, denn seine Stimme brach wie ein trockener Ast.

»Du meinst, ihr fehlt der halbe Kopf?« Pulski schien seine Position zu genießen. Ihm tat die Tote überhaupt nicht leid.

»Das, was der Frau angetan wurde«, ergriff Onkel Emil dieses Mal mit festerer Stimme erneut das Wort, »diese Tat ist schändlich und gleicht einer Sünde. Nur ein Feigling ist zu so etwas imstande. Ich werde mich …«

»Du wirst gar nichts tun«, unterbrach ihn Pulski. Sein Mund verzerrte sich zu einem Grinsen. Seine Augen strahlten Selbstzufriedenheit und Stolz aus und warfen dem älteren Herrn einen verschlagenen Blick zu. »Du bezichtigst mich eines Mordes, bezeichnest mich als Feigling, als Meuchelmörder? Ich bin nicht hinterhältig oder gar feige. Es war ein Unfall, ich habe diese Frau beim Stehlen erwischt«, gab er brüsk von sich.

Onkel Emil wurde bei diesen Worten zusehends kleiner.

Pulskis Kopf drehte sich über die linke Schulter zurück. Er hielt nach jemandem Ausschau. Dann sah er sein Gegenüber hämisch grinsend an. »Sie und ihr Bruder haben hier Netze ausgestellt und gefischt, ohne sich die Erlaubnis eingeholt zu haben. Als ich die beiden auf frischer

Tat ertappte, schlug die dumme Frau mit einem Stock nach meinem Pferd. Da traf das Schicksal sie mitten ins Gesicht, nur war ihr Schicksal ein scheues Tier mit Hufeisen.« Er lachte in sich hinein. »Da kommen sie endlich. Legt einen Zahn zu, ihr nichtsnutzigen Bastarde«, schrie er, drehte erneut den Kopf zur Seite und hob die linke Hand zum Mund, die er zu einer Art Trichter geformt vor seine Lippen hielt.

Als er sich die Kinder vornahm und sich ihnen zuwandte, veränderte sich sein Gesichtsausdruck zusehends. Seine Züge wurden weicher, so als habe er jemanden entdeckt, den er lange vermisst und gesucht hatte. »Ich kenne euch doch, nicht wahr? Das nenne ich eine glückliche Fügung. Heute ist mein Glückstag.« Sein abgehacktes Lachen trieb Michael einen imaginären Keil in die Brust. Der Junge verzog schmerzverzerrt das Gesicht. Er hatte Todesangst, von diesem Mann ging eine eisige Kälte aus, die ihn jedes Mal frösteln ließ, wenn er ihm zu nahe trat.

Michael machte einen Schritt nach hinten, als Pulskis Grinsen breiter wurde. Er hatte die Unsicherheit, die Michael ausstrahlte, bemerkt, und gab seinem Pferd die Sporen. Er schnalzte mit der Zunge und ließ das Tier mehrere Schritte nach vorne laufen, bis sich der Abstand um einiges verkürzt hatte.

Michael blieb stehen. Angst lähmte seinen Körper. Ihm wurde fast schwindlig dabei. Mit einer unbeschreiblichen Wucht brachen die Erinnerungen über ihn herein wie eine Lawine. Er rang nach Luft, sein Magen wurde zu einem harten Klumpen, ihm wurde speiübel, als Bilder wie Rückblenden vor seinem inneren Auge auftauchten.

Grell wie Blitze, scharf wie Rasiermesser schnitten sie sich durch die Erinnerung hindurch und rissen die halbwegs verheilten Wunden erneut auf. Dann tauchte eine Szene auf, in der sich der so stolze Mann in die Hose gemacht hatte. Michael verspürte einen flüchtigen Augenblick der Genugtuung, gab sich jedoch Mühe, dies in keiner Weise zu zeigen.

»Du erinnerst dich auch an mich, nicht wahr?« Pulski beugte sich weit nach unten. In seinen Augen spiegelte sich etwas, das Michael nicht richtig zu deuten wusste. Dann verschwand der Glanz samt dem Stolz, sein Blick wurde stumpf. Pulski spielte mit den Kaumuskeln, so als habe er gerade auf etwas Hartes und Saures gebissen. Das maliziöse Grinsen auf seinem Gesicht wurde zu einem undefinierbaren Zähneblecken. Er fuhr sich mit der Zunge unter die Oberlippe und spie mit angewidertem Gesicht einen weißen Klumpen Rotz ins Wasser. »Komm her!«, befahl er Michael und richtete sich wieder im Sattel auf. Er gab sich dabei Mühe, eine stattliche Haltung anzunehmen, scheiterte bei seinem Vorhaben jedoch, als sein Pferd erneut scheute. Der Braune riss an den Zügeln und wieherte. Die Nüstern blähten sich wie Segel auf, der große Kopf zerrte an den Lederriemen. Pulski schlug seine Fersen gegen die Flanken, doch das Tier torkelte trotzdem rückwärts und brachte das Wasser zum Brodeln.

Eine Wasserschlange schlängelte sich dicht vor den Vorderbeinen des Tieres hindurch und verschwand geräuschlos wie ein Schatten im Dickicht. Als das Wasser von den trampelnden Hufen aufgeschäumt wurde, wurde der faule Geruch intensiver.

Die Leiche bewegte sich auf einmal und schwebte auf Michael zu. Der torkelte rückwärts und plumpste auf den Hintern.

Der Hengst bäumte sich auf und stellte sich erneut auf seine Hinterhand.

Onkel Emil eilte herbei und griff nach dem Zaumzeug. Seine Hand erwischte den Kehlriemen, und mit ganzer Kraft zog er den Kopf des Tiers nach unten und flüsterte dem Pferd etwas zu. Der aufgebrachte Gaul prustete und schnaubte, beruhigte sich jedoch.

Auch die Leiche blieb wie von Zauberhand an derselben Stelle im Wasser schweben. Michael taxierte sie mit weit aufgerissenen Augen, während sein Atem stoßweise ging.

»Lass ihn los, ich werden ihn zum Metzger bringen«, schrie Pulski rasend vor Wut. Er griff nach hinten und schnappte sich eine Peitsche.

»Er ist jung und unerfahren. Das Tier braucht einen erfahrenen …« Onkel Emil verstummte, als ihm bewusst wurde, dass er den großen Mann beinahe erneut beleidigt hätte, »… einen erfahrenen Lehrer. Ich kann ihn für Sie abrichten«, korrigierte er sich schnell und tätschelte das Tier sachte an seinem muskulösen Hals.

Pulski sprang aus dem Sattel. Das Wasser spritzte, als er mit beiden Stiefeln, die von schwarzer Wichse glänzten, auf einem kleinen Hügel aus Kieselsteinen landete. Er stand bis zu den Knöcheln im Wasser. Die Steine knirschten unter seinem Gewicht, Ansammlung aus Kieseln wurde jetzt zu einer Mulde. Pulski drückte Onkel Emil die Zügel in die linke Hand, die Peitsche hielt er immer noch in seiner Rechten. Demonstrativ holte er zu einem Schlag aus und ließ den schmalen Riemen in der Luft zweimal in langen Schlaufen kreisen. Mit einer einzigen ruckartigen Bewegung ließ er die Geißel knallen. Das Geräusch zerriss die Stille wie ein Pistolenschuss, und Michael zuckte erschrocken zusammen.

»Wer versteckt sich im Gebüsch? Komm heraus, Fremder, sonst lasse ich dich auspeitschen! Und ihr da kommt näher heran.« Die letzte Bemerkung galt zwei uniformierten Männern und dem Drachentöter Nikolai, so hieß der Kerl, dessen Antlitz jetzt eher einem zum Tode verurteilten Mann glich. Die rechte Seite seines Gesichts war angeschwollen, blutverkrustet und von tiefen Schnitten überzogen. Statt seines Auges war dort eine Beule, die in der Mitte einen Schlitz aufwies, so als habe jemand mit einem Messer über die angeschwollenen Lider geschnitten. Nikolai weinte stumm. Sein Gesicht leuchtete in allen Farben der Gewalt, die ihm vor Kurzem angetan wurde.

Die beiden Männer in Armee-Uniformen stießen den Gefangenen vor sich her. Pulski ließ die Peitsche erneut durch die Luft sausen, dieses Mal schnitt die Spitze einige Schilfhalme durch.

Michael duckte sich, unbeabsichtigt streifte sein Blick erneut die Leiche. Ihr Kleid lag wie eine zweite Haut auf ihren Beinen und ließ die tote Frau nackt erscheinen. Er wandte beschämt den Blick ab und rappelte sich hoch auf die Beine. Endlich traute sich auch Konstantin heraus. Er zitterte am ganzen Körper. Seine Hände hielten einen toten Vogel. Es war eine Krähe. Ihre Flügel hingen schlapp herunter, der Kopf lag schräg zur Seite geneigt, der weit aufgerissene Schnabel verharrte mitten in einem stummen Schrei.

»Bi…bi…bitte tö…tö…töten S…Sie mi…mich ni… ni…nicht«, sprach Konstantin mit weit aufgerissenen Augen zu dem aufgebrachten Mann, der den Knauf seiner Peitsche gegen die offene Hand schlug. Konstantins Stimme war kaum hörbar, selbst das Schnauben des Pferdes war deutlicher zu vernehmen.

Pulski machte mehrere schnelle Schritte auf Konstantin zu und schlug ihm mit dem hölzernen Knauf gegen den dünnen Oberarm. Angewidert verzog er seine verhärmte Miene, als seine Augen den toten Vogel streiften.

Der Kleine schnappte nach Luft, das schmerzverzerrte Gesicht bei Michael Schutz suchend. Dieser erwiderte seinen traurigen Blick.

»Du solltest deine faschistische Sprache lieber schnell vergessen, sonst werde ich dir deine Dummheit mit diesem Knüppel hier aus dir herausprügeln. Nur euretwegen bin ich hier mitten im Nirgendwo gelandet, statt weiter studieren zu dürfen, muss ich Bälgern wie euch hinterherrennen«, spie Pulski die Worte wie Gift aus. Speichel flog aus seinem Mund.

»Er hat Angst«, mischte sich Michael ein, als Pulski zu einem weiteren Schlag ausholte. Wie von einer unsichtbaren Kraft gehalten, verharrte der ausgestreckte Arm in der Luft, der Riemen hing herunter, die dünne Spitze schlängelte sich im Wasser und wurde von der Strömung weggetragen, bis sich das Lederband gespannt hatte.

Pulski schniefte laut und spie erneut einen Klumpen Rotz ins Wasser. »Was hat er gesagt?«, wollte Pulski von Konstantin wissen, deutete mit einem Kopfnicken zu Michael und rollte die Peitsche ein, indem er die lange Schnur in engen Schlaufen um den Knauf wickelte.

»Er will nicht getötet werden«, entgegnete Michael trotzig und mit erstaunlich ruhiger Stimme. Er warf erneut einen Blick zu Konstantin und erstarrte.

Konstantin hielt den toten Vogel immer noch mit beiden Händen umklammert, jetzt waren seine Finger nicht nur nass, sie leuchteten rot. Helle Blutstropfen hingen von seinen Fingerknöcheln herunter und verschwanden geräuschlos im trüben Wasser.

»Er hat ein Lo…Lo…Loch i…in der Bru…Bru…«, wandte sich Konstantin an Michael und beobachtete den bis zur Weißglut aufgebrachten Pulski.

»Brust«, beendete Michael den Satz flüsternd. Er bewegte dabei nur die Lippen.

Als Michael seinen Blick von der toten Krähe abwandte und im Begriff war, den kurzen Satz zu übersetzen, verschluckte er sich, denn Pulski stand direkt vor ihm. Mit Daumen und Zeigefinger packte er ihn im Gesicht und drückte seine scharfen Fingernägel tief in die Wangen des Jungen hinein.

Michael jaulte beinahe von dem unsäglichen Schmerz auf, Tränen vernebelten seine Sicht.

»Was habe ich euch denn gerade eben gesagt? Hä?« Der eiserne Griff wurde noch fester.

Michael schmeckte Blut auf seiner Zunge. Sein Unterkiefer rutschte immer weiter nach unten. Sein Mund war zu einem länglichen O verzogen.

Dann ließ der Mann endlich von ihm ab und verpasste ihm eine saftige Ohrfeige. Der Schlag kam unerwartet, Michaels Kopf schnellte zur Seite, sein linkes Ohr begann zu pfeifen.

»Der Vogel hat ein Loch in der Brust«, stammelte Michael mit gesenktem Kopf und hielt sich die linke Wange mit der Hand. Die Haut darunter brannte wie Feuer.

»Sieh mich gefälligst an, wenn du mit mir redest!«, herrschte Pulski ihn an und hob mit dem Ende des Knaufs Michaels Kinn nach oben. Dieser leistete keinerlei Widerstand. Er sah dem Mann in die Augen. Ein Ausdruck des Hasses zeichnete sich darin ab, seine Mundwinkel zuckten. Pulski sprach, ohne seinen Blick von dem Jungen zu nehmen, der Griff der Peitsche drückte immer noch gegen Michaels Kinn.

»Holt die Leiche aus dem Wasser und bindet sie auf das Pferd, der Gefangene wird sich heute noch bei der Armee melden – und zwar freiwillig. Noch morgen geht er an die Front, um sein Vaterland vor den Aggressoren des faschistischen Regimes zu beschützen. Alle Anwesenden sind Zeugen dessen, was heute passiert ist. Die Frau und ihr Bruder wurden beim Stehlen sozialistischen Guts erwischt. Der schreckliche und tragische Tod der Frau war ein Unfall.« Endlich nahm er die Peitsche weg und warf sie einem der Soldaten zu.

Michael traute sich wieder, aufzuatmen, aber erst, als Pulski sich von ihm abwandte. Er schubste Gregor aus dem Weg und machte zwei Schritte auf Konstantin zu, worauf dieser rückwärts torkelte und beinahe hinfiel.

»Wirf den Vogel weg, sonst bekommst du auch ein Loch in die Brust«, zischte Pulski den verängstigten Jungen an.

Michael verfolgte das Geschehen mit dumpfem Hass. Sein Herz raste und schlug schmerzhaft gegen seine Rippen. Warum mischte sich niemand ein, selbst Stepan, der große Mann mit der Glatze, sagte nichts, er stand am anderen Ufer und beobachtete alles, ohne einzuschreiten. Das Gewässer war an dieser Stelle flach, sodass Stepan sie ohne Mühe hätte erreichen können, aber er stand einfach nur da und sah zu. Auch Onkel Emil hielt immer noch das Pferd am Geschirr fest und war damit beschäftigt, das Tier ruhig zu halten, bis die tote Frau von den beiden Soldaten hinter dem Sattel festgebunden wurde. Ihre Arme und Beine hingen schlaff herunter, rotes Wasser troff aus ihrem Kleid.

»Wird's bald! Wirf ihn weg!« Pulskis rechte Hand fuhr hinter seinen Rücken, dort, wo eine Pistole in einem braunen Lederholster steckte.

Konstantins Pupillen drehten sich nach oben weg, seine Augen wurden weiß. Schaum quoll aus seinem Mund, er zuckte am ganzen Körper, seine Finger verkrampften sich und zerquetschten den Kadaver in seinen Händen. Wie eine faule Frucht drückte er den Vogel zusammen, Blut und etwas anderes schoss aus dem Loch, verfing sich in Konstantins Fingern und tropfte seine Kleidung voll, bevor seine Beine nachgaben. Dann fiel er, immer noch am ganzen Körper zuckend, auf den Rücken.

»Was ist in ihn gefahren? Ist er vom Teufel besessen?«, fluchte Pulski, nicht mehr wie ein Tyrann klingend.

Etwas lehnte sich in Michael auf. Selbst als ihm bewusst wurde, dass das, was er vorhatte, ihn das Leben kosten könnte, lief er zu seinem Freund und packte ihn unter den Achseln. Konstantin war steif wie ein Brett, alle seine Muskeln waren angespannt. Eine innere Stimme rief Michael zu, er solle damit aufhören, sich ständig für andere einzusetzen. Doch er ignorierte sie. Mit zusammengebissenen Zähnen stemmte er sich auf die Beine und schleifte

Konstantin, der inzwischen nicht mehr zuckte, aber immer noch hart wie Stein war, zurück zum Ufer. Noch mehr Schaum sprudelte zwischen den blau angelaufenen Lippen heraus, die Augen waren nur zwei weiße Murmeln, die Michael pupillenlos unter den flatternden Lidern heraus anstarrten. Finger wie Klauen zerdrückten den kleinen Körper der Krähe, der von schwarzen Federn bedeckt war. Einige lösten sich und wurden von der Strömung weggetragen, andere blieben an Konstantins Kleidung haften.

»Lass endlich den Vogel los«, presste Michael durch die Zähne hervor, denn er hörte, wie die Knochen unter dem enormen Druck brachen, noch mehr Federn lösten sich und schwammen wie Blätter auf der glänzenden Wasseroberfläche. Auf einmal wurde die schwere Last leichter.

Als Michael den Kopf hob, sah er seinen Bruder vor sich. Gregor packte Konstantin an den Füßen und half seinem Bruder, den Jungen aus dem Wasser zu tragen. Gregor sah ihn betroffen, gleichzeitig aber auch fordernd an. Gemeinsam gelang es den beiden, ihren Freund, der sie so oft in prekäre Situationen gebracht hatte, zum rettenden Ufer zu schleppen. Konstantin zuckte nicht mehr, auch lief ihm kein Schaum mehr aus dem Mund. Er lag wie ein Toter da, sein Körper war nicht länger steif, auch das Blau wich einem unnatürlichen Weiß.

»Wurde er etwa von einer Schlange gebissen? Gregor, was meinst du, hast du etwas gesehen?« Michael blickte über seine Schulter, doch sein Bruder Gregor schüttelte nur den Kopf.

»Was ist passiert?« Onkel Emil kam auf sie zu, er klang besorgt, sogar ängstlich, die angetrunkene Gleichgültigkeit war vollends verschwunden.

»Er ist halt so«, entgegnete Gregor müde.

»Manchmal, wenn er sich ganz arg erschreckt, fällt er in Ohnmacht oder wie man das nennt. Er ist dann wie tot«, versuchte Michael zu erklären, auch er klang erschöpft. Beide Brüder waren von den ganzen Strapazen völlig mitgenommen und hatten keine Kraft mehr. Eine Weile saßen sie einfach nur da und waren in ihre Gedanken versunken, sie starrten zu dem kleinen Fluss, der von grünen Pflanzen umsäumt war. Plötzlich hörten sie, wie trockene Zweige und Halme brachen. Jemand bahnte sich den Weg durch das Schilf und Gestrüpp. Der Unbekannte nahm nicht den ausgetretenen Pfad, er lief durch das Dickicht.

»Ich glaube es nicht!«, entfuhr es Onkel Emil.

Michael wusste die Worte Onkel Emils nicht richtig zu deuten. Entweder war der alte Mann verbittert oder überrascht, als er den kahlen Kopf von Stepan erblickte.

»Sind sie weg?«, fragte er. Seine Aufmerksamkeit galt Konstantin, der im Gras lag und sich nicht bewegte. Der tote Vogel lag auf der schmalen Brust, von zwei kleinen Händen fest umklammert wie ein Schatz.

»Sie haben zuerst auf die Vögel geschossen. Dieser Kommandant, er hat mit seiner Pistole auf die Krähen gezielt«, stammelte Stepan und ließ sich schwer atmend neben Onkel Emil nieder. Ihre Blicke waren auf das kleine Flüsschen gerichtet. »Nikolai und seine Schwester wollten die Netze kontrollieren. Ich denke, dieses Arschloch hat die beiden nur erschrecken wollen, oder er dachte, sie verstecken sich im Schilf, du weißt schon ... er konnte ja nicht wissen, dass die beiden Geschwister sind. Ich stand nur einige Meter von ihnen entfernt und sah nach den Fallen, die ich für Nutria und Krebse aufgestellt hatte. Jedenfalls habe ich zuerst die

Schüsse gehört, dann die Schreie. Als ich nach dem Rechten sehen wollte, sah ich, wie dieser Pulski dem armen Mädchen an die Kleider ging. Sie hat sich gewehrt, dann – ich weiß nicht, wie es dazu kam – hat Nikolai den Mann am Arm gepackt, und plötzlich fiel der Schuss. Ich sah, wie ...«, seine Stimme brach, Stepan atmete mehrmals tief ein und aus, dann fuhr er fort. »Er hat ihr das halbe Gesicht weggeschossen. Die zwei Männer, die Pulski begleitet haben, hielten Nikolai an den Armen fest. Pulski suchte im Wasser nach einem Stein, und als er einen gefunden hatte, der groß genug war, ließ er ihn mehrmals auf das nicht mehr vorhandene Gesicht des Mädchens niederfahren, so lange, bis von ihrem Antlitz nicht mehr blieb als ...« Er sprach den Satz nicht zu Ende, beugte sich nach vorne und übergab sich ins Gras.

»Was ist passiert?« Die leise Stimme von Konstantin ließ alle zusammenfahren.

»Du hast uns das Leben gerettet, du bescheuertes Arschloch. Das ist passiert«, fluchte Gregor, und er klang dabei alles andere als erbost.

Auch Michael lächelte schief.

Nur die beiden Männer schienen sich immer noch nicht von dem Schreck erholt zu haben. Auch wenn die Brüder noch Kinder waren, hatten sie in ihrem jungen Leben schon viel mehr Leid und Schrecken erlebt als die zwei alten Männer. Der grässliche Tod der Frau beschäftigte sie nicht so sehr wie die beiden, alles, was für sie zählte, war, dass sie noch am Leben waren.

Mit gerümpfter Nase starrte Konstantin auf den gefiederten Kadaver, den er angeekelt von sich stieß und von ihm abrückte, indem er auf seinem Hosenboden über die Erde rutschte.

»Diesmal war der Anfall sehr schlimm, ich kann mich an fast gar nichts erinnern«, sprach Konstantin mit krächzender Stimme.

»Genug geschwafelt«, unterbrach Onkel Emil die Kinder. Mit einiger Anstrengung rappelte er sich auf die Beine und stampfte davon. »Ich hoffe, der Ofen ist noch heiß, wir brauchen alle eine gescheite Abreibung.« Er lachte über seinen eigenen Witz.

Michael begriff nicht sofort, dass Onkel Emil damit das Waschen meinte. Dann, als er das Wortspiel endlich erkannt hatte, lachte auch er stumm und trottete dem alten Mann hinterher.

Stepan bildete die Nachhut.

Michael sah nicht, wie der große, scheinbar angstlose Mann sich immer wieder umdrehte, um nachzuschauen, ob sie nicht verfolgt wurden, und dafür sorgte, dass Pulski sich heute nicht mehr blicken ließ.

Der Tag neigte sich dem Ende zu. Die Sonne schien durch die weißen Wolken, die tief am Himmel hingen.

Michael stierte auf seine nackten Füße, die bei jedem Schritt etwas von der trockenen Erde aufwirbelten und kleine Staubwolken hinterließen. Dicht neben ihm lief sein ebenfalls schweigender Bruder. Ihre Schultern berührten sich beinahe.

Konstantin folgte ihnen und summte ein Lied.

»Eia popeia schlags Gockerle tot …«

# KAPITEL 17

## *Augenblick*

———————

Als Alexander erneut aus der Bewusstlosigkeit erwachte, begriff er nicht sofort, wo er sich befand, und ihm war immer noch schwindlig. Er hob seine bleiernen Lider nur einen kleinen Spalt breit an. Zunächst blieb es bei einem Versuch. Erst nach ungeheurer Anstrengung gelang es ihm, sie anzuheben, ohne dass sie wieder zufielen. Alles um ihn herum war schemenhaft. Die Konturen verschwammen vor seinen Augen. Die gelbe Sonne, die durch das staubige Fenster schien, brannte wie Feuer auf seiner Netzhaut. Tränen trübten seine Sicht, sie wegzublinzeln war unmöglich. Er schaute durch die Scheibe, die von Spinnweben überzogen war. Er sah ein Bettlaken im Wind flattern, auch glaubte er, Frauenunterwäsche auf der Wäscheleine hängen zu sehen. Dunja schien allein zu leben, schloss er daraus, auch wenn sein Versand noch etwas mürbe war, schien er doch noch zu funktionieren. Die Rädchen in seinem Kopf hakten zwar, bewegten sich jedoch. Langsam und stetig kehrte seine Erinnerung zurück. Also hatte man ihm nicht das ganze Hirn weggeschossen, dachte er und versuchte, den harten Klumpen herunterzuwürgen, der ihm die Luftröhre blockierte. Sein Hals kratzte, so als habe er eine Handvoll Staub eingeatmet.

Ihm war mehr als bewusst, dass seine Zukunft in den Händen anderer lag. Sie würden über sein Leben entscheiden, nur war ihm immer noch nicht klar, warum er überhaupt noch lebte. War es Glück oder eine weitere Prüfung, die er zu bestehen hatte, bevor er sterben durfte, um in den Himmel zu kommen? Erneut benetzten Tränen seine Augen. Dann fiel ihm der junge Mann ein, den er erschossen hatte. Seine Brust zog sich schmerzhaft zusammen, er begann heftig und laut zu atmen. Nur mit den Augen sondierte er den Raum. *Ich bin allein,* dachte Alexander, doch dann bemerkte er, dass er beobachtet wurde. Eine kleine Gestalt saß in einer dunklen Ecke.

»Sascha, du bist wieder wach«, perlte die Stimme durch den Raum und ließ mit einem Mal alles heller erscheinen.

»Dunja«, krächzte Alexander.

Der schmale Schatten trat aus der Ecke.

Alexander beobachtete, wie Dunja auf ihn zukam. Als sie zum Tisch ging, strahlte die Sonne sie an. Dunja trug ein weißes Kopftuch mit roten Blumen, ein langer, blonder Zopf hing über ihre linke Schulter. Sie war nicht mehr blutjung, vielleicht sechsundzwanzig, doch das störte Alexander nicht. Warum war sie nicht verheiratet? Was war mit ihr nicht in Ordnung, dass sie immer noch ledig war und keine Kinder hatte? Dann fiel ihm das Gespräch ein, in dem der Name ihres Mannes gefallen war, Nikita. Er war im Krieg. Das erklärte aber nicht, warum hier im Haus keine Kinder herumtobten. Obwohl diese Gedanken ihm absurd vorkamen, schienen sie doch von einer Wichtigkeit zu sein, welche er sich nicht zu erklären vermochte.

Sie kam auf ihn zu. Dunja hielt eine hölzerne Schöpfkelle in ihren Händen, die im gelben Licht der Sonne nass glänzten. Ihre Schritte gingen schleifend, so, als trüge sie viel zu große Schlappen. Dieser Gedanke erheiterte ihn so sehr, dass er sogar einen seiner Mundwinkel zum Zucken brachte. Sofort wurde er dafür bestraft, indem ein heißer Blitz des Schmerzes durch seinen Kopf fuhr. Alexander biss die Zähne zusammen.

»Trink das hier«, flüsterte sie und hielt ihm das kühle Nass an die Lippen. Der Sud schmeckte bitter, tat jedoch seiner ausgedörrten Kehle gut.

»Du wirst jetzt wieder einschlafen, Sascha. Ich habe etwas Mohnsaft beigemischt, das wird deine Schmerzen ein bisschen lindern. Schlaf, Sascha. Der Schlaf ist heilig, er lindert und heilt unsere Wunden. Alles, was du brauchst ist Ruhe und Liebe, ich habe beides ...« Dunja redete noch weiter, nur hörte Alexander ihre Worte nicht mehr. Seine Seele schwebte davon, die Schmerzen waren wie verflogen, weißer Nebel umhüllte ihn und trug seinen Geist in die Welt der Träume.

## KAPITEL 18

# *Besäufnis*

———

Als sie sich dem Pferdestall näherten, sah Michael eine Ansammlung von Männern, die an der kleinen schiefen Hütte stand, die Onkel Emil als Banja bezeichnet hatte. Aus dem Schornstein kräuselte sich eine Rauchsäule empor, die sich in dem grauen Himmel der Abenddämmerung in Nichts auflöste.

»Hey, Emil! Wo bist du denn gewesen?«, erklang die heitere Stimme eines Mannes, der noch älter aussah als Onkel Emil. Sein Rücken war krumm, er stützte sich mit beiden Händen auf einem knorrigen Stock ab und verzog seinen zahnlosen Mund zu einem Grinsen.

»Das geht dich nichts an, Gleb. Geht euch waschen und dann verschwindet von hier«, murrte Onkel Emil.

Er ging an dem Greis vorbei, dessen lichtes Haar in langen, weißen Strähnen über seine Schultern hing. Die anderen Männer setzten fragende Mienen auf. »Welche Laus ist dir denn über die Leber gelaufen? Wir sind nicht wegen der Banja hier, und das weißt du auch«, krächzte der Alte und humpelte dem aufgebrachten Onkel Emil hinterher.

Michael konnte noch drei weitere Männer ausmachen, zwei von ihnen waren nicht viel jünger als dieser Gleb. Der dritte, er war vielleicht so alt wie Michaels ältester Bruder Alexander, stand mit dem Rücken an den Türrahmen gelehnt an der Hütte. Er war wesentlich kleiner als Alexander, seine linke Gesichtshälfte hing wie weiches Wachs herunter. So, als habe ihm jemand die Haut zusammengeknüllt. Sein linker Arm baumelte an seiner Schulter wie das Pendel einer Standuhr, die Michael bei Oma und Opa gesehen hatte.

Onkel Emil verschwand in seinem Haus. Die Männer schauten einander verdutzt an. Der Kerl mit dem Wachsgesicht nuschelte unverständliche Worte. Seine Aussprache war feucht und pfeifend. Michael wandte den Blick von ihm ab, er wollte nicht unhöflich erscheinen.

»Nein, wir bleiben hier«, entgegnete Gleb, anscheinend verstand er den jungen Mann sehr gut, auch die anderen zwei Männer stimmten dem Greis zu. Wie zur Bestätigung seiner Aussage stampfte Gleb mit seinem Stock auf die staubige Erde. Tatsächlich ließ Onkel Emil nicht lange auf sich warten, er kam mit einer großen Flasche heraus, die er mit seiner rechten Armbeuge umklammert hielt, in der Linken trug er einen Alubecher mit zerbeultem Boden.

Freudiges Gemurmel drang aus mehreren Kehlen gleichzeitig. Eine milchig-weiße Flüssigkeit schwappte in der Flasche.

»Ihr geht zum Stall und macht dort sauber, auch müsst ihr Stroh auslegen, damit die Tiere heute Nacht nicht in ihrer eigenen Scheiße schlafen müssen. Danach kommt ihr wieder her und wascht euch. Ihr schlaft auch im Stall, das Heu ist weich genug. Habt ihr mich verstanden, ihr Bälger?«

Michael nickte stumm.

»Haben wir«, entgegnete Gregor mit erstaunlich ruhiger Stimme.

Nur Konstantin regte sich nicht. Er war zu erschöpft, mutmaßte Michael.

»Worauf wartet ihr dann noch? Verschwindet! Los, macht schon.« Noch bevor er das letzte Wort ausgesprochen hatte, kam der alte Gleb humpelnd auf Onkel Emil zu, nahm den zerbeulten Becher aus seiner Umklammerung und hielt ihn ihm hin. Seine Hand zitterte. Onkel Emil entplombte die Flasche mit zusammengepressten Lippen. Ein leises Floppen ertönte. Die trübe Flüssigkeit gurgelte aus der Flasche und füllte den Becher. »Dein Schnaps ist der beste«, freute sich der Greis und hob den Becher. »Auf dein Wohl«, sprach er und kippte den Inhalt in sich hinein, als wäre er am Verdursten. Gleb sog die Luft laut durch seine krumme Nase ein und verzog das so schon schrumpelige Gesicht zu einer Fratze.

Der Becher wurde weitergereicht.

»Ich komme mit euch. Nicht, dass ihr euch auf die faule Haut legt«, brummte Stepan und schubste Michael gegen den Rücken. Auch Konstantin zog er an der Schulter, als dieser sich nicht regte. Die Kinder liefen Richtung Scheune zu den Tieren. Die Stimmen hinter ihnen wurden lauter. Jemand lachte, ein anderer klatschte in die Hände.

»Kommt dem Emil nicht dumm. Er hat heute Geburtstag und wird später nicht mehr ganz nüchtern sein. Immer, wenn er getrunken hat, solltet ihr seine Gegenwart lieber meiden.« Stepan lief hinter den drei Jungen her und sprach mit ruhiger Stimme zu ihnen.

»Warum wurde die Frau umgebracht?«, wollte Gregor wissen. Er drehte sich um und lief rückwärts.

»Das geht dich nichts an, dummes Kind, sprich solche Fragen niemals laut aus, sonst passiert dir dasselbe wie ihr«, entgegnete Stepan mit brüskem Ton. »Schau lieber, wo du hinläufst«, ermahnte er Gregor barsch. »Morgen kommt ihr drei mit mir. Wir werden in den Wald gehen. Doch bevor wir aufbrechen, werdet ihr euch bei Kommandant Pulski melden müssen. Immer in der Frühe müsst ihr eure Anwesenheit im Kontor von einem Buchhalter abhaken lassen, dort bekommt ihr auch Lebensmittelkarten. Wer dort nicht erscheint, wird erschossen.« Stepan sagte das, als würde er über das Wetter reden.

Die Kinder blieben auf einmal stehen.

»Ich meine das ernst«, fuhr Stepan fort.

»Das Essen wird immer knapper, und wir können auf gierige Mäuler, die gestopft werden müssen, gerne verzichten. Der Winter naht, jeden Tag rückt die Zeit des Hungers näher. Es wird viele geben, die den Winter nicht überleben werden. Jetzt bewegt eure knochigen Ärsche und macht den Stall sauber. Ich gehe solange zum Fluss und schaue nach den Netzen. Bisher habe ich keinen Fisch gefangen, der Bach ist überfischt, aber wer weiß, vielleicht habe ich heute doch noch Glück.«

Michael hatte den Verdacht, dass der Mann nicht ganz die Wahrheit sagte, aber er wollte keinen Streit vom Zaun brechen, also schwieg er lieber.

»Wenn ich wieder da bin, muss der Stall wie geleckt sein. Die Tiere müssen was zum Fressen bekommen, vor allem die beiden Bullen. Für die wird es morgen ein harter Tag werden, aber auch für euch. Also seht zu, dass alles zu meiner und Emils Zufriedenheit gemacht wird, sonst gibt es Prügel. Auch sollen die Tiere genügend trinken. Wasser habt ihr ja jetzt genug.« Stepan wandte sich ab und verschwand in der Dämmerung. Die Kinder schauten ihm so lange nach, bis seine Silhouette sich mit dem trüben Hintergrund zu einem Ganzen vermischte.

# KAPITEL 19

## *Ein Geheimnis*

———

I ch bin gleich wieder da«, flüsterte Gregor und fuhr sich schniefend mit der Handfläche über die Nase.

»Gregor, nicht.« Michael packte seinen Bruder am Ärmel. Dieser riss sich mit einem heftigen Ruck aus der Umklammerung heraus und schritt dem großen Mann hinterher.

Als Michael sah, dass Gregor es sich scheinbar anders überlegt hatte und zurückkam, atmete er erleichtert auf. Doch die Freude war nur von kurzer Dauer. Gregor schnappte nämlich nach einem Eimer, der noch halb voll war, schüttete das Wasser auf den Boden und schniefte mit der Nase. »Ich hole noch etwas Wasser«, murmelte er und lief in dieselbe Richtung wie Stepan.

Seinen Bruder doch noch zum Überlegen zu überreden, schien ein aussichtsloses Unterfangen zu sein, also ließ Michael Gregor ziehen.

»Komm, Konstantin. Wir müssen den Stall saubermachen, solange es noch nicht stockdunkel ist«, sagte er mit kaum verhohlenem Ärger, teils, weil er zornig wegen des dummen Verhaltens seines Bruders war, teils, weil er sich um ihn sorgte. Und jetzt musste er auch noch an seine Schwester denken. Ob es Anita gut ging? Hoffentlich erging es ihr nicht viel schlechter als ihm und Gregor. Der Krieg war schrecklich, er hatte schon so vielen Menschen das Leben genommen. Auch denen, die Michael alles bedeutet hatten. Er hasste den Krieg.

Ein klagender Schrei hallte durch die Abenddämmerung, eine Eule, schätzte er, vielleicht auch ein anderes Tier. Michael dachte nicht mehr länger darüber nach, was kümmerte ihn ein Tier, wenn sein Kopf von anderen Sorgen überfüllt war. Stumm lief er durch das Tor, der beißende Geruch flutete seine Nase und trieb ihm Tränen in die Augen. Seine Augen glänzten, aber nicht nur der Gestank war schuld daran, sondern die Verzweiflung, die in ihm wuchs.

»Michael, sch…schau mal!« Konstantin klang verblüfft.

Michaels Blick folgte Konstantins ausgestrecktem Arm zu den Boxen, wo zwei weitere Kühe standen, deren Bäuche aufgebläht aussahen, die Zitzen hingen jedoch schlapp herunter, auch die Euter waren nicht prall. Jemand hatte die Tiere schon gemolken, stellte Michael traurig fest. Dann griff er nach einer Schaufel, lief zu den Tieren, die wiederkäuend dastanden und sein Kommen mit einem gelangweilten Blick quittierten. Michael klopfte einer der Kühe auf das knochige Hinterteil, damit sie ihm Platz machte, worauf diese mit dem Bein aufstampfte, dann senkte sie den Kopf und ließ sich ein frisches Grasbüschel schmecken. Michael knurrte, holte aus und schlug mit dem flachen Schaufelblatt erneut leicht gegen den knochigen Hintern. Endlich trat die weißgescheckte Kuh zur Seite. »Jetzt kann ich deinen Mist wegschippen, vielen Dank auch«, murmelte Michael.

Ein dickes Seil war um die Hörner der schmächtigen Kuh geschlungen und spannte jetzt, da das Tier daran zog. Michael setzte das Schaufelblatt schräg auf dem Boden an und schob den Mist vor sich her, der zu einem Haufen anwuchs und mit jedem weiteren Schritt größer wurde.

›Das Leben ändert sich mit den Jahren und kann einem viel abverlangen. Wenn du in der Schule nicht aufpasst, werden deine Ansprüche schrumpfen, falls du dir aber Mühe gibst, kannst du später selbst über dein Leben bestimmen, wenn nicht, bestimmt das Leben über dich.‹ Das waren die Worte seines Vaters gewesen. Noch immer verstand Michael den Sinn nicht ganz, aber er hatte eine Ahnung. Wenn man die Scheiße anderer wegräumte, dann konnte das Leben nicht viel schlimmer werden, lachte er über sich selbst, also konnte es ab hier nur noch aufwärtsgehen.

»Konstantin, nimm die verdammte Mistgabel und trage den Haufen nach draußen, sonst ziehe ich dir mit dieser Schaufel hier eins über den Schädel«, fluchte Michael. Der Schweiß rann ihm in kleinen Bächen den Rücken hinunter.

Konstantin zwinkerte. Sein Blick huschte durch die Dunkelheit auf der Suche nach der Mistgabel.

Michael warf die Schaufel zu Boden, das Schaufelblatt erzeugte ein helles *Klong*.

»Mach hier weiter, du stotternde Blindschleiche.« Er stampfte zum Heuhaufen, dort, wo die Gabel in dem Berg aus getrockneten Halmen steckte.

Konstantin warf Michael einen zweifelnden Blick zu, tat aber ohne Widerworte wie ihm geheißen. Ohne sich der brüsken Anweisung zu widersetzen, langte er nach dem hölzernen Griff, der vom Kuhmist nass und glitschig war.

Michael tat sein Ausbruch ein wenig leid, aber für eine Entschuldigung hatten sie keine Zeit mehr. Die Zinken fuhren tief in den dampfenden Haufen aus Mist und Stroh.

Das Gewicht der feuchten Scheiße wog schwer in Michaels Händen. Seine Muskeln brannten. Die Schultern schmerzten, die Beine knickten manchmal ein, sodass Michael keuchend stehen bleiben und sich immer wieder an der Gabel abstützen musste, um nicht zusammenzubrechen.

## KAPITEL 20

# *Geräucherter Fisch*

---

Als Michael draußen vor dem dampfenden Misthaufen stand – schwer atmend und nach Luft schnappend nahm er den beißenden Geruch nicht mehr wahr – wartete er, bis sein Herz sich wieder beruhigt hatte. Von der Arbeit erschöpft, ließ er seinen Blick über den Horizont schweifen. Er machte eine halbe Umdrehung auf der Stelle, und seine Augen verharrten auf der riesigen weißen Scheibe. Er genoss den Augenblick der vollkommenen Ruhe. Der große Mond schien ihn auszulachen. Michael suchte nach dem Polarstern. ›er ist der hellste‹, hatte sein Vater ihm einst erklärt, ›wenn du ihm folgst, kommst du irgendwann zum Nordpol.‹ Michael schaute weiter nach oben, den Kopf tief in den Nacken gelegt. So blieb er stehen, den Mund vor Staunen leicht geöffnet, sah er über die Vielzahl der funkelnden Sterne, er glaubte sogar die Milchstraße zu erkennen, so klar war der Himmel. Sein Hals wurde steif, nur widerwillig senkte er den Blick. Er horchte auf, denn etwas hatte seine Aufmerksamkeit erregt – das leise Huschen eines Tieres oder das Brechen von Zweigen, er wusste es nicht mit Sicherheit zu sagen.

Darum schloss er die Lider und lauschte angestrengt in die Dunkelheit. Denn ihm war so, als habe er wieder etwas gehört. Jetzt erneut ein leises Quietschen, das immer näher kam. Michael öffnete seine Augen und fuhr sich mit der Zunge über die rissigen Lippen.

»Michael, wo bist du?«, rief Konstantin aus dem Stall. Er klang aufgebracht. Er fürchtete sich, stellte Michael fest, weil er nicht stotterte.

»Sei leise, du Idiot!«, fauchte Michael seinen Freund im Flüsterton an.

»Mi…Mi…Michael, wo bist d…du?«, stotterte Konstantin jetzt mit kaum hörbarer Stimme, trotzdem immer noch zu laut.

Michael beugte sich nach vorne, hob seinen linken Fuß an und griff nach einem Stein, der gegen seinen großen Zeh gedrückt hatte. Er hob den Brocken auf und schleuderte ihn auf die Silhouette, die sich stetig von ihm entfernte. Michael befand sich immer noch hinter dem hohen Haufen dampfenden Mists, der von gelben Strohhalmen durchsetzt war.

»Aua!«, schrie Konstantin auf. Damit bestätigte er, dass das Geschoss sein Ziel nicht verfehlt hat. ›manchmal muss das, was man liebt, getötet werden, damit ein anderer es nicht besitzen kann‹, erklangen die Worte seiner Mutter, als sie diesen Satz einmal laut ausgesprochen hatte. Oder man bewirft ihn mit Steinen, fügte Michael in Gedanken hinzu. Nicht, dass er Konstantin liebte, Michael verzog seinen Mund zu einem Lächeln und tastete nach einem zweiten Stein, der noch etwas größer war als der erste. Er hatte diesen Trottel einfach gern, das stimmte.

»Michael, hö…hör bi…bitte au…auf, mi…mich zu bewerfen«, flüsterte Konstantin und bückte sich, die Hände gegen seinen Hinterkopf gepresst.

»Da ist jemand, der auf uns zukommt. Komm schnell her, sonst werfe ich die Mistgabel nach dir.« Am liebsten würde Michael seinem Kumpel eine überbraten.

Endlich fand Konstantin ihn und lief mit flinken, kurzen Schritten auf ihn zu. »Sei leise! Hörst du das?« Michael hob seinen rechten Finger. Sie lauschten.

Ein abweisendes Kopfschütteln und ein »Nö« war alles, was Konstantin von sich gab.

»Du bist nicht nur blind, sondern auch noch taub«, quetschte Michael durch die Zähne und griff den Jungen am Arm. Sie schlichen einige Schritte auf Zehenspitzen.

»Da, hörst du es jetzt?«

»Ja, jetzt hö…höre i…ich es auch.«

Michael wusste nicht, ob Konstantin schummelte oder nicht. »Jetzt, du mei…meinst dieses Quietschen?«

Michael nickte, ihm schwante nichts Gutes dabei. Die Angst jagte ihm einen kalten Schauer über den Rücken.

»Es ko…kommt auf u…uns zu«, bestätigte Konstantin Michaels Befürchtung.

»Gregor, bist du das?«, krächzte Michael in die Dunkelheit, mehr aus Verzweiflung als aus Überzeugung. Er spürte, wie Konstantins Finger sich eisern um sein Handgelenk schlossen. Einerseits war er froh darüber, dass Konstantin in seiner Nähe war, der feste Griff gab ihm Kraft und verlieh ihm ein wenig mehr Mut, andererseits jagte seine Anwesenheit ihm auch Angst ein. Das Quietschen verstummte jäh.

»Michael, wo seid ihr?«

Ein lautes Ausatmen. Michaels Lunge drohte zu kollabieren, so gierig sog er die Luft durch die Nase ein. Seine Brust blähte sich wie ein Blasebalg auf. *O Gott, tut das gut,* freute er sich, und schloss für eine Sekunde die Augen. Auch hörte er, wie Konstantin erleichtert nach Luft schnappte. Der Druck auf seiner Brust löste sich allmählich.

»Wi…wi…wir sind hier!«, rief Konstantin mit zittriger Stimme. Die Unsicherheit in seinen Worten, die teils von Freude, teils von Erleichterung herrührte, schwappte auch auf Michael über.

»Am Misthaufen«, rief der seinem Bruder zu, der sich nach ihnen beiden umschaute.

»Ein…einfach de…de…der Na…Na…Nase nach!«, fügte Konstantin hinzu.

Dieser dumme Witz löste Michael aus seiner Starre. Er lief auf seinen Bruder zu, der vom Mondschein beleuchtet wurde und dessen graue Kleidung im kalten Licht leicht schimmerte. Michael war dagegen unsichtbar. Sein Hemd und die Hose waren dunkel besprenkelt. Voll mit dem Mist der Tiere und dem Dreck, der an seiner Kleidung haftete, klebte der Stoff an seiner Haut. Seine Hose hatte jedoch am meisten abbekommen, denn während er und Konstantin den Stall ausgemistet hatten, war Michael ausgerutscht und bis zum Bauchnabel in eine Grube gefallen, die voll mit Kuhpisse war. Die hatten sie dann mit zwei Eimern, die dafür vorgesehen waren, leergeschöpft. Weil aber Konstantin ihn dabei ausgelacht hatte, wie er bis zum Bauchnabel in der Jauche schwamm, landete der erste Eimer mit den stinkenden tierischen Ausscheidungen auf dem Rücken des Jungen. »Das nächste Mal werde ich den Eimer über deinem Kopf ausleeren«, hatte Michael trocken entgegnet. Konstantin war kein dummer Junge, ihm war bewusst gewesen, dass dies keine leere Drohung gewesen war.

Jetzt lief Michael auf seinen Bruder zu. Dass er nach Gülle stank, hatte er völlig vergessen.

»Was stinkt hier so erbärmlich?«, empörte sich Gregor mit gepresster Stimme und rümpfte die Nase. Jetzt wusste Michael, woher das Quietschen kam: Es war der Eimer.

»Ich«, sagte er mit fröhlicher Stimme, und beschnupperte die Luft.

»Und i…ich«, fügte Konstantin nicht weniger fröhlich hinzu.

Michael und Gregor standen sich jetzt direkt gegenüber. Gregors Gesicht war nass vor Anstrengung, auch spiegelte sich Angst und noch etwas anderes darin. Der Mond brachte seine Augen zum Leuchten.

Freude, genau, Gregors Augen strahlten Freude aus. Sein Bruder hatte schon wieder etwas ausgefressen, wofür sie mächtig viel Ärger bekommen würden, sollten sie auffliegen. In den dunklen Pupillen spiegelten sich zwei helle Kreise.

»Aber nur, wenn sie uns erwischen.« Gregor konnte scheinbar Gedanken lesen. Michaels Mundwinkel zuckten.

»Lasst uns irgendwo verstecken, wo wir eine Weile unentdeckt bleiben können«, flüsterte Gregor. Seine rechte Schulter hing tiefer als die linke. Das Gewicht des Eimers zerrte an seinem Arm. Als Michael einen Blick hineinwarf, sah er darin kein Wasser, sondern – Steine? Stirnrunzelnd sagte er mit gedämpfter Stimme an seinen Bruder gewandt: »Wozu brauchen wir Steine, Gregor?«

»Später«, murrte Gregor. »Pack lieber mit an und lasst uns von hier verschwinden.«

Michael griff mit der linken Hand nach dem geflochtenen Griff und hob den Eimer etwas an.

Gemeinsam liefen sie schweigend zu den Tieren.

Konstantin folgte den beiden, auch er sagte nichts.

Als sie endlich bei den Tieren waren und das Muhen der Rinder und das Prusten des alten Kleppers alles war, was sie hörten, stellten die beiden Brüder den Eimer auf dem harten Boden ab. Gregor schnaufte wie eine alte Lokomotive und streckte sich. Sein Rücken knackste dabei wie Reisig.

Erneut erschnupperte Michael einen angenehmen Duft. Es war nur eine leichte Andeutung, wie eine flüchtige Brise. Eine Erscheinung, so als habe er sich das nur eingebildet. Aber er war sich sicher, dass er es tatsächlich gerochen hatte. Auch Konstantin sog die Luft in kurzen Stößen mehrmals durch die Nase ein.

»Sagst du uns jetzt, warum du den Eimer mit Steinen gefüllt hast? Solange wir hier die Scheiße vor uns hergeschoben haben …«

»Und Michael da…da…darin ge…ge…gebadet ha… hat«, fiel ihm Konstantin kichernd ins Wort.

Michael warf Konstantin daraufhin einen mahnenden Blick zu und verpasste ihm einen Stoß gegen die Schulter, den Konstantin kommentarlos hinnahm. Selbst beim Lachen schien er zu stottern, bemerkte Michael und verzog seinen Mund zu einem Grinsen.

»Halt einfach deine Klappe, Konstantin«, rügte er seinen Kumpel, doch seine Stimme klang alles andere als ernst, geschweige denn böse oder gar feindlich.

»Wenn ihr nicht so stinken würdet, hättet ihr es schon längst erraten.« Gregor gab ein gedämpftes Schnauben von sich, ging in die Knie und hob die Steine behutsam aus dem Eimer, so als wären es Eier, um sie dann unsanft auf den Boden fallen zu lassen. Manchmal ertönte ein dumpfes Poltern, denn einige der Steine waren schwer.

»Ich sehe nichts«, beschwerte sich Gregor im Dunkeln. Der Schein des Mondes drang zwar durch das offene Tor, wurde jedoch sofort von der Dunkelheit verschluckt.

»Wartet«, flüsterte Konstantin geheimnisvoll. Er stand auf und entfernte sich, kam jedoch gleich wieder zurück und kniete sich nieder. In einer Hand hielt er ein Büschel Stroh und legte es auf den Boden. Ein leises Zischen, gefolgt von einem hellen Aufblitzen machte Michael und Gregor blind, sie schlossen die Augen und blinzelten heftig.

»Was zum Kuckuck!«, fuhr Gregor auf und schützte sein Augenlicht mit dem Arm. Dann wurde es wieder dunkel.

»So ein Mi…Mist, es ist zu zu feu…feucht!« Konstantin beugte sich nach unten und blies der Glut Luft zu. Das Glimmen leuchtete auf.

»Wo hast du die Streichhölzer her?« Im trüben Licht, das zu flackern begann, glich Gregors Miene einer Maske.

»Ich tu sie wie…wieder zu…zurück«, lautete Konstantins knappe Antwort, so sehr war er mit Pusten beschäftigt. Der dichte Rauch kräuselte sich und umnebelte Konstantins Kopf, die kleine Flamme leuchtete unstet, flackerte bei jedem weiteren Pusten auf und droht, jeden Augenblick auszugehen. Die Backen des Jungen blähten sich immer wieder auf, und endlich wurde der Rauch von der kleinen Flamme vertrieben, die jetzt immer heller glomm, sich gierig durch die Halme zwang und leuchtend zu züngeln begann. Konstantin hustete, weil er zu viel von dem Rauch eingeatmet hatte.

»Gut gemacht, Konstantin«, lobte Gregor ohne jeglichen Sarkasmus, er meinte es ehrlich.

Konstantin nickte verlegen.

»Was hast du uns mitgebracht?« Michael konnte einfach nicht länger warten. Er hegte keinen Groll mehr gegen seinen Bruder, denn die Neugier war jetzt stärker als der Unmut. Außerdem hoffte er tatsächlich, dass sein Bruder etwas Essbares dabei hatte.

Gregor schwieg und konzentrierte sich auf die Steine. Selbst im schwachen Leuchten des kleinen Feuers konnte Michael sehen, wie Gregors Finger zitterten, als er nach weiteren Kieseln in dem Eimer griff.

Michael beschnupperte die Luft, tatsächlich, aus dem Eimer roch es betörend nach Räucherfisch. Michael lief das Wasser im Mund zusammen, sodass er Mühe hatte, den Speichel hinunterzuschlucken. Trotzdem verscheuchte er den dämlichen Gedanken daran, dass sein Bruder etwas Essbares dabei haben könnte. Doch dann umwehte erneut derselbe Duft seine Nase. Wie als Bestätigung, dass er sich nichts einbildete, brummte nun auch Konstantins Bauch laut.

»D…du ha…hast da etwas.« Dann brach er ab und schluckte.

Michael hörte, wie auch Konstantin den Sabber runterschluckte und sich mit dem Ärmel über die Lippen wischte.

Gregor griff zum letzten Mal in den Eimer und holte ein Bündel Zweige heraus. Er hockte sich auf seinen Hintern und breitete die dünnen Stöcke in seinem Schoß aus.

»Werfe etwas Heu nach«, nuschelte er, ohne aufzuschauen.

Konstantin warf ein Bündel Stroh nach, ohne dabei den Blick von Gregors Händen abzuwenden.

Der Geruch nach Essbarem ließ Michael laut aufstoßen. Erst jetzt wurde ihm klar, wie hungrig er tatsächlich war. Seine letzte Mahlzeit hatte er heute früh gehabt. Ein Stück Brot und etwas Wasser von Onkel Emil waren alles, was es gab.

»Wo hast du das her?«, flüsterte Michael. Immer wieder musste er dabei schlucken.

»Dieser Stepan wollte überhaupt nicht …«, begann Gregor und verstummte jäh. Alle zuckten zusammen und blickten sich um. Einer der Bullen gab einen langgezogenen Laut von sich. Michael atmete erschrocken aus.

»Blödes Arschloch«, fluchte Konstantin. Dieser Satz flutschte wie ein einziges Wort aus ihm heraus, dabei bewegten sich seine Lippen kaum, und seine Augen wurden zu schmalen Schlitzen. Er sah auf Gregors Hände. Darin lag ein Fisch. Das Feuer drohte schon wieder zu ersticken. Jetzt war es Michael, der etwas Stroh vom Boden hob und es ins Feuer warf. Erneut huschten helle Schatten über ihre Gesichter, die Augen glänzten vor Ungeduld.

»Der Glatzkopf hat ein Räucherhaus. Ich bin ihm gefolgt, aber ich habe mich nicht getraut, mehr mitzunehmen. Schließlich weiß ich nicht, ob er die Fische nachzählt«, fuhr Gregor mit der Erzählung fort und begann die feine Haut des Fisches abzuziehen. Die Geduld der Kinder schwand zusehends.

»Mach schneller, Gregor.«

Die schuppige Haut löste sich langsam von dem zarten Fleisch.

Gregors Finger packten die Gräten des Fischs und zogen das Fleisch ab. Langsam steckte er sich die Finger in den Mund und ließ sich den kleinen Happen auf der Zunge zergehen.

Michael konnte nicht anders, er rutschte auf dem Boden nach vorne und tat das Gleiche. Er stopfte sich den kleinen Fetzen Fleisch zwischen die vor Aufregung trocken gewordenen Lippen. Genüsslich leckte er an den Fingerspitzen und drückte das weiche Fleisch mit der Zunge gegen den Gaumen. Er stöhnte vor Wonne und dem berauschenden Genuss.

Konstantins rechte Hand schnellte nach vorne, ihm gelang es, ein Stück neben der Schwanzflosse abzurupfen, bevor ihn Gregor wegstoßen konnte. Genauso flink stopfte er sich die Beute in den Mund und kaute schnell darauf herum.

Michael konnte sogar das Aufeinanderklappern seiner Zähne hören, auch schmatzte Konstantin wie ein Schwein.

Ohne jegliche Vorwarnung bäumte sich Konstantin auf, er hustete und würgte gleichzeitig. Anstatt auf den Boden zu spucken, spie er das klein gekaute Fleisch in seine Hand. Gregor wollte auffahren, in derselben Bewegung stopfte Konstantin den Klumpen wieder in seinen Mund. Seine Augen tränten und waren tellergroß. Er verstand nicht, warum er es nicht herunterschlucken konnte. Während seine Freunde genüsslich darauf gekaut hatten, musste er feststellen, dass der Brocken ihn in den Gaumen und die Zunge pikste, als habe er sich eine Handvoll spitzer Nadeln in den Mund gestopft.

Die beiden Brüder starrten ihn wütend an, vor allem Gregor. Sein Unterkiefer hing leicht nach unten.

»Du Idiot hast wohl noch nie einen Fisch gegessen«, fluchte er und schluckte laut. »Wie dämlich bist du eigentlich?«, knurrte er, seine Lippen glänzten, die Augen sprühten vor Wut.

Konstantin schaute die beiden nacheinander an. Sein Blick war verwirrt, seine Kiefer mahlten unbeirrt weiter wie mechanisch.

»Da sind Gräten drin, du Depp«, fuhr Gregor fort, packte Konstantin am Ärmel, zog ihn mit einem Ruck fest zu sich und klopfte dem Jungen zwischen die Schulterblätter. Als dieser keine Luft bekam und den Mund zu einem breiten O aufgerissen hatte, schlug Gregor ihm mit der flachen Hand auf den Hinterkopf.

»Spuck es aus, verfluchte Scheiße«, fluchte Gregor und verpasste Konstantin einen festen Fausthieb gegen die Brust.

Konstantins Lunge pfiff, als er endlich wieder Luft bekam.

»Es sti…sticht ü…ü…überall. Mei…mein Mu…Mund ist voller Stacheln«, jammerte Konstantin mit tränenerstickter Stimme.

»Die kannst du einfach rausziehen. Hast du auch Schmerzen im Hals. Hier?« Gregor deutete mit einem Finger auf seinen Hals, dicht am Unterkiefer, und fuhr ein Stück nach unten, als Konstantin den Kopf schüttelte. »Dann ist alles in Ordnung. Hier, kau solange auf diesem Zweig und spuck die Rinde wieder aus, wir werden dir etwas übriglassen«, beruhigte ihn Gregor in versöhnlicherem Ton.

Michael traute seinen Ohren nicht. Normalerweise teilte Gregor nie, zumindest hatte er bisher noch nie sein Essen mit jemand anderem geteilt.

Der Fisch wurde schnell verspeist, auch Konstantin bekam seinen gerechten Anteil ab. Als Konstantin sich bei Gregor dafür mit einer herzlichen Umarmung bedanken wollte, war es für Gregor doch zu viel der Gefühlsduselei, und so schob er den verdutzten Jungen mit einem mürrischen Ausdruck von sich weg.

Als Konstantin sich um einen erneuten Versuch bemüht hatte, wurde er entschieden abgelehnt.

Auch da staunte Michael über die Nettigkeiten seines Bruders, denn ein Fausthieb gegen die Schulter oder in den Bauch wären das Mindeste an Reaktion, das Konstantin für sein Umarmenwollen von Gregor bekommen hätte müssen.

»Wir sollten langsam zurück ins Haus«, grummelte Gregor und packte die Gräten sowie die schuppige Haut des Fisches in ein Strohbündel ein und stopfte das Ganze zurück in den Eimer. »Ich bringe das hier am besten auf den Misthaufen, niemand darf etwas davon erfahren, wir müssen uns etwas überlegen, um den Mundgeruch loszuwerden. Und löscht die Glut. Außerdem solltest du die Streichhölzer zurückbringen. Und lege sie genauso hin, wie du sie vorgefunden hast«, fügte er bestimmend hinzu.

»Ich kann K...Kühe me...melken«, meldete sich Konstantin zu Wort und unterdrückte einen Rülpser, der zu einem zischenden Aufstoßen wurde, das er durch die Lippen ausblies und zufrieden grinste. Mit schnellen Tritten stampfte er auf die gelbe Flamme, die augenblicklich erlosch. Nur zwei Funken stiegen in die Luft und tanzten wie kleine Glühwürmchen in der Dunkelheit. »Bist du des Wahnsinns? Du musst sie fangen«, zischte Gregor, »nicht, dass das Heu noch Feuer fängt.« Konstantin klatschte in die Hände, und die Funken starben einer nach dem anderen.

»Jetzt lasst uns gehen«, flüsterte Gregor erneut.

Da der Mond heute besonders hell schien, konnten sie sich gut orientieren. Das große, weit offen stehende Tor ermöglichte, dass der Mond das Innere der Scheune in fahles Licht tauchen konnte.

»Die Kühe dürfen nicht gemolken werden, sonst gibt es wieder Maulschellen.« Gregor kauerte auf dem Boden und tastete nach den Resten.

»Ich ha…habe vor dem To…Tor einen To…Topf Pfe… Pfefferminze ge…gesehen. Da…darauf kö…können wi… wir kauen!« Konstantin grinste breit, als Gregor zustimmend nickte und seine Hose abklopfte.

»Und ich streue solange noch das Stroh bei den Tieren aus«, sagte Michael nicht minder zufrieden.

## KAPITEL 21

# Ein Schluck Milch

Gregor kam schnell zurück und half Michael dabei, das Stroh auszustreuen. Er packte mit beiden Händen zu und breitete die staubigen Halme bei den zwei Bullen aus. Michael ging zum Pferd und tat das Gleiche, ganz zum Schluss legten die Brüder auch bei den Kühen den Boden mit trockenem Stroh aus.

Konstantin hustete und nieste, mit seinen kleinen Händen zog er nacheinander an den Zitzen und ließ die dünnen weißen Spritzer im Eimer verschwinden, den er mit beiden Knien festhielt. »Ich habe die Minze ni…nicht ge…gefunden.« Er klang freudig aufgeregt. Er saß in der Hocke und konzentrierte sich auf das Melken.

»Das reicht«, unterbrach ihn Michael und wischte sich über die von Schweißperlen und Staub bedeckte Stirn.

Konstantin bot Gregor den Eimer an, er durfte von der warmen Milch als Erster trinken.

»Ich habe von bei…beiden Kü…Kühen etwas …«

»Gib schon her«, unterbrach ihn Gregor, hob den Eimer an die Lippen und trank gierig, ohne dass dabei ein einziger Tropfen auf dem Boden landete. Sein Gesicht schien fast weiß vom Mond, denn sie standen inzwischen vor dem Tor, weil es in der Scheune zu dunkel und zu staubig geworden war. »Jetzt du.« Gregor reichte den Eimer mit forderndem Blick an seinen Bruder, seine dunklen Augen glänzten.

Michael widersprach nicht, packte das Gefäß, hob es an seine Lippen und schluckte die weiße Milch, die leicht schaumig und strahlend hell. Auch wenn sie ein bisschen nach Kuhmist roch, schmeckte sie himmlisch.

Michael musste sich beherrschen, um nicht alles leer zu trinken.

Konstantin stand daneben und wartete geduldig, bis auch er endlich an der Reihe war. Er war nicht so geschickt wie die beiden Brüder. Ihm lief ein dünner weißer Strich am linken Mundwinkel herab und tropfte schließlich vom Kinn auf den Boden herunter.

Michael legte seinen Kopf schief, er meinte, eine leise Stimme zu hören. Er neigte seinen Kopf in die Richtung, aus der er ein kaum hörbares Singen zu vernehmen glaubte. Tatsächlich sah er einen winzigen roten Punkt, der in der Schwärze der Nacht zu tanzen schien. Die kleine Flammenzunge wurde mit jeder Sekunde größer und auch heller. »Da kommt jemand!«, zischte er schnell. Seine Stimme klang warnend und zitterte vor Besorgnis.

Konstantin verschluckte sich vor Schreck an der Milch und hustete, Milchschaum schoss aus seiner Nase, er spuckte weißen Rotz und keuchte.

Gregor bedachte ihn mit einem gehässigen Blick und trat einen Schritt zur Seite, so als habe er mit dem Ganzen hier nichts zu tun.

»Schnell, stell den Eimer weg«, presste Michael die Worte leise durch seine zusammengebissenen Zähne.

Als Konstantin sich nicht rührte, riss Gregor ihm den Eimer aus den Händen und ging mit schnellen Schritten zum Tor, wo er sich in der Dunkelheit verstecken konnte. Noch während er davonlief, hob er das Gefäß an seinen Mund und trank den Rest der Milch leer, dann tauchte er den Eimer in das Fass, welches vor dem Eingang zur Scheune stand, und ließ ihn voll Wasser laufen.

»Sagt mal, was habe ich zu euch Lausbuben gesagt?«, ertönte die tiefe Stimme von Onkel Emil, die vom vielen Selbstgebrannten verzerrt klang. Er lallte und lief Schlangenlinien. Michael konnte den Tabakrauch seiner Pfeife deutlich riechen. »Ab in die Banja mit euch!«, herrschte der Mann die drei Kinder an, als die Lampe die drei Gesichter hell erleuchtete. Seine Augen waren glasig, in seinem rechten Mundwinkel wippte die Pfeife und stieß kleine weiße Wölkchen in die Luft.

»Ihr müffelt ja wie Stinktiere«, brummte er weiter und blies die Luft durch seine geschürzten Lippen. Die Pfeife hielt er jetzt in der linken Hand, und die Petroleumlampe schwang hin und her, während der dicke Mann wankte wie auf einem Schiff auf hoher See.

»Was habt ihr hier so lange gemacht? Und woher kommt dieser Gestank?« Er prustete wie ein Pferd. Mit angewidertem Gesicht starrte er Michael und Konstantin an. Als auch Gregor in den Schein der Lampe trat, starrte Onkel Emil auch ihn mit roten Augen und wässrigem Blick an. »Bevor ihr euch wascht, werdet ihr eure Klamotten in den Zuber schmeißen, daneben ist ein Haufen Asche.« Er rülpste und hickste gleichzeitig. Dann schwieg er einen

Moment lang, weil er damit beschäftigt war, sein Gleichgewicht wiederzufinden. Mit aufgeblähten Backen stieß er geräuschvoll die Luft aus. Die Pfeife hielt er mit Daumen und Zeigefinger verkehrt herum fest, mit dem schmalen Mundstück deutete er fälschlicherweise auf Michael, holte tief Luft und sprach: »Du, Gregor«, er zog den Namen in die Länge, »du musst die beiden da überwachen, weil du der Älteste von euch Brüdern bist. Die Klamotten müsst ihr mit Asche waschen. Seifen habe ich nicht, nur für den Kopf, hast du mich verstanden, nur für den Kopf. Ihr seift euch ein, danach kommt ihr raus, ich werde euch eure Dummköpfe kahl rasieren, ich will keine Lausbuben bei mir wissen.« Er nickte entschieden mit seinem riesigen Kopf, das zerzauste Haar klebte nass an seinem Schädel. Als die Pfeife wieder zwischen seinen Zähnen steckte, strich er sich mehrmals über den Bart, zog an der Pfeife, doch sie war leer. Der Tabak war rausgefallen, also verstaute er sie in der Hosentasche, winkte mit dem Arm und wiederholte aufs Neue: »Kommt jetzt, ab in die Banja.« Danach drehte er sich um und wankte davon.

Obwohl Onkel Emil den Falschen angesprochen hatte, trauten sich weder Michael noch Emil, dem offensichtlich betrunkenen Mann zu widersprechen.

## KAPITEL 22

# *Banja*

---

In der Waschstube war es dunkel. Nur die Tür des Ofens, die vor Hitze rot glühte, erhellte dürftig den kleinen Raum. Das Wasser auf dem Ofen dampfte. Der große Kessel war randvoll gefüllt. Michael schöpfte sich etwas von dem heißen Wasser ab, füllte einen Eimer halbvoll und ging hinaus. Gregor folgte ihm, und auch Konstantin ließ nicht lange auf sich warten. Die drei gossen das heiße Wasser über ihre Klamotten, die draußen in einem hölzernen Zuber lagen und von grauer Asche bedeckt waren. Der beißende Geruch nach Kuhmist stieg ihnen in die Nase.

»Jetzt geht schon rein und seift eure Köpfe ein«, brummelte Onkel Emil in den Bart. Er saß auf einem Schemel und hielt die leere Flasche in der Linken. Auf dem Tisch lag eine halbe Zwiebel, drei Gläser lagen umgeworfen auf der Tischplatte, eine Bank, die vorhin noch gestanden hatte, war herausgerissen worden und lag jetzt auf dem Boden. »Hättet ihr nicht so lange rumgetrödelt, hätte ich euch etwas vom Räucherspeck übriglassen können, aber wer faul ist, geht mit leerem Magen ins Bett.« Mahnend hob

Emil seinen rechten Zeigefinger in die Luft. »Ihr schlaft übrigens im Heu, und passt mir gut auf die Tiere auf.« Um seinen Worten mehr Nachdruck zu verleihen, klatschte er in die Hände. Zum Glück hing die Petroleumlampe über der Tür. Das gelbe Licht tänzelte über die müden Gesichter der Kinder. Onkel Emil schnappte sich die leere Flasche und schaute durch den Flaschenhals, schmatzte laut, dann hob er sie sich an die Lippen, in der Hoffnung, noch einen kleinen Schluck von seinem Schnaps auf seiner Zunge zu spüren. Als nichts kam, ließ er sie enttäuscht zu Boden fallen. Die Flasche rollte davon und blieb an einem Tischbein liegen. Onkel Emil stützte seinen Kopf mit der rechten Hand ab, den Ellenbogen drückte er gegen die knorrige Tischkante. »Los jetzt, schleicht euch, na macht schon, husch, husch! Geht euch waschen«, flüsterte er mit schläfriger Stimme und gähnte.

Die drei Jungen verschwanden in der Waschstube, sie rieben sich die Haut und ihre Haare sauber. Michael wusch seinen Körper mit einem Waschlappen aus grober Wolle, bis seine Haut brannte. Auch wenn sie keine Seife fanden, wuschen sie sich gründlich. ›wer sauber ist, der wird weniger krank‹, pflegte ihre Mama immer zu sagen.

Als sie endlich fertig waren und nach draußen gingen, fiel Michael ein Stein vom Herzen, auch hörte er, wie sein Bruder laut ausatmete. Onkel Emil schlief nämlich. Sein Rasiermesser lag neben der aufgeschnittenen Zwiebel, auch fanden sie ein Stück Schweinehaut. Die dunkelbraune Schwarte lag neben einem großen Messer, welches mit der Spitze im Holz steckte. Gregor schnappte sich das Messer und zerrte es aus dem Tisch heraus. Mit einer Schnelligkeit, die Michael des Öfteren in Erstaunen versetzte, schnitt Gregor die Schwarte in drei dünne Streifen und hackte die Zwiebel ebenso in drei fast gleich große Spalten. Er steckte sich seinen Anteil sofort in den Mund, Michael und Konstantin taten es ihm nach.

Sie ließen ihre schmutzigen Sachen im Waschzuber. Auf einem anderen Schemel lagen drei Hosen, die Onkel Emil für sie vorbereitet hatte. Sie schlüpften schnell hinein, banden sich die Hosen an ihren dünnen Bäuchen fest, und schauten zu, dass sie hier verschwanden.

Michael blieb stehen, lief schnell zurück zu der Lampe, hob das Glas an und blies die kleine Flamme aus. Die beleuchteten Konturen lösten sich auf und wurden von der Nacht verschluckt. ›Nachts sind alle Katzen grau‹, fiel ihm die Redewendung seiner Mutter ein, die er immer noch nicht ganz verstand. Aber sie hatte recht, denn die ganze Welt um ihn herum war grau, selbst der Mond schien auf einmal dunkler geworden zu sein. Jetzt sah Michael auch den Polarstern, er leuchtete weiß und mit ihm abertausende von anderen Sternen.

»Bin ich froh, dass er eingeschlafen ist«, flüsterte Gregor und lief als Erster den schmalen Pfad entlang, der zur Scheune führte.

»I…ich au…auch«, pflichtete Konstantin ihm kauend bei. Auch Michael biss immer noch auf der Schwarte herum, sagte jedoch nichts, er folgte den beiden stumm und ließ sich die Schweinekruste schmecken.

»Wer weiß, was er uns alles abrasiert hätte, dieser alte Säufer«, regte sich Gregor weiter im Flüsterton auf.

»Genau«, stimmte ihm Konstantin genauso leise zu.

Immer noch kauend und schmatzend kletterten sie eine krumme Leiter empor, die an einen Balken des Heubodens angelehnt stand. Das Heu roch nach Kräutern und pikste angenehm auf der Haut. Michael kaute immer noch. Er schloss seine Augen, steckte sich das letzte Stück von der Zwiebel in den Mund, biss genüsslich darauf herum, schluckte alles herunter und fiel in einen tiefen Schlaf.

## KAPITEL 23

# *Im Wald*

———————

Aufwachen, ihr Faulpelze!«
Michael riss erschrocken die Augen auf. Der fahle Geschmack auf seiner Zunge, der nach Räucherspeck, Zwiebeln und noch etwas anderem schmeckte, ließ ihn erschaudern. Auch die laute Stimme von Onkel Emil sorgte dafür, dass er zusammenzuckte.

»Aufstehen!«, schrie der Mann und klatschte laut in die Hände.

Gregor rappelte sich auf, nur Konstantin schlief weiter, bis Gregor ihm einen heftigen Tritt in den Hintern verpasste.

»Was ist los?«, wollte Konstantin wissen, seine Stimme bebte, er stotterte jedoch nicht.

»Wird's bald«, donnerte die Stimme von unten.

Michael war der Erste, der schnell nach unten kletterte, Gregor folgte ihm dicht dahinter. Nur Konstantin haderte mit sich selbst, weil er nicht wusste, wie er seinen Fuß am besten auf die oberste Sprosse stellen sollte.

»Ich zähle bis drei, dann bist du entweder unten, oder ich werde nach oben klettern und dich von dort runterschmeißen«, brummte Onkel Emil.

Michael staunte, welch gesunden Eindruck der alte Mann an den Tag legte. Vom gestrigen Besäufnis war ihm nichts mehr anzumerken.

Konstantin drehte sich um und suchte mit dem Fuß nach der obersten Sprosse. Er rutschte mehr über die Leiter als dass er abstieg, seine nackten Füße fanden nicht immer die Querstreben, sodass er sich mit den Händen festhalten musste, um nicht abzustürzen.

»Warum sind eure Köpfe nicht kahl?«, wollte Onkel Emil von den Kindern wissen.

Schuldbewusst, als wäre es ihr Versäumnis gewesen und gleichzeitig ein schwerwiegendes Vergehen, das schlimme Folgen nach sich ziehen konnte, starrten alle drei stumm zu Boden.

»A…aber Sie ha…haben …«

»Was? Ich verstehe kein Wort«, unterbrach Onkel Emil den blonden Jungen, der sich mit der rechten Hand über den Kopf fuhr.

»Sie ha…haben geschlafen«, rechtfertigte sich Konstantin jetzt auf Russisch. Der starke Akzent klang lustig, fand Michael, er lachte aber nicht. Im Augenwinkel sah er nämlich, dass Onkel Emil den Lederriemen in seiner rechten Hand hielt.

»Da könntest du recht haben. Nun gut, ihr werdet heute mit Stepan in den Wald gehen. Vorher müsst ihr euch bei Kommandant Pulski in seinem Kontor melden. Die Anwesenheitspflicht gilt für alle deportierte Deutschen und wird bei Nichteinhaltung bestraft. So, folgt mir jetzt, ich werde euch zeigen, wo sich der Schuppen befindet. Ab morgen werdet ihr den Weg allein finden müssen, falls nicht, werde ich euch auspeitschen.« Um seine Drohung zu unterstreichen, schwang er mit dem Gürtel und klatschte ihn mehrmals auf seine linke Handfläche.

Die Kinder starrten ihn mit weitaufgerissenen Augen an und nickten, ohne zu wissen, warum, aber sie waren es gewohnt, allem zuzustimmen, was von ihnen verlangt wurde.

»Aber vorher müsst ihr was drüberziehen, lauft zum Haus, an der Wäscheleine hängen ein paar Hemden. Nehmt jeder eins und kommt wieder her, ich schaue solange nach den Tieren. Hoffentlich habt ihr euch gestern Mühe gegeben«, sagte Onkel Emil.

Er klang nicht mehr so streng wie noch kurz zuvor. Anscheinend war ihm doch aufgefallen, dass sie nicht faul gewesen und ihren Pflichten gewissenhaft nachgekommen waren, dachte Michael, denn er hatte Onkel Emils erstaunten Blick gesehen.

Erst jetzt fiel Michael auf, dass Onkel Emil ein Hemd trug.

»Wollt ihr hier Wurzeln schlagen?«, brummte er.

Die Jungen ließen es sich nicht zweimal sagen und liefen hinaus.

»Und wascht eure Gesichter«, schrie er ihnen hinterher.

## KAPITEL 24

# *Nasse Hemden*

Die Hemden hingen wie graue Fahnen, die vom Wind zerfleddert waren, schlaff an der Wäscheleine herunter und blähten sich nur ab und zu auf, wenn mal eine flaue Böe die frischgewaschenen Sachen streifte.

Michael griff nach dem ersten Hemd und zerrte es von der Leine. Sein Bruder folgte ihm, er war als Zweiter am Ziel angekommen. Sie hatten eine Wette abgeschlossen: Wer als Letzter ankam, musste heute Abend die Pissgrube der Kühe ausleeren.

Michael hatte sich in dem oft schlecht gelaunt wirkenden Mann, der sie in seine Obhut genommen hatte, getäuscht. Er war nicht so grantig, wie er es den Jungs gegenüber zeigte. Denn als er das Hemd, das noch nicht ganz trocken war, überzog, konnte er den unangenehmen Geruch nach Kuhmist nicht mehr so intensiv wahrnehmen. Auch nistete sich der Duft nach kalter Asche in seiner Nase ein und übertünchte alles andere an schlechten Ausdünstungen. Konnte es wirklich sein, dass der alte Mann all diese Sachen gewaschen hatte? Auch ihre Hemden und Hosen, die sie gestern so fleißig eingesaut hatten?

Michael musste sofort an Igor denken. Den Mann, der so groß und furchteinflößend wie ein Bär war, wenn man ihn nicht kannte, oder wenn er einen nicht mochte, aber zu ihm und seiner Familie wie ein Vater war und sie beschützt hatte.

»Arschlöcher!«, erklang eine erstickte Stimme neben ihm. Es war Konstantin. Die beiden Brüder wussten, wer heute die Grube ausschöpfen würde, darum fühlte sich Michael ganz wohl in seinem frischen Hemd, bekam trotzdem Gewissensbisse, weil er und Gregor genau wussten, wer die Wette verlieren würde. Aber Konstantin hatte ihn gestern ausgelacht, als er in die Gülle gefallen war. *Das wird ihm eine Lehre sein,* dachte er und zog an dem klammen Hemd, das überall an seiner Haut zu kleben schien.

»Seid ihr denn wahnsinnig?«, erschallte eine keifende, hohe Stimme wie aus dem Nichts. Michael wandte seinen Kopf herum und sah, wie eine Frau aus Onkel Emils Haus auf sie zugestürmt kam. Ihr Gesicht glühte vor Zorn. Sie rieb sich die Hände an einer ausgewaschenen Schürze ab, die früher bunt gewesen sein mochte, jetzt aber nur ein graues verblichenes Muster aufwies. Gleich darauf band sie sich ihr braunes Kopftuch fester zu, stopfte eine lose Haarsträhne, die fast weiß war, unter das Tuch und lief auf die Jungen zu. Als sie die kleinen Stufen heruntergestolpert war, packte sie nach einem Stock und schwang ihn wie eine Keule über ihrem Kopf.

»Gesindel, Streuner, Dreckspack«, schrie sie die erschrockenen Jungen an und wurde immer schneller. Einer ihrer Galoschen rutschte von ihrem Fuß und flog im hohen Bogen davon, um einen Augenblick später dicht vor Michaels Füßen zu landen. Immer noch wie vor den

Kopf geschlagen, griff er perplex nach dem schwarzen Gummischuh und starrte die Frau wie gebannt an. Der erste Schlag galt Konstantin, der sich in seinem Hemd verheddert hatte und mit dem Kopf drinsteckte, ohne etwas vom Geschehen mitzubekommen. Mit zum Himmel emporgestreckten Armen versuchte er, sich durch das feuchte Hemd hindurchzuzwängen, dann schrie er erneut auf, als der Besenstiel ihn mitten auf den knochigen Hintern traf.

Michael zog instinktiv die Pobacken zusammen und kniff die Augen zu. Auch auf seinem Hinterteil hinterließ der Besenstiel einen brennenden Schmerz.

Der dritte Schlag war auf Gregor gerichtet. Die Frau holte aus, schwang den Stiel wie eine Sense und … sie traf den Jungen nicht, er duckte sich tief nach unten und sprang flink wie ein Wiesel zurück, als die Frau von Schwung ihres Schlages zur Seite taumelte. Sie keuchte und schnappte nach Luft, so erzürnt war sie.

Oder fürchtete sie sich nur, dass auch wir sie angreifen könnten, dachte Michael. Er sah zu, wie er am schnellsten aus ihrer Reichweite wegkam.

»Wo fliegst du heute hin, du Hexe?«, donnerte eine tiefe Stimme und brachte alle dazu, innezuhalten. Nur Konstantin zappelte immer noch herum.

Die Frau senkte den Besen und warf dem Störenfried einen giftigen Blick zu. Stepan lachte über seinen eigenen Witz.

»Wenn du die da zu Krüppeln schlägst, wird dein Bruder ganz zornig werden, Ludmilla. Das sind seine Sklaven«, lallte Stepan.

Zornesfalten bildeten sich auf ihrem vom Wetter gegerbten Gesicht. Erzürnt darüber, dass der große Mann sich über sie lustig machte, warf sie den Besen zu Boden und stapfte, ohne ein weiteres Wort zu verlieren, zurück ins Haus, um gleich darauf mit einem Bündel gewaschener Wäsche herauszukommen. Sie legte den Packen auf den Tisch, der neben der Waschstube stand, und fing an, die Sachen aufzuhängen. Der alte Mann von gestern war nicht mehr da, aber die Bank lag immer noch umgeworfen auf der Erde, auch die leere Flasche befand sich immer noch an derselben Stelle.

Michael rieb sich über die linke Pobacke, die nicht mehr wie verrückt brannte, dennoch unangenehm pochte.

Konstantin hatte es endlich geschafft, das Hemd anzuziehen. Sein Haar stand wirr in alle Richtungen ab, seine Augen waren nass, er schniefte und sah Michael fragend an. Er suchte nach einer Erklärung für den heftigen Überfall der zornigen Frau, wollte den Grund des Ganzen wissen, doch Michael zuckte nur mit seinen Achseln.

»Zuerst saufen sie bis spät in die Nacht, ich komme, um ihm zu helfen, muss seine Saufkumpanen wegscheuchen und sie vom Hof schaffen, dann machen sie die guten Sachen kaputt«, ihr Blick streifte die ramponierte Bank. »Dann stecken sie saubere Kleider in die stinkende Drecksbrühe und streuen Asche drüber, ich wasche sie wie verrückt, schrubbe mir dabei die Haut an den Fingern wund, sie kommen einfach her und nehmen sich ohne zu fragen das, was sie wollen, kein Dankeschön, kein Garnichts. Diese verdammten Deutschen, nehmen mir zuerst den Mann und die Kinder weg, und jetzt muss ich mich noch um ihre Sprösslinge kümmern.« Die Frau leierte ihre

Tirade wie ein Gebet herunter und bedachte die Kinder mit einem zornigen Blick. Ihre flinken Hände zerrten aus dem grauen Bündel Sachen raus, die sie in der Luft mehrere Male ausschlug, um sie dann auf der Leine aufzuhängen. Sie beachtete die Kinder und den großen Mann jetzt nicht mehr, sie brabbelte einfach weiter und bedachte sie mit wüsten Beschimpfungen, die Michael nicht alle zu verstehen vermochte. Viele Worte ergaben für ihn überhaupt keinen Sinn. Auch Gregor stand mit angestrengter Miene da und wusste nicht, was er eigentlich verbrochen hatte. Nur Konstantin hörte der Frau nicht zu, er taxierte immer noch Michael mit einem durchdringenden Blick. Als Michael ihm nicht die nötige Aufmerksamkeit zuteil werden ließ, zupfte dieser ihn am Ärmel.

»Wa...warum ha...hat die u...uns ge...geschlagen?«, flüsterte er. Die ganze Zeit schaute er über Michaels Schulter und behielt die Matrone im Auge.

Stepan sprach auf die Frau ein und ließ sein dröhnendes Lachen erklingen. Erst jetzt bemerkte Michael, dass die Frau nicht alt war, sie wirkte eher müde und ausgezehrt. Auch seine Mama war nicht alt gewesen. Nur in der letzten Zeit, kurz vor ihrem Tod, war sie um Jahre gealtert – auf einen Schlag. *Ich fühle mich aufgebraucht, mein Junge, ich bin sehr müde,* fielen ihm die Worte seiner Mama ein.

»Michael, wa...warum ha...hat sie u...uns ...«

»Weil sie einsam ist«, entgegnete Michael brüsk. Auch er schaute nun zu der Frau rüber. Tatsächlich verzog sie ihren von unzähligen dünnen Linien umsäumten Mund zu einem Lächeln. Als Stepans herzhaftes Lachen noch lauter wurde, schlug sie ihn mit einem Handtuch gegen seine massige Schulter.

»Was steht ihr so dumm da?«, wandte sich Stepan jetzt an die Jungen und wischte sich mit der Hand über die Augen. »Seht zu, dass ihr hier weg kommt«, fügte er hinzu und fuchtelte mit der Hand in ihre Richtung, zum Zeichen, dass sie verschwinden sollten.

Michael klopfte Konstantin auf den Rücken. »Komm, wir müssen los«, sagte er schnell und folgte seinem Bruder, der keine Zeit verloren hatte und als Erster losgerannt war. Michael sah, wie Gregors schmutzige Fersen den Staub aufwirbelten, auch sah er im Augenwinkel, wie Stepan die Frau am Hintern packte und diese einen gedämpften, erschreckten Schrei von sich gab. Ohne dass ihr Lächeln aus ihrem mageren Gesicht verschwand – mehr noch, ihre Lippen entblößten zwei Reihen weißer Zähne, und sie fing an, vor dem Mann wegzulaufen. Stepan packte die Frau mit beiden Händen, hob sie in Luft und trug Ludmilla in die Banja.

Michael stolperte und fiel fast der Länge nach hin, weil er nicht auf seine Füße achtete.

Die beiden Erwachsenen verschwanden in der Waschstube, die Tür fiel krachend ins Schloss, und der Berg frischgewaschener Wäsche blieb auf dem knorrigen Tisch liegen.

»Ich glau…glaube ni…nicht, dass si…sich die bei…beiden wa…waschen wo…wollen«, stellte Konstantin mit einem sarkastischen Unterton fest. Er lief jetzt dicht neben Michael her und grinste verschmitzt. Michael schüttelte amüsiert den Kopf und legte einen Zahn zu.

## KAPITEL 25

# Ein Graben

W o wart ihr so lange?«, grummelte Onkel Emil.
»Da war eine …«, versuchte Gregor ihr Wegblei-
ben zu erklären.

»Für eure faulen Ausreden haben ich keine Zeit, los
jetzt«, unterbrach ihn Onkel Emil. Er saß auf einem Holzstapel, der an der Scheune aufgereiht war, und ließ sich
von den frühen Sonnenstrahlen wärmen. Ächzend stand
er auf. Leicht auf einem Bein humpelnd lief er los. Sein
Hund kam hechelnd angerannt und blieb an der Seite seines Herrchens. Mit seinem buschigen Schwanz wedelnd,
blickte sich das schöne Tier um und sah Michael in die
Augen. Die Lefzen zurückgezogen, schien der Hund zu
lachen, doch sein Lächeln war böse.

Michael schauderte und verlangsamte seinen Schritt.
Adolf streckte seine lange Zunge raus und gab ein durch-
dringendes Bellen von sich. Konstantin zuckte zusammen.

»Na, Adolf, ist schon gut. Lass die Bengel in Ruhe, nicht,
dass sie uns wieder weglaufen, dann bekommen wir beide
Ärger. Dieser Pulski ist ein gefährlicher Mensch, wir wollen doch nicht so enden wie die arme Frau, nicht wahr?«

Diese Mahnung galt nicht nur dem Hund, begriff Michael sofort.

Adolf reckte seinen Kopf und sah zu Onkel Emil auf. Stumm verfolgte Michael die beiden mit seinem Blick. Der stämmige Mann tätschelte freundlich die feuchte Schnauze des Hunds und strich ihm sanft über den Kopf. »Ich glaube nicht, dass das arme Mädchen etwas verbrochen hatte. Jetzt ist sie tot, und ihr Bruder wird ihr bald folgen. Er ist ein Schwachkopf. Ein Mann zwar, aber sein Verstand ist der eines Kindes, selbst dieses Stottermaul hat mehr Grips als Nikolai.«

Onkel Emil sprach mit dem Hund wie mit einem Erwachsenen, stellte Michael erstaunt fest.

Adolf sah immer wieder zu seinem Herrchen auf und ließ sich über die Schnauze streicheln. Fortwährend gab er ein tiefes, gedämpftes Bellen von sich. So, als würde er die Worte dieses alten Mannes verstehen und zustimmen, trottete er neben ihm her und sah immer wieder auf. Vielleicht konnte es Adolf tatsächlich.

Endlich kamen sie in die Nähe der Siedlung. Michael sah Häuser, von denen viele neu waren, denn sämtliche Holzstämme, woraus die Hütten gezimmert worden waren, hatten eine helle Farbe, die noch nicht den typisch dunkelbraunen Ton angenommen hatte.

Sein Magen zog sich krampfhaft zusammen, als er in der Luft einen vagen Duft nach frischem Brot vernommen hatte, der leider sofort von einem unangenehmen Geruch übertüncht wurde. Je weiter sie liefen, desto intensiver wurde der Gestank. Auch Gregor rümpfte die Nase. Die staubige Erde unter ihren Füßen fühlte sich weich und angenehm warm an, trotzdem zitterte Michael, weil er nicht wusste, was sie jetzt erwartete. Immer mehr Menschen liefen in kleinen Gruppen in dieselbe Richtung wie Onkel Emil mit seinen jungen Begleitern.

»Merkt euch den Weg gut, ab morgen werdet ihr von alleine den Ort finden müssen und dort erscheinen. Wer nicht rechtzeitig zum Appell auftaucht, wird erschossen«, warnte Onkel Emil sie wiederholt mit ernster Miene.

Adolf winselte und zog seinen Schwanz ein. »Nein, du nicht«, sagte der alte Mann freundlich. Den breiten Gürtel, den er die ganze Zeit in seiner Hand hielt, legte er sich um seinen dicken Bauch an und zupfte sein Hemd zurecht.

Adolf winselte nicht mehr, seine Rute behielt er aber trotzdem zwischen die Hinterbeine geklemmt, so, als würde er sich vor diesem Ort fürchten.

Genauso fühlte sich Michael, am liebsten würde er wegrennen, aber die Hoffnung auf ein Wiedersehen mit seiner Schwester spornte ihn an, weiterzulaufen, und flößte ihm etwas neuen Mut ein.

Von irgendwoher vernahm Michael ein dumpfes Hämmern von Äxten, die sich mit ihren scharfen Klingen tief ins Holz gruben. Als sie an einer weiteren Reihe von Häusern vorbeigelaufen waren, sah er aus dem Augenwinkel, woher diese singenden, metallischen Geräusche kamen. Mehrere Männer mit schweißglänzenden Oberkörpern bearbeiteten die Holzstämme mit ihrem Werkzeug. Auch konnte Michael sehen, dass diese Männer von Soldaten bewacht wurden.

Adolf begann zu jaulen und zu kläffen. »Pst, Adolf, sei ruhig!«, herrschte Onkel Emil den Hund an und zog ihn heftig am Halsband. »Die tun dir nichts!«

Michael begriff sofort, von wem der alte Mann sprach, er meinte damit andere Hunde, die von den Soldaten an Ketten gehalten wurden, und die Männer mit den scharfen Äxten bewachten und hier für allgemeine Ordnung sorgten.

Adolf winselte jetzt kaum hörbar und schlich seinem Herrchen hinterher, dabei schaute er immer wieder nach links, von wo aus er einen Angriff befürchtete.

Bei den Hunden war es also fast so wie bei den Menschen, sinnierte Michael. Obwohl sie von der gleichen Rasse waren, fürchtete sich Adolf vor seinesgleichen.

Deutsche und Russen, auch wenn sie sich vom Äußeren her in nichts unterschieden, stellte der Junge mit schweißnasser Stirn fest, bekriegten sich dennoch, nur, weil ihre Führer sie aufeinanderhetzten. Genauso wie bei den Hunden. Einmal hatte er miterleben müssen, wie zwei Jungs ihre Hunde aufeinander losgehen ließen, nur um zu schauen, welcher Köter der Stärkere war. Beide Tiere griffen sich mit gefletschten Zähnen an und kämpften so lange, bis einer im tödlichen Griff des anderen jämmerlich verreckt war. Einer der beiden Hunde war jünger und stärker gewesen. Er hatte sich in die Kehle seines Gegners verbissen, ohne eine Sekunde lang loszulassen, egal wie sehr die Jungen an seinem Halsband gezogen hatten und wie stark und heftig sie aus Verzweiflung auf ihn einschlugen – er ließ einfach nicht locker. Die scharfen Zähne hatten sich tief in das Fleisch des anderen gegraben. Michael sah erneut das Blut aus dem Maul des stärkeren Hundes zu Boden triefen. Der knurrte und schüttelte den Kopf wild hin und her. Selbst die heftigen Fußtritte eines Erwachsenen brachten den grauen Vierbeiner nicht davon ab, noch fester zuzubeißen und so lange zu warten, bis der andere Hund erstickt war. Er ließ erst dann los, als der alte Köter sich nicht mehr wehrte und nicht mehr winselte. Die große Pfütze aus warmem Blut hatte sich um die Tiere herum in ein rotes Meer verwandelt. Michael konnte immer noch nackte Füße vor seinem inneren Auge sehen, auch die erschrockenen Gesichter der beiden Jungen sah er deutlich vor sich, mit so einem Ausgang hatte keiner der beiden gerechnet. Hinterher bekamen sie ganz schön Ärger von ihren Vätern, vor allem derjenige, dessen Hund auf der Straße einfach reglos liegengelassen wurde. Schwarze Fliegen bedeckten den Kadaver, bis sein Besitzer mit einer Schaufel kam, dieses tote Tier wie einen Kuhfladen auf die Schaufel schob, um ihn dann später neben dem Misthaufen hinter dem Kuhstall zu begraben.

Jetzt wusste Michael, woran er bei dem Gestank erinnert wurde. Faules Fleisch. Er sah den Hund immer noch vor sich, die Erinnerung ließ sich auch nicht sofort wegblinzeln. So stellte sich Michael den Krieg vor, die Schwächeren werden verlieren und auf den Misthaufen geworfen, nur waren sie keine Hunde, sie waren Menschen, trotzdem benahmen sich manche wie …

»Pass auf, wo du hintrittst, du hirnloser Bengel!«, riss ihn eine zornige Stimme aus seinem Tagtraum.

Onkel Emil schaute Michael durch zwei schmale Schlitze an, die von buschigen Augenbrauen beherrscht waren. Wut staute sich in ihm auf, das konnte der Junge am roten Gesicht seines Herrn erkennen, oder an dem, was von dem dichten Bart nicht verdeckt war. Michael sah betroffen zu Boden. Fast wäre er in einem Graben gelandet, hätte ihn der alte Mann nicht rechtzeitig am Kragen gepackt.

»Kannst du etwa auch mit offenen Augen schlafen? Du bist beinahe vom Weg abgekommen und wärst fast da drin gelandet!« Michael warf hastig einen Blick in die Grube, sie war leer, stellte er erleichtert fest, keine Leichen oder Ähnliches. Er schluckte.

»Mach doch deine Augen auf«, knurrte Onkel Emil.

Michael spürte eine nagende Unruhe in sich aufsteigen. »Wozu ist sie gedacht? Die Grube, meine ich?« Seine Stimme zitterte, er war immer noch irritiert.

»Hier werden Übungen durchgeführt. Siehst du die Männer dort?« Onkel Emils Stimme klang nicht mehr schroff, stellte Michael erleichtert fest und sah in die Richtung, in die Emil deutete. Der Bub konnte zuerst schemenhaft, dann immer deutlicher eine kleine Gruppe von Männern ausmachen.

Michael nickte. »Wer sind diese Männer?«, wollte er mit vor Unbehagen gedämpfter Stimme wissen.

»Soldaten«, entgegnete Onkel Emil kurz angebunden, holte seine Pfeife aus der Hosentasche, stopfte sie mit Tabak, und steckte sie sich mit geübter Bewegung in den Mund. Danach kramte er in seiner Hose, bis er endlich fand, wonach er suchte. Streichhölzer. Er schüttelte die kleine Schachtel kurz. Etwas unbeholfen holte er ein Streichholz heraus und riss den braunen Kopf an der abgewetzten Box an. Mehrmals zog er dann an seiner Pfeife, bis Qualm aus seinem Mund quoll. Er tat einen tiefen Atemzug, dann sagte er: »Das sind tapfere Männer, die auch für dich in den Krieg gehen, um dein beschissenes Leben vor den Faschisten zu verteidigen.« Mit schnellen Handbewegungen wedelte er das brennende Streichholz aus und warf es auf die zerstampfte Erde. Ein leises

Zischen ertönte – das verkohlte Streichholz war in einer Pfütze gelandet. Michael sah sein Spiegelbild darin, bis ein schwerer Stiefel hineintrat. Die Erscheinung war im Trüben verschwunden. Michael räusperte sich und konzentrierte sich erneut auf die geduckten Gestalten, die in der Ferne umherliefen.

Einen der Männer erkannte Michael als Nikolai. Zuerst war er sich nicht sicher, doch als der Mann sein Haar mit beiden Händen nach hinten schob und das Lederriemchen um seine Stirn legte, wusste Michael, dass er es war. »Da ist Nikolai«, flüsterte er leise und deutete mit dem Kinn in dessen Richtung.

Onkel Emil nickte nur. »Ich weiß«, sagte er mit belegter Stimme. »Er ist nicht der Hellste, aber er war immer ein netter Junge, manchmal komisch, ja, und er stellte den Mädchen nach, ohne böse Absichten. Er sagte, er findet alle Frauen hübsch, hat aber Angst vor ihnen. Nur seine Schwester hat sich um ihn gekümmert, bis sie … Ich hoffe, diesen Pulski wird ein schlimmeres Schicksal ereilen als nur im Krieg von einer feindlichen Kugel getroffen zu werden, was Nikolai mehr als sicher passieren wird, da verwette ich meinen …«

»Ihr sollt weiterlaufen, sonst werfe ich euch beide in diesen Schützengraben«, herrschte jemand Onkel Emil und Michael an. Die Stimme kam von oberhalb. Der Junge schirmte seine Augen mit der Hand ab und starrte in die Höhe. Neben ihm saß ein Mann auf einem Pferd. Es war Pulski. Sein maliziöses Grinsen war furchteinflößend. Hoffentlich hat er nichts mitbekommen, jagte der erschreckende Gedanke durch Michaels Kopf. Vorsichtig sah er zu Onkel Emil, ihm ging es nicht anders, stellte

Michael fest, denn auch dessen Gesicht war kreidebleich. Emil fand keine Worte – zum ersten Mal sah Michael so etwas wie Furcht in den milchig-trüben Augen.

»Na, wird's bald?« Pulski bearbeitete die Flanken seines Pferds mit seinen Fersen. Das scheue Tier schnaubte und nickte heftig mit dem großen Kopf, weißer Geifer zog sich zu langen Fäden aus dem dunklen Maul des Hengsts.

Michael wandte seinen Blick ab und sah zu einer Eiche, die auf der anderen Seite des Weges stand. Alt und knorrig, die dicken Äste in alle Richtungen gestreckt, schien der Baum über den Platz zu wachen. Der leichte Wind ließ beständig die Blätter in der prächtigen Baumkrone rascheln.

»Sieh mich an, wenn ich mit dir rede, Junge!« Ein lauter Peitschenknall zerriss die Luft dicht vor Michaels Nase. Pulski trieb das Pferd gekonnt bis auf wenige Zentimeter an Michael heran. Gregor sah beschämt zu ihm hoch, unternahm aber nichts, auch Konstantin und selbst Onkel Emil wagten es nicht, sich einzumischen. Dieses tödliche Spiel galt allein Michael. Das schreckhafte, geifernde Tier tat einen weiteren Schritt vorwärts. Michael spürte, wie seine linke Ferse an der Kante über dem Graben ins Leere ging. Als er nach hinten taumelte, hörte er die trockene Erde in das längliche, rechteckige Loch rieseln. Er roch den säuerlichen Geruch aus dem Maul des Pferdes, das erneut schnaubte. Der glibberige Schleim benetzte Michaels Gesicht, er wagte es jedoch nicht, sich vom Fleck zu rühren. Er schluckte nur laut und sah sich schon nach hinten in die Grube stürzen.

»Wir gehen schon, Genosse Pulski. Ich habe dem Jungen nur erklärt, wozu der Schützengraben …«, begann der alte Mann, dabei rieb er sich langsam über den Bart. Pulskis erhobene Hand brachte den alten Mann zum Verstummen.

»Um dort diejenigen zu verbuddeln, die zu viel Fragen stellen, aber erst dann, wenn das Loch vollgeschissen ist«, entgegnete der Kommandant sarkastisch und steckte die Peitsche zurück. Energisch riss er an den Zügeln, schnalzte mit der Zunge und galoppierte davon. Die Hufe des Pferdes warfen Erdklumpen auf und hinterließen eine graue Staubwolke.

»Was ist ein Schützengraben?«, wollte Gregor von seinem jüngeren Bruder wissen, als sie weitergingen.

Michael zuckte nur mit den Schultern.

»Vie…vielleicht wer…werden do…do…dort to…tote Sol…Soldaten rein…reingeworfen?«, versuchte Konstantin sein Glück und ließ seinen Blick durch die Runde schweifen.

»Kann sein«, flüsterte Gregor und kratzte sich am Hinterkopf.

»Ihr sollt nicht deutsch reden, wenn ich bei euch bin. Und überhaupt, wenn ihr euch weiterhin in eurer bellenden Sprache unterhaltet, kann es sehr viel Ärger nach sich ziehen«, brummte Onkel Emil. Sein Gesicht war immer noch blass und er wirkte müde.

Michael deutete auf den Graben und sagte dann: »Dienen die Schützengräben nicht als Schutz für die Soldaten?«

»Schon, nur dieses Loch hier ist kein Schützengraben«, entgegnete Onkel Emil mit ruhiger Stimme und nickte in eine bestimmte Richtung.

Michael sah, wie vier Männer eine Latrine trugen. Ihre Gruppe wich ihnen aus, damit sie sie über dem Loch platzieren konnten. Deswegen hatte dieser Pulski so blöd gegrinst, und jetzt begriff Michael auch endlich die ironische Aussage des böswilligen Kommandanten. ›Ironie ist eine Zweideutigkeit, die einen oft dumm dastehen lässt, wenn er die Spitzzüngigkeit seines Gegenübers nicht zu verstehen vermag‹, hatte ihm sein Vater zu erklären versucht. Mama sagte nur, es ist genau das Gegenteil von dem, was die Menschen sagen. Allerdings verstand er immer noch nicht, was Ironie des Schicksals bedeutete.

»Du scheinst schon wieder abzudriften.« Onkel Emil klopfte mit einem Fingerknöchel gegen Michaels Kopf, worauf der sich die schmerzende Stelle rieb. »Kommt jetzt«, grummelte Onkel Emil und zündete seine Pfeife erneut an.

# KAPITEL 26

# *Zählung*

———————

Endlich erreichten sie den Platz, wo sich schon viele Menschen versammelt und in einer Reihe aufgestellt hatten.

»Mama!«, schrie Konstantin und schlug erschrocken über seine Aktion seine Hände vor den Mund. Seine Mutter hatte ihn bemerkt und winkte ihm lächelnd zu, wagte es jedoch nicht, aus der Reihe zu treten.

Konstantins Blick heischte nach einer Bestätigung und sah Onkel Emil mit großen Augen flehend an, endlich zu seiner Mutter gehen zu dürfen.

Der bärtige Mann nickte knapp. »Aber du darfst nicht rennen«, brummte er und zog an seiner Pfeife, wobei er sein linkes Auge schloss, als eine Rauchwolke aus seinem Mundwinkel stieg und sich in der klaren Luft auflöste.

Michael schaute sich derweil nach seiner Schwester um, konnte sie jedoch nirgends ausmachen.

»Ihr beide geht mit ihm, und auch morgen werdet ihr euch neben der Frau dort aufstellen. Sonst landet ihr tatsächlich in dem Schützengraben«, drohte Onkel Emil den Jungen an und stieß den Rauch aus. Er beugte sich leicht nach vorne, tätschelte Adolf die Flanke und sagte leise: »Komm, alter Freund, wir gehen nach Hause. Ach …«, er unterbrach sich selbst und strich sich mit der Linken über den Bart, »… heute bekommt ihr Essensmarken. Merkt euch eins: Das, was ihr bekommt, müsst ihr gleich aufessen. Verstanden?«

Michael und Gregor nickten, nur Konstantin schien die Bemerkung nicht ganz verstanden zu haben. Gregor packte den Jungen am Hinterkopf und drückte seinen Kopf mehrmals nach unten.

»So ist es recht. Jetzt komm, Adolf, wir müssen nach den Bienen schauen. Und ihr«, Onkel Emil sah die Jungen eindringlich an, »kommt nach der Zählung sofort zu mir. Ansonsten werde ich euch mit diesem Gürtel da einiges erklären müssen, sodass es in eurer Erinnerung haften bleibt, bis ihr so alt werdet wie ich.« Jetzt nickten alle drei gleichzeitig.

»Ka…kann ich …«, stotterte Konstantin und wurde rot im Gesicht, weil er sich über seine sprachliche Barriere ärgerte. Seine Augen tränten und wurden rot.

Onkel Emil verdrehte die Augen, um kundzutun, wie ihn die Dummheit dieses Jungen aufregte. »Sprich Russisch mit mir. Deutsch kannst du mit meinem Hund reden. Euer Gekläffe kann ich nicht verstehen. Verstehst du sie, Adolf?« Der Hund bellte kurz. Hechelnd und mit treudoofem Hundeblick sah er zu seinem Herrchen auf. Seine schwarzen Lefzen glänzten nass. Seine Zunge hing seitlich aus seinem Maul und zuckte leicht. Dann schleckte er sich schmatzend über die Nase und bellte erneut, was Onkel Emil einen Lacher entlockte. »Genau so viel habe ich auch verstanden. Hitler kaputt«, fügte er immer noch lachend hinzu. Michael verstand die letzten beiden Worte nicht auf Anhieb, denn Onkel Emil hatte dafür deutsche Worte benutzt. Er sagte ›Hitler kaputt‹, da dämmerte es Michael.

»Hitler kaputt«, wiederholte Michael kaum hörbar und lief den anderen hinterher.

»Hallo, mein Schatz«, flüsterte Konstantins Mutter und küsste ihren Sohn auf die Stirn, die Wangen und seine von Tränen nassen Augen. Konstantin umarmte seine Mutter fest und vergrub sein Gesicht an ihrem Busen. Er schluchzte. Auch Michael musste schlucken, um nicht loszuheulen.

»Koka, Koka!«, brabbelte eine kindliche Stimme und kreischte vergnügt.

Michael wischte sich über die Augen und schniefte. Erst jetzt bemerkte er einen weiteren Jungen, der Konstantins jüngerer Bruder sein musste. Auch er hatte blonde Locken und ein schmales Gesicht, war zwar etwas kleiner, dafür aber kräftiger als Konstantin. In den Armen des Jungen saß ein Kleinkind und streckte seine dünnen Ärmchen aus. Die kleinen Fingerchen des Buben schlossen und öffneten sich zu winzigen Fäustchen. Auch die niedlichen Füßchen zuckten. Der Bub riss seinen Mund weit auf und quietschte vergnügt. Die wenigen Zähne in seinem Mund sahen lustig aus, dachte Michael mit Herzschmerz, und musste erneut an seine kleine Schwester Anja denken.

»Rudi hat dich auch sehr vermisst, er sucht die ganze Zeit nach dir und sagt ständig ›Koka‹. Joseph, lass ihn mal runter«, sagte die Frau zu ihrem zweitältesten Sohn.

Konstantin, Joseph und Rudolf, ordnete Michael die Namen der drei Brüder in seinem Kopf der Reihe nach ein. Rudi tapste zu Konstantin und schlabberte ihn ab, als er ihn in den Arm nahm und ihn knuddelte.

»Achtung, stillgestanden. Alle stellen sich hinter die Linie.«

Michael sah irritiert zu Boden und suchte nach einer Linie, die er jedoch nicht fand. Doch dann erkannte er eine schmale Furche im Boden und trat dahinter. Die Stimme wiederholte den Befehl erneut. Murrend schlurften die Menschen hinter die Linie.

»Wissen Sie vielleicht, wo meine Schwester ist?«, fragte Michael Konstantins Mutter schnell, bevor sich die Menge in einer Reihe aufstellen konnte. Die Versammelten beeilten sich, jeder wollte den Tumult, der durch die Zählung entstanden war, zügig hinter sich bringen, um schnellstmöglich in eine geregelte Tagesordnung überzugehen.

»Sie ist bei dem Herrn Fjodor Iwanowitsch Goldberg. Sie arbeitet bei ihm im Haus. Deiner Schwester geht es gut, ich soll dich, nein, ich soll euch beide von ihr grüßen. Du kannst zu mir Tante Elsa sagen.« Mit der linken Hand strich sie Michael über den Kopf.

*Wie Mama,* dachte Michael und hüstelte, weil ein harter Klumpen der Sehnsucht nach vergangenen Tagen seiner sorgloseren Kindheit in seinem Hals anschwoll und ihm die Luft zum Atmen nahm. Er blinzelte sich die Tränen aus den Augen. Den Blick starr nach vorne gerichtet, stand er da und schaute gedankenverloren in die Ferne.

»Michael, wo ist Anita?«, fragte Gregor, der neben ihm stand. Ihre Schultern berührten sich dabei. Michael spürte, wie sein älterer Bruder zitterte.

»Ihr geht es gut. Sie ist bei …«

»Ruhe!«, dröhnte eine Stimme in einem Befehlston, der keinen Widerspruch duldete. Ein junger Mann schritt die Reihe entlang, die nur aus Frauen, alten Männern und Kindern bestand. Bei jedem seiner Schritte staubte es. Seine Uniform saß stramm, an dem schwarzen Ledergürtel hing ein Holster, darin steckte eine Pistole. Mit spitzen Fingern korrigierte er den Sitz seiner Mütze, indem er den schwarz-glänzenden Schirm zwischen die Finger nahm und die militärische Kopfbedeckung ein wenig auf die Seite rückte. Eine blonde Locke lugte hervor. Der junge Mann machte einen netten Eindruck, er lächelte sogar und schien guter Laune zu sein.

»Ruhe!«, brüllte er erneut und winkte einen anderen Mann herbei, der keine Uniform trug, auch war seine Körperhaltung nicht so stolz wie die des Soldaten. Er wirkte eher schüchtern und strahlte überhaupt keine Selbstsicherheit aus.

Ein Speichellecker, dachte Michael.

Sein dunkles Haar bedeckte den etwas zu großen Kopf nicht ganz, an der linken Schläfe konnte Michael eine kahle Stelle erkennen, so als habe ihm jemand dort einen Schopf ausgerupft.

»Wir werden gleich eure Namen laut aufrufen, derjenige, der seinen Namen hört, macht einen Schritt nach vorne und geht gleich darauf wieder zurück hinter die Linie.« Das stoische Auftreten des blonden Soldaten importierte Michael und machte ihm gleichzeitig Angst. Unbewusst ballte er seine Hände zu Fäusten. Der Soldat nickte knapp. Der Mann daneben, der mit der kahlen Schläfe, übersetzte die Worte ins Deutsche, worauf die Menge tuschelte und murrte. Der Soldat griff nach seiner Pistole und zielte damit in die Luft. Das Gemurmel verebbte im Nu, nur das leise Hämmern von Äxten war in der Ferne noch zu hören.

»Ruhe! Der Nächste, der etwas sagt, wird erschossen.« Er grinste breit, während seine Worte erneut übersetzt wurden. Die Stimme des Deutschen klang nicht minder laut, jedoch nicht so selbstbewusst wie die des jungen Soldaten. Auch fügte der Mann einige Drohungen hinzu, die der blonde Aufseher nicht gesagt hatte. *Der Ordnung wegen,* dachte Michael, denn tatsächlich zeigten die einschüchternden Worte ihre Wirkung, nur nicht bei den Kindern.

Mehrere Kinder begangen zu greinen. Auch der kleine Rudi, der in Konstantins Armen Schutz suchte, plärrte jetzt.

Entnervt steckte der Mann seine Waffe zurück ins Holster und machte mit der rechten Hand eine Bewegung, die Michael nicht richtig deuten konnte – der Übersetzer mit dem dunklen Haar jedoch schon.

»Familie Arnold!«, ertönte die kratzige Stimme des Deutschen.

Ein leises Gemurmel durchzuckte die Menge, alle wandten ihre Köpfe nach rechts, dann nach links, dann geradeaus zu den beiden Männern. Niemand rührte sich. Auch Michael bemerkte die angespannte Atmosphäre und das unangenehme Rauschen in seinen Ohren.

Der blonde Soldat entriss dem Deutschen die Mappe, kniff die Augen zusammen und las jetzt selbst den Familiennamen laut vor. Wieder ging ein Ruck durch die Menge. Vereinzelte Stimmen wurden laut.

»Sie ist hier!«, rief ein älterer Mann, und eine Frau wurde nach vorne geschubst. Ein gebrechlicher Mann mit schütterem Haar packte einen Jungen am Arm und zerrte ihn aus der Reihe. Das zu Tode erschrockene Kind stolperte, doch seine Mutter fing es auf. Ihr Sohn klammerte sich an ihr fest und begann zu weinen. Auch die Frau zuckte am ganzen Körper, dann fiel sie auf die Knie und begann in schwer verständlichem Dialekt um ihr Leben zu betteln. Sie flehte um Gnade und sprach von ihrem Mann und ihrer Tochter, die nicht mehr bei ihr waren, weil sie beide tot seien. So viel konnte Michael heraushören. Sie sprach schwäbisch, wie sein Vater. Papas Oma kam aus Ulm, und der Opa aus Schwäbisch Hall, glaubte Michael sich zu erinnern, er versuchte, sich in Gedanken abzulenken. Er mochte sich nicht vorstellen, was die Frau jetzt erwartete. Aber Onkel Emil hatte doch gesagt, dass sie heute etwas zu essen bekommen würden und sie gleich nach der Zählung zurücklaufen mussten. Auch sagte er, es warte viel Arbeit auf sie.

Der Soldat strich die Falten seiner Uniform glatt und rückte mit heftigen Bewegungen den breiten Gürtel zurecht. Die auf Hochglanz polierte Schnalle saß jetzt mittig und schimmerte golden.

Der Deutsche übersetzte schnell, während der Soldat angestrengt zuhörte und dann knapp nickte. Als der Übersetzer nichts mehr sagte, sprach der Uniformierte mit ernster Miene weiter.

Der alte Mann mit dem gekrümmten Rücken wartete nicht lange und übersetzte die Anweisungen sofort. Die deutschen Worte klangen wie ein verzerrtes Echo.

Die Frau starrte die beiden Männer angestrengt an. Langsam ging der Soldat auf die Frau zu und half ihr auf die Beine. Sie ließ sich ohne Widerstand hochziehen, während ihr Blick immer noch auf dem jungen, kantigen Gesicht des Soldaten haftete.

Michael schwitzte, sein feuchtes Hemd klebte unangenehm an seinem Rücken.

»Hier wird niemand erschossen«, sprach er langsam und eindringlich zu den aufgebrachten Menschen. »Das ist nur eine Anwesenheitsliste.« Er klopfte mit dem Zeigefinger auf ein Klemmbrett in seiner Hand.

»Arnold? Elsa und Ernst?«, las er aus der Liste, seine Stimme klang nicht mehr so schroff.

Die Frau nickte heftig und rieb sich mit der Schürze über die Augen. Sie stand unweit von Michael. Ihr Schluchzen war daher nicht zu überhören, auch wie sie leise und stotternd zu ihrem Sohn sprach: »Du sollst nicken, mein Schatz, schnell.« Der kleine Junge, der noch jünger war als Anita, schaute hoch zu seiner Mama, dann zögernd zurück zum Soldaten. Seine himmelblauen Augen glänzten. Er nickte zaghaft, sah immer noch zu dem Mann auf. Er hoffte, alles zu seiner Zufriedenheit gemacht zu haben.

Der Soldat drehte sich auf dem Absatz nach links um und tat zwei Schritte. Er stolzierte fast wie ein Kranich, dachte Michael. Dann warf der Mann erneut einen angestrengten Blick auf die Liste.

»Baumgard: Brunhilde, Stefan, August, Sieglinde.« Vier Personen machten einen Schritt nach vorne, verharrten so lange, bis der Soldat kurz nickte, dann traten sie zurück in die Reihe.

»Berg.« Bei diesem Wort zog sich Michaels Kehle zusammen, wurde eng, er konnte einen Augenblick lang keine Luft holen. Er und sein Bruder traten aus der Reihe. »Gregor und Michael?« Beide nickten. Der Mann zog eine Linie über das Papier. Er hat unsere Schwester von der Liste gestrichen, mutmaßte Michael. Ein kalter Schauder kroch über seinen Rücken. Hatte Tante Elsa gelogen, war Anita ... Nein, darüber wollte Michael erst gar nicht nachdenken. Er schluckte den Schmerz und den aufkeimenden Zorn hinunter, sah dem Mann in seine grauen Augen, wartete. Ihre Blicke trafen sich nur für den Bruchteil eines Augenblicks, trotzdem sah Michael, wie dieser scheinbar stoische Mann unsicher wurde. Er wandte den Blick ab und winkte die beiden wieder zurück in die Reihe. Er vermied es, den Jungen noch mal anzusehen.

»Bernstein: Elsa, Konstantin, Joseph und Rudolf.«

Konstantin stand neben seiner Mutter und hielt ihre Hand, so fest, dass seine Knöchel und die Fingerkuppen beinah lila wurden.

Der blonde Soldat hakte auch sie mit einem Bleistift ab.

So ging es noch eine Weile, bis auch der Letzte aufgerufen wurde. Niemand fehlte. Der Soldat gab die Liste an seinen Helfer ab, wandte sich mit hinter dem Rücken gekreuzten Armen erneut den Menschen zu, die nach wie vor in einer Linie standen und auf weitere Anweisungen warteten. Nur war die Lage nicht mehr so angespannt wie noch kurz zuvor.

»Niemand wird heute noch morgen oder übermorgen erschossen, verhaftet oder abtransportiert. Jeder der hier Anwesenden bekommt ab dem heutigen Tag Essensmarken. Die Ausgabe erfolgt in dem Kontor dort drüben.« Er wies auf ein großes Haus, das einem Lager glich. »Auch bekommt jeder von euch ein Dokument, das ihr stets mit euch zu führen habt. Ohne dieses Dokument bekommt ihr kein Essen, auch wird derjenige verhaftet, der versucht, sein Essen umzutauschen oder sich anderweitig daran zu bereichern. Die Zählung findet jeden Tag um dieselbe Zeit statt wie heute. Hier, an diesem Platz, werdet ihr euch täglich versammeln müssen, bei einem Verstoß wird das Komitee darüber entscheiden, wie mit demjenigen verfahren wird. Um weitere Pflichtverletzungen zu unterbinden, werden wir hart durchgreifen, damit Nachahmungstäter erst gar nicht auf diese Idee kommen. Die Kranken und Verletzten müssen sich durch ihre nahen Verwandten eine Genehmigung für ihr Fernbleiben einholen, am besten bei ihrem Vorgesetzten. Ihr alle werdet heute in bestimmte Arbeitsgruppen unterteilt. Es kann möglich sein«, er hüstelte in die Faust, mit geklärter Stimme fuhr er fort, »dass die Kinder von ihren Eltern getrennt werden, vielleicht auch müssen, was aber nicht weiter schlimm ist, denn jede Familie bekommt eine Unterkunft, in der sie sich am Abend wiedertreffen wird. Die Ausnahme bestätigt die Regel. Da wir aber noch nicht genügend Häuser haben, werdet ihr zusammenrücken müssen.«

Die meisten Anwesenden verharrten, bis die Anweisungen ins Deutsche übersetzt wurden. Das Gemurmel verebbte nur langsam. Die Aufregung hielt sich in Grenzen. Michael stand einfach nur da und wartete ab, wann sie endlich auch etwas zu Essen holen durften. Er hatte außer Gregor niemanden mehr, und auf eine Unterkunft brauchte er erst überhaupt nicht zu hoffen. Der Mann sprach von einer *Familie*, aber Michael hatte nur einen Bruder auf seiner Seite. Zählte das auch als Familie?, dachte er bei sich.

## KAPITEL 27

# *Brotkrumen*

E ins lasst euch noch gesagt sein: Ihr seid in einem Ar-
beitslager! Hier herrschen harte, aber klare Regeln.
Nun genug der Worte. Ihr alle geht jetzt der Reihe nach
zur Essensmarken-Ausgabe. In geordnetem Gang und in
alphabetischer Reihenfolge«, schallte die angenehme Stimme des Mannes durch die Luft.

Michaels Magen fühlte sich elend an. Er glaubte eine ge-
wisse Unruhe in der Stimme des Soldaten vernommen zu
haben. Der Mann lief noch einmal an der Reihe entlang
und schaute sich jeden Einzelnen prüfend an. Wollte er
wissen, ob alle gesund und es wert waren, etwas zu essen zu
bekommen?, sorgte sich Michael. Eine unheimliche Ernsthaftigkeit verdunkelte die Augen des Soldaten und machte
sein Gesicht zu einer bösen Maske. Er blieb bei den beiden
Brüdern stehen und sah sich die zwei etwas länger als die
anderen an, ohne ihnen direkt in die Augen zu blicken.

Michael hüstelte, auch Gregor begann nervös an seinem Hemd zu zupfen. In Michaels Erinnerung blitzte
ein Bild aus der Vergangenheit auf, erlosch dann sogleich,
und wurde zu einem bitteren Geschmack auf der Zunge,

den er herunterschluckte. Der Soldat stand immer noch da – wippte auf den Fußballen leicht vor und zurück, die Hände hielt er hinter seinem Rücken verschränkt.

Ein kühler Wind frischte auf und riss den Mann aus seinen Gedanken. »Tja, irgendwie kommst du mir sehr bekannt vor, junger Mann.« Sein ganzes Augenmerk galt Michael. »Aber ich komme nicht drauf, woher ich dich zu kennen glaube«, sinnierte der Soldat. Er sprach mit verträumter Stimme, trat einen Schritt näher, legte seinen Kopf schief – nun trafen sich ihre Blicke erneut.

Michaels Gaumen wurden trocken.

»Wir haben noch einen älteren Bruder, Alexander, aber wir wissen nicht, wo er ist.«

Der Soldat verdrehte die Augen, um kundzutun, dass er sich von Gregors Einmischung genervt fühlte und er ihm auf den Geist ging, doch plötzlich hellte sich sein Gesicht auf. Mit Daumen und Zeigefinger schnippte er einmal in die Luft. »Tatsächlich, Alexander Berg, ja, wir waren zusammen …« Seine Stimme erstickte jäh. Der Glanz in seinen Augen verschwand wieder. Als habe er sich bei etwas ertappen lassen, senkte er kurz den Blick und setzte seinen Kontrollgang fort.

»Lebt er noch?«, rief Michael ihm nach.

»Das weiß ich nicht«, entgegnete der Soldat, ohne sich umzudrehen.

Mit diesen Worten zerstob Michaels Hoffnung wieder, nein, sie zerbarst in tausend Scherben, die ihm tief ins Fleisch schnitten.

Als der Soldat am Ende der Reihe angelangt war, befahl er den Anwesenden, sich nach links zu drehen und ihm zu folgen.

Der Fußmarsch dauerte nur wenige Minuten, auch die Ausgabe der Essensmarken verlief zügig und reibungslos. Michael bekam sieben Zettel mit einem blauen Stempel. »Bewahrt die Essensmarken sehr gut auf und bringt sie jeden Tag mit, sonst gibt es kein Essen für euch. Das hier sind eure Papiere«, sagte eine Frau, die hinter der Theke stand. Sie schrieb ihre Namen auf, die Michael und Gregor ihr diktierten, und die die Frau mit dem großen Busen mit der Anwesenheitsliste verglichen hatte. Dann klatschte sie alles auf die hölzerne Klappe.

Mit zittrigen Fingern nahmen Michael und Gregor ihren Stapel auf. »Ihr geht jetzt weiter. Dort bekommt ihr eure Ration für heute. Und nicht drängeln.«

Michael nickte gehorsam. Gemeinsam schritten sie im Schneckentempo weiter den Gang entlang in einen zweiten Raum. Der Geruch nach Brot war überwältigend und sorgte dafür, dass Michael die ganze Zeit schlucken musste.

Er trat wie hypnotisiert durch die Tür. Der zweite Raum war noch kleiner, die Menschen standen dichtgedrängt, zum Glück zwängte sich niemand nach vorne.

Endlich kam auch Michael an die Reihe. Eine junge Frau stand da und schnitt die Laibe in vierundzwanzig gleich große Stücke. Jedes Stückchen wog exakt zwanzig Gramm. Das wusste Michael. Als er den Blick hob und das Mädchen auf der anderen Seite des Tisches anschaute, blieb ihm für einen Moment die Luft weg. Maria Hornoff stand da, mit gesenktem Blick schnitt sie das schwarze Brot auf. Das Mädchen seiner Träume beachtete die Menschen nicht, sie konzentrierte sich nur auf ihre Arbeit, sie musste sich konzentrieren, stellte Michael fest. Schließlich hatte jedes Stück gleich groß zu sein, jeder musste gleich viel bekommen, sonst konnte es Ärger geben.

Michaels Augen wurden groß, als er sah, wie schnell das Brot in den gierigen Mündern verschwand. Seine Hoffnung, satt zu werden, schwand, als er die Portionen sah. Auch war er sich nicht mehr sicher, ob er heute überhaupt etwas bekommen würde. Doch dann kam ein Mann herein und brachte einen neuen Korb voller Brote.

Michael spürte, wie ihn jemand von hinten anschubste. »Hast du etwa keinen Hunger, Söhnchen?«, ertönte eine Frauenstimme. Der Bub fuhr erschrocken zusammen, denn er war in seine Träume vertieft. Maria hielt inne und hob ihren Blick, um nachzusehen, wer hier keinen Hunger hatte.

Ihre Blicke trafen sich. Michael streckte seine Hände aus. Die Frau, die für das Aufteilen zuständig war, der Michael aber keine Beachtung schenkte, drückte ihm ein Stück Brot in seine Hand. Das Stück fühlte sich weich und warm auf seiner Haut an. So stellte er sich die Berührung von Maria vor, deren Wangen soeben einen rötlichen Schimmer bekamen.

Er hatte eine ganze Weile davon geträumt, so viel Zeit wie nur möglich mit ihr zu verbringen, obgleich er sich sicher war, dass sie sich einander nur anschweigen würden, weil er noch nie mit einem Mädchen zusammen gewesen war. Auch wusste er nicht, worüber man sich mit einer hübschen jungen Dame unterhalten sollte. So wie auch jetzt. Sie schauten sich nur an und schwiegen.

Ein Gefühl der Begierde, das sich nicht verbergen ließ, floss wie heißes Öl durch seine Adern, die Hitze brachte ihn zum Schwitzen und sein Gesicht zum Erröten. Seine

Hände wurden feucht, er rieb sie sich am Hemd trocken, ohne den Blick von Maria abzuwenden.

»Lauf weiter, Junge«, drängte die Frau. Michael verspürte einen heftigen Stoß gegen die Rippen und zuckte zusammen. Gregor schob ihn vorwärts.

»W…wo kann i…ich dich fi…finden?«, stotterte Michael fast so wie sein Kumpel Konstantin.

»In einer anderen Siedlung. Rote Fahne«, sprach Maria leise. Auch ihre Stimme zitterte vor Aufregung. Schließlich senkte sie den Kopf, als sie von der mürrischen Frau für ihr Verhalten gerügt wurde. Ohne zu widersprechen, machte Maria mit ihrer Arbeit weiter. Die Messerschneide fuhr tief in das dunkle Brot hinein und erzeugte jedes Mal auf der Holzunterlage ein helles Geräusch, während die dünnen Scheiben zur Seite fielen. Von den schwieligen Händen der Nebenfrau geschnappt, wurden sie an die hungrigen Menschen ausgeteilt.

Gregor zerrte Michael am Handgelenk aus der Menge heraus. »Wenn du dein Brot nicht willst, ich habe nichts dagegen, es für dich aufzuessen. Ich habe im Gegensatz zu dir einen mächtigen Kohldampf«, murmelte Gregor und stopfte sich alles auf einmal in den Mund.

Michael hatte kein Glück. Er besah sich das Stück in seiner Hand. Sein Brot war ein dünner Streifen mit einem Luftloch.

›Die Löcher schmecken am besten‹, erklang Mutters Stimme in seinem Kopf. Auch sah er sie wieder vor seinem Auge, wie sie stets dabei gelächelt hatte und so tat, als wären die Löcher tatsächlich das Beste am Brot. Anita kicherte und schüttelte immer ungläubig den Kopf. Doch ihre Mama zupfte um das Loch herum, legte sich die Krümel auf die Zunge, schloss die Augen und sagte: »Mhm, so ein leckeres Brot habe ich schon lange nicht gegessen.« Das tat Michael jetzt auch. Er zupfte die Brotkrumen ab und ließ sie sich auf der Zunge zergehen. Das Brot schmeckte eher nach Sägemehl als nach Getreide. Es war kein Geheimnis, dass das Mehl mit Sägemehl gestreckt wurde. Er kaute nachdenklich auf einem Stück der schwarzen Kruste und dachte über Maria nach. Dann fielen ihm Onkel Emils Worte wieder ein: »Ihr sollt euer Brot gleich aufessen!« Schallte die mahnende Stimme in seinem Kopf, so, als stünde der mürrische Mann direkt hinter ihm. Also tat Michael, wie ihm geheißen. Mit einer einzigen Bewegung ließ er den dunkelbraunen Streifen in seinem Mund verschwinden. So schmeckte das Brot um einiges besser, dachte er bei sich und sah seinen Bruder mit einem schiefen Grinsen an. Sie kauten gierig darauf, bis sie nichts mehr hatten. Gregor schmatzte laut und fuhr sich mit der Zunge über die Innenseite seiner Wangen.

»Für einen, der einen Riesenhunger hat, sind das verdammt wenig, diese zwanzig Gramm«, brummte er mit enttäuschter Miene.

Michael nickte zustimmend.

»Du hattest wenigstens ein Loch in deinem Brot«, zog Gregor seinen Bruder auf.

Michael musste tatsächlich lachen. Aus Augenwinkel nahm er noch wahr, wie Maria ihren Kopf hob und ihm einen schüchternen Blick mit einem zaghaften Lächeln zuwarf, während er vollends nach draußen geschoben wurde.

Ihr dunkelbraunes Haar war zu einem langen Zopf geflochten, der über ihre linke Schulter hing. Mit einer schnellen Bewegung warf sie ihn zurück und fuhr mit ihrer Arbeit fort. Michael wollte ihr zum Abschied winken, doch es war zu spät, er stand jetzt im Freien.

»Wi…wir kö…können ge…gehen«, ertönte eine den Brüdern wohlbekannte Stimme. Konstantin watschelte auf die beiden Jungen zu. Auch sein Mund war leer, aber seine Zunge suchte hinter der rechten Wange noch nach Krümeln.

»Koka«, brabbelte eine kindliche Stimme.

Konstantin fuhr herum und sah seinen kleinen Bruder auf sich zulaufen. Die kurzen Arme weit ausgebreitet, lief Rudi auf ihn zu und gab ihm einen dicken Kuss. Dann griff der Bub mit seiner linken Hand in seinen Mund und zauberte einen dunklen Klumpen hervor. »Magst du Brot?«, fragte er Konstantin mit ernster Miene. Rudi runzelte die Stirn.

»Nein, da…das ist dei…dein Br…Brot, Rudi. Du da… darfst es mi…mit niemandem teilen, auch nicht mit mir«, redete Konstantin auf seinen kleinen Bruder ein. Vorsichtig setzte er den verwundert dreinblickenden Rudi in Mamas linke Armbeuge. Rudi hob die Augenbrauen ein wenig höher und stopfte sich den von Sabber glänzenden Klumpen zurück in seinen kleinen Mund. »Ich habe dich lieb, Koka«, näselte er mit vollem Mund und nieste laut.

»I…ich di…dich auch, Rudi.«

»Wir sehen uns morgen«, winkte Konstantins Mutter den drei Jungen zum Abschied zu und sah sich nach ihrem Zweitältesten um, nahm ihn an der Hand und eilte zu den anderen Frauen, die scheinbar ungeduldig auf sie warteten. Joseph rannte seiner Mama hinterher und begann zu weinen, als er stolperte und der Länge nach hinfiel. Konstantin wollte seinem Bruder aufhelfen, doch er wurde von einer großen Hand daran gehindert, die ihn an der Schulter gepackt hielt und zur Seite riss.

»Es wird allerhöchste Eisenbahn, dass ihr bei Onkel Emil antanzt. Ich kann nicht ewig auf euch warten.« Die Stimme von Stepan klang wie ein Donnergrollen. »Habt ihr euer Brot schon bekommen?«

Alle drei nickten.

»Dann nichts wie los«, brummte er und verpasste Konstantin einen Klaps auf den Hinterkopf. »Das ist gut für das Denkvermögen«, fügte er kaum hörbar hinzu und schubste den Jungen grob in die Richtung, aus der sie vorhin gekommen waren. Konstantin fiel rücklings auf die staubige Erde, als er sich aus dem Griff losreißen konnte. »Bewegt euch.« Die tiefe Stimme duldete keinen Widerspruch.

Jede Art von Provokation konnte in eine handgreifliche Auseinandersetzung ausarten, das wussten die drei.

»Habt ihr was an den Ohren?«, fuhr Stepan in brüskem Ton fort.

Konstantin kniff die Augen zu einem bösen Blick zusammen, blieb jedoch stumm. »Blödes Arschloch«, nuschelte er kleinlaut, ohne auch nur ein einziges Mal an einer der wenigen Silben hängen zu bleiben, stand auf und klopfte sich den Staub von seiner Hose ab.

»Was hat er da gesagt?«, wollte Stepan von Michael wissen.

»Er sagte, es tut ihm leid«, log Michael und sagte das Erste, was ihm in den Sinn kam.

Doch Stepan ignorierte ihn und schenkte ihm noch weniger Beachtung als einem Straßenköter. »Das sollte es ihm auch! Euch beiden würde es auch nicht schaden«, brummte Stepan, strich sich über die Glatze und sah sich nach allen Seiten um. Als er nicht fand, wonach er Ausschau hielt, wandte er sich erneut an die Jungen. Auf der Unterlippe kauend, hob Stepan seine Hand ein weiteres Mal zum Schlag. Michael duckte sich, doch Stepan gelang es, ihn trotzdem am Kragen zu packen. Michael spürte, wie das Hemd ihm für einen Augenblick die Luft abschnitt. »So, und nun seht zu, dass ihr in die Gänge kommt«, zischte der große Mann in Michaels linkes Ohr.

Erst jetzt hatte Michael begriffen, warum Stepan so aufgebracht war. Er hatte Angst. Pulski war der Grund für sein barsches Auftreten. *Er hat die Hosen voll, dieser große Mann fürchtet sich davor, genauso zu enden wie sein Kumpel Nikolai,* ging es Michael durch den Kopf.

»Ihr lauft schnurstracks zu Emil«, brummte Stepan und schubste Michael von sich weg. Dieser nickte und lief schneller als seine Kumpel, doch Gregor und Konstantin holten ihn bald ein. Dann rannten sie schweigend los.

Staubwolken hinterlassend liefen die drei Jungen um die Wette, ohne sich vorher abgesprochen zu haben. Die warnenden Rufe und möglichen Konsequenzen, die ihr Wettrennen nach sich ziehen könnte, ignorierten sie einfach. Zum ersten Mal seit langem verspürte Michael so etwas wie Glück in sich aufglimmen. Die Essensmarken drückte er fest in seiner Hand zusammen und rannte vor den anderen beiden Jungen, die sich alle Mühe gaben, ihn einzuholen. *Maria, Maria, Maria!,* schrie er den Namen des Mädchens in seinen Gedanken. Er freute sich schon jetzt auf den morgigen Tag.

## KAPITEL 28

# *Bienenwachs*

———

Wo wart ihr so lange?«, fuhr Onkel Emil die drei Jungen an, die keuchend vor ihm standen. Breitbeinig und mit in die Seiten gestemmten Fäusten sah er sie tadelnd an. »Warum musste ich Stepan nach euch schicken?« Er zog ungeduldig an seiner Pfeife.

Die schmächtigen Oberkörper nach vorne gebeugt und sich mit den Armen an den Knien abstützend, schnappten die drei jungen Kerle nach Luft.

»Wir mussten lange anstehen«, presste Michael hervor, ohne dabei den Kopf zu heben. Er starrte auf seine nackten Füße, die grau vom Staub waren. Er holte mehrmals hintereinander tief Luft, und sein Brustkorb drohte zu zerspringen. Er hatte sich beim Rennen überschätzt, seine Lunge brannte wie Feuer, und obwohl er als Erster losgerannt war, hatte Gregor trotzdem mit einer Handbreit Vorsprung gewonnen.

»Weißt du eigentlich, wie man ein Pferd einspannt?«, wollte Onkel Emil wissen, ohne dabei einen Namen zu nennen. Aus dem Bauch heraus wusste Michael, dass der alte Mann mit niemand anderem als mit ihm sprach.

Schüchtern hob er seinen Kopf. Sein Gesicht brannte und bekam rote Flecken. Er nickte.

»Die Bienenstöcke müssen an einen anderen Platz, dort, wo die Kornblumen wachsen. Und ihr beide, ihr geht mit Stepan in den Wald. Die zwei Bullen sind schon eingespannt. Der braune Bulle heißt Leonid, er kennt den Weg, ihr müsst nur nebenher laufen. Habt ihr zwei mich verstanden?«

Michael sah, wie die beiden nickten, wobei Konstantin hilfesuchend zu Gregor schielte. Aus dem Augenwinkel nahm Michael hinter Konstantins Rücken eine Bewegung wahr. Eine verschwommene Silhouette näherte sich der kleinen Gruppe. Mit jedem Schritt wurden die Konturen des Mannes deutlicher.

Ungeachtet der Prügel, die er von dem Mann nicht nur angedroht bekommen, sondern heute auch schon eingeholt hatte, wurde Michael bei dem Anblick noch mulmiger zumute. Stepans Miene war eine Maske aus purer Bosheit.

»Den Ersten, den ich in die Finger bekomme, werde ich zu Brei zerquetschen«, schrie er von Weitem.

Zu Michaels Erstaunen hörte er Onkel Emil auflachen. Alle drei Jungen wandten ihre Köpfe zu dem alten Mann und sahen ihn mit großen Augen an. »Er macht nur große Sprüche. Du rührst niemanden von den dreien an, Stepan. Sonst werde ich dich windelweich prügeln.« Dabei sprach er so, als unterhalte er sich mit einem Kind. »Und wenn deine Avancen meiner Schwester gegenüber irgendwelche Unannehmlichkeiten nach sich ziehen sollten, wirst du meine Schwester heiraten müssen. Ob du es willst oder nicht.«

Der große Mann blieb mitten in der Bewegung stehen. Onkel Emil lachte jetzt noch lauter, sodass ihm die Tränen kamen. »Du hast doch nicht wirklich gedacht, dass ich von deinen Annäherungen und den ewigen Stelldicheins in meiner Abwesenheit nichts mitbekommen habe? Allein das Lächeln auf dem Gesicht meiner Schwester spricht Bände.«

Stepan bedachte die drei Knirpse mit einem finsteren Blick.

»Die haben damit nichts zu tun«, grummelte Onkel Emil jetzt nicht mehr amüsiert. Die Heiterkeit war aus seinem Gesicht und seiner Stimme verflogen. Er hüstelte und stopfte die Pfeife. Alle schwiegen und schauten gebannt dabei zu, wie Onkel Emil den Tabak mit dem Daumen festdrückte. Den ledernen Beutel, in dem er den Tabak aufbewahrte, ließ er in seiner Hose verschwinden, um gleich darauf eine kleine Schachtel mit Streichhölzern hervorzuzaubern. Dann zischte der braune Kopf eines Zündholzes auf und eine weiße Qualmwolke waberte gen Himmel.

Stepan stand dicht hinter Michael. Der eingeschüchterte Junge trat einen Schritt zur Seite, für den Fall, dass es sich nicht nur um eine leere Drohung handeln sollte.

»Wirst du meine Schwester heiraten, falls deine Spielchen Früchte tragen sollten?«, wollte der alte Mann mit leichtem Sarkasmus in der Stimme wissen. Er zog genüsslich an seiner Pfeife, der Qualm vernebelte sein ernst dreinschauendes Antlitz.

»Nein«, gab Stepan unumwunden zu.

»Dann lass es bei dem letzten Versuch bewenden und hoffe, dass es wieder nur bei einem Fehlschuss blieb.«

Stepan nickte stumm und wandte sich bereits zum Gehen ab. Er wollte sich so schnell wie nur möglich aus der Affäre ziehen. »Kommt mit, ihr nichtsnutzigen Bastarde«, sagte Stepan barsch. Schon ging er schnellen Schrittes zu den beiden Bullen, die neben der Scheune im Schatten standen und am Stroh kauten.

»Wird er meinem Bruder und Gregor wirklich nichts antun?«, vergewisserte sich Michael mit besorgter Miene bei Onkel Emil. Sie beide liefen in die entgegengesetzte Richtung – zum Wald.

»Nein, Stepan hat sich bisher immer an meine Anweisungen gehalten. Ein Wort von mir, und er wird zu den Waffen gerufen. Bei seiner Größe und seinem Verstand wird er an der Front keinen Tag überleben. Er würde eine schöne Zielscheibe für die Deutschen abgeben«, sprach Onkel Emil versonnen. Das klapprige Pferd stand am Zaun hinterm Haus. Dahinter schlängelte sich ein schmaler Pfad, der bis zum Wald führte. Von wilden Sträuchern und trockenem Strauchgehölz umsäumt, wirkte der Pfad verwildert. Manche der Büsche waren dornig und kratzten an Michaels Knöcheln. Auch blieben welche mit den spitzen Dornen an seiner Leinenhose hängen.

Einerseits freute sich Michael, dass er Onkel Emil zur Hand gehen durfte, andererseits fürchtete er sich davor, von seinem Bruder getrennt zu sein.

»Du darfst in den Wagen hüpfen«, unterbrach Onkel Emil Michaels Gedankenflug.

Michael begriff zunächst nicht, was der Mann von ihm wollte.

Onkel Emil band das Pferd vom Zaun los und setzte sich ächzend in den Hänger. »Ich werde es dir nicht noch einmal anbieten, du darfst gerne nebenherlaufen, aber ich sag's dir gleich, die Büsche hier haben giftige Dornen. Die meisten zumindest«, sprach Onkel Emil mit einem flüchtigen Lächeln, das wegen seines grauen Bartes nur zu erahnen war, aber seine Stimme verriet seinen Gemütszustand dennoch.

Michael kletterte schnell hinein und stellte sich dabei nicht weniger elegant an als der dicke Mann. Das Stroh, das auf den Brettern des Wagens ausgebreitet war, linderte Michaels Aufprall, als sich das Pferd unerwartet in Bewegung setzte.

»Brrr«, machte Emil und zog an den Zügeln. Das Pferd blieb stehen. Michael lag nun auf dem Rücken und starrte mit zu schmalen Schlitzen zusammengekniffenen Augen zum blauen Himmel empor. Die Kutsche ruckelte erneut, als Onkel Emil die Zügel lockerte. Er schnalzte mehrmals mit der Zunge. Das Pferd kannte diesen Befehl nur zu gut, denn es zog nun langsam am Wagen. Die Räder quietschten und holperten über die unebene Erde. Trotzdem fühlte Michael sich wie losgelöst und von allen Sorgen befreit. Der Krieg schien in weite Ferne gerückt, die Ängste waren für einen kurzen Moment ausgeblendet. Für einen winzigen Augenblick war Michael glücklich.

## KAPITEL 29

# September 1942

Wie geht es dir, Sascha?« Dunja saß vor Alexander auf einem kleinen Hocker, den Blick nach oben gerichtet. Sie war dabei, Kartoffeln zu schälen, warf das Messer zurück in den Korb zu den schmutzigen Knollen und wischte sich die Hände an der Schürze sauber. Daneben stand auf dem Boden noch eine Schüssel mit Wasser, darin schwammen die bereits geschälten Kartoffeln.

Alexander betrachtete Dunjas ebenmäßige Züge, er hatte sich auf der Bettkante aufgerichtet. Alles um ihn herum drehte sich. Ein Schwindelgefühl erfasste ihn, sodass er sich mit beiden Händen am Bett festhalten musste, um nicht nach vorne überzukippen.

Dunja sprang auf die Füße und drückte Alexander fest an sich. Sein Gesicht lag auf ihrer weichen Brust. Er hörte ihr reines Herz laut schlagen. Das stetige Pochen spendete ihm Trost. Dunja duftete nach Blumen und frischer Milch. Ihre Arme drückten seinen Kopf sachte an sich und ließen ihn langsam los. Als Alexander das Gleichgewicht wiederfand und seine Hände sich nicht mehr am Bettlaken festkrallten, trat sie einen winzigen Schritt zurück. Sie hielt sein Gesicht mit ihren Händen umklammert.

»Geht's wieder?«, flüsterte sie kaum hörbar. Ohne eine Antwort abzuwarten, löste sie ihre Umklammerung vollends, die Alexander sofort zu vermissen begann.

Der Gedanke daran, ob er weiterleben wollte, ob das Leben überhaupt lebenswert war, nahm in Alexanders Kopf allmählich Gestalt an, und diese war Dunja. Ihr blondes Haar war wie immer zu einem Zopf geflochten und von einem bunten Kopftuch bedeckt. Auch jetzt hatte sich eine Strähne gelöst. Dunja schob sie mit einer schnellen Handbewegung zurück unter das Tuch und sah Alexander erwartungsvoll an.

Er war etwas irritiert und wusste nicht so recht, worauf sie wartete.

»Wie geht es dir, Sascha?« Sie wählte stets die kürzere Form seines Namens und nannte ihn nie Alexander. Auf unerklärliche Weise fand er Gefallen daran, fühlte sich dabei geborgen.

»Was meinst du? Magst du dich heute bis zum Fenster wagen? Traust du es dir zu?«

Das also war der Grund ihres sonderbaren Auftretens. Erst gestern hatte er sich getraut, einige Schritte zu laufen. Er war an seinem Vorhaben kläglich gescheitert. Aber er wollte sich nicht entmutigen lassen. Dunja ermunterte ihn nicht nur, es erneut zu versuchen, sie ermutigte ihn sogar, eine viel weitere Strecke in Angriff zu nehmen.

»Ich werde dich stützen und abfangen. Der Weg ist das Ziel, Sascha, und ich bin zuversichtlich. Du hast dem Tod die Stirn geboten, also wird es für dich ein Leichtes sein, diese kleine Hürde zu überwinden«, drängte sie mit sanfter Bestimmtheit.

Alexander verzog bei diesen Worten seinen Mund zu einem müden Lächeln.

»Hast du einen Stuhl mit Lehne?«, fragte Alexander mit kratziger Stimme, weil seine Kehle ausgetrocknet war. Ihm blieb bei jedem Wort die Zunge am Gaumen kleben.

Dunja schüttelte den Kopf.

Alexander hatte Durst, aber das war für ihn von minderer Bedeutung. Jetzt wollte er Dunja beweisen, dass er ein richtiger Mann war.

Dunja sah ihn fragend an. Sie wusste nicht, warum er plötzlich nach einem Stuhl mit einer Rückenlehne verlangt hatte.

Er sah sich im Haus um. Das schummrige Licht, das durch die von weißen Vorhängen behangenen Fenster hereindrang, erhellte den Raum nur dürftig. Der Herbst hatte Einzug gehalten und tauchte alles in ein melancholisches Grau. Alexanders Blick schweifte über die hölzernen Wände. Ein gediegener Tisch mit massiven Beinen stand direkt neben dem Fenster, umringt von stabilen Stühlen aus hellem Holz. Ein weißgetünchter Ofen beherrschte den großen Raum, der das ganze Haus ausmachte. An der Decke hingen getrocknete Kräuter, Büschel mit verschrumpelten Beeren, und Pilze, die auf einem Garn aufgereiht waren, baumelten herunter. Alexander sah sich weiter nach einem passenden Gegenstand um, während Dunja schweigend wartete. Sie wusste nicht, was sie mit ihren Händen anfangen sollte, und dann deute Alexander mit einem unmerklichen Kopfnicken zum Fenster. Dunja folgte seinem Blick.

»Alexander, sprich zu mir«, flüsterte sie.

»Kannst du mir den Hocker geben?«, Alexander deutete mit dem Kinn auf das hölzerne Möbelstück.

Dunja beeilte sich, seiner Bitte nachzukommen. Beim Vorbeilaufen war sie mit dem linken Fuß gegen die Schüssel gestoßen, und das Wasser schwappte über. Eine der Kartoffeln polterte über die Holzdielen. Dunja schenkte dem kleinen Malheur keine Beachtung, mit schnellen Schritten war sie am Fenster angelangt. Fieberhaft schnappte sie nach dem Hocker und schleppte ihn nicht ohne Anstrengung ans Bett.

»Hier, Sascha, was willst du damit machen?« Dunja war ein wenig außer Atem geraten, was nicht von der körperlichen Belastung herrührte, sie war einfach zu neugierig. Die Worte klangen abgehackt und gedämpft zugleich.

Alexander blieb ihr eine Antwort schuldig, doch statt etwas auf ihre Frage zu erwidern, stemmte er sich mit beiden Händen an der Bettkante hoch. Schwindelgefühl ergriff von ihm Besitz. Er schloss die Augen und wartete. Bevor er seine Lider wieder hob, tat er mehrere Atemzüge. Die Welt drehte sich immer noch unter seinen Füßen, aber nicht mehr so schnell.

Als Dunja den Versuch wagte, ihn zu stützen, schob er sie schweigend und bestimmt beiseite. Die Bewegung war fahrig und gröber, als er sie beabsichtigt hatte, aber für eine Entschuldigung fehlte ihm die Kraft. Er konzentrierte sich jetzt auf den ersten Schritt. Ganz langsam beugte er sich nach vorne, bis seine Hände den Rand des Hockers zu fassen bekamen. Das Holz fühlte sich angenehm warm an. Die Finger klammerten sich an der Sitzfläche fest. Die Füße des Schemels kratzten knirschend über den Boden, als Alexander sein ganzes Gewicht darauf verlagerte. Der Schmerz in seinem Kopf war fürchterlich, die Veränderung seiner Körperhaltung vernebelte ihm für einen Augenblick die Sinne. Alexander wusste nicht, ob die Pistolenkugel immer noch in seinem Kopf steckte oder ob das Projektil durch seinen Schädel durchgeflogen war.

»Sascha, geht es dir gut?«, drängte sich Dunjas zärtliche Stimme durch den ohrenbetäubenden Schmerz, der in Alexanders Kopf schrie und ihn zum Aufgeben zwang. Das allgegenwärtige Rauschen machte ihn fast taub.

»Ja«, krächzte Alexander durch seine zusammengebissenen Zähne und hob den verdammten Hocker einen Zentimeter vom Boden ab. Mit einer unbeholfenen und ruckartigen Bewegung rammte er die behelfsmäßige Gehstütze eine Handbreit vor sich in den Boden. Der Druck in seinem Kopf stieg ins Unermessliche. Er atmete zweimal tief ein und setzte seinen rechten Fuß in Bewegung. Seine nackte Fußsohle schleifte über die vom verschütteten Wasser nassen Dielenbretter. Sein linkes Bein knickte ein, drohte wegzurutschen. Natürlich bestand die Gefahr, dass er das Risiko umsonst einging, auch war ihm bewusst, er könnte an seinem Vorhaben kläglich scheitern und sich weitere Verletzungen zufügen. Alles um ihn herum verschwamm, er sah sich schon zu Boden stürzen. In letzter Sekunde fing er sich jedoch. Mit aller Kraft, die ihm noch geblieben war, klammerte er sich an dem Hocker fest. Schweiß bedeckte seinen Körper wie ein nasses Laken. Sein Atem ging stoßweise, aber er hatte sich geschworen, nicht aufzugeben. Die Stimme der Vernunft stieg stetig an, wurde lauter, durchdringender, schließlich schwoll sie zu einem Schrei an, um sich so Gehör zu verschaffen und

Alexander an seinem Vorhaben zu hindern. Aber er wollte nicht aufgeben, also hob er den Hocker noch höher an als beim ersten Mal und knallte ihn fast einen ganzen Schritt vor seinen Füßen gegen die Dielen. Jetzt waren zwei Schritte nötig, bis er sicheren Halt fand. Erneut krachte das Holz unter ihm. Schweiß tropfte von seiner Stirn. Sein Haar war nass. Seine ausgestreckten Arme zitterten, doch statt aufzugeben, schob er den Hocker immer weiter von sich weg. Nach einer gefühlten Ewigkeit griff er mit der rechten Hand an die Tischkante. Völlig erschöpft setzte er sich auf die Bank, die unter dem kleinen Fenster stand. Alexander legte den Kopf in den Nacken, bis er die Fensterbank an seinem Hinterkopf spürte. Er lächelte müde, wartete, bis sich sein Blick klärte, dann sah er zu Dunja. Ihre Augen glänzten, mit beiden Händen hielt sie ihr schmales Gesicht umklammert. Sie strahlte vor Glück und zauberte ein schüchternes Lächeln auf ihre Lippen. Auch sie war stolz auf ihn, stellte Alexander zufrieden fest. Ohne ein Wort darüber verloren zu haben, wussten die beiden, dass sie von einem unsichtbaren Faden zusammengehalten wurden.

»Morgen werde ich für den Winter Holz hacken gehen, und das ohne diesen verdammten Stuhl«, sprach Alexander mit zittriger Stimme, dann warf er einen flüchtigen Blick durch die vom Staub trübe Scheibe und begann laut zu lachen.

Dunja stimmte in sein fröhliches Lachen mit ein. Sie beide lachten sich ihr Leid von der Seele.

So befreit hatte sich Alexander schon seit Langem nicht mehr gefühlt wie in diesem Moment puren Glücks.

»Aber zuerst essen wir Bratkartoffeln zu Mittag«, sagte Dunja mit vor Tränen glänzenden Augen.

»Am Tisch, wie zivilisierte Menschen«, fügte Alexander hinzu und verzog schmerzhaft das Gesicht, weil unsäglicher Schmerz wie ein Blitz durch seinen Kopf hindurch gejagt war.

»Ist dir nicht gut?«, flüsterte Dunja erschrocken, lief auf Alexander zu, fiel vor ihm auf die Knie, um ihn aufzuhalten, als er sich gefährlich weit vornüberbeugte. Im letzten Moment bekam er die Tischkante zu fassen und hielt sich verzweifelt daran fest. Der Tisch schabte über den Boden, gab ein kurzes, lautes Kratzen von sich, blieb jedoch an der Kante einer verbogenen Diele hängen. Dort verharrte er in der Position, bis Alexander sich wieder aufrichten konnte.

»Es ist nichts, ich habe nur die Kartoffel aufheben wollen«, scherzte er. Mit einem müden Lächeln deutete er mit der rechten Hand in die Ecke, in der die hellgelbe Knolle lag.

Dunja lächelte und blickte sich um.

## KAPITEL 30

# *Winterpause*

---

W ir müssen die Bienenstöcke zurückfahren. Schau
bitte nach, ob die Bienen genügend Honig haben
und die Rahmen mit Waben ausgefüllt sind«, sagte Onkel
Emil zu Michael und paffte genüsslich an seiner Pfeife.

Sie hatten in den letzten drei Monaten schon dreimal
den Standort gewechselt. Michael war dabei mehr als ein
Dutzend Mal gestochen worden, obwohl er stets auf der
Hut gewesen war und keiner der Bienen etwas Böses ge-
tan hatte.

Auch jetzt zog sich seine Haut zusammen. Immer, wenn
er an die brennenden Stiche denken musste, bekam er
eine Gänsehaut. Das Gift ist gut für die Gesundheit, sagte
Onkel Emil nach jedem Angriff und grinste dabei jedes
Mal breit.

Er hatte eine Pferdehaut, dachte Michael, weil, egal, wo
ihn die Bienen gestochen hatten, diese Stelle nicht einmal
rot wurde.

Michael bekam Hautausschlag, einmal lag er sogar einen
ganzen Tag oben im Heu. Er konnte sich kaum bewegen, auch hatte er Fieber bekommen und konnte schlecht

atmen. Erst nach dem dritten Tag ging die Schwellung allmählich zurück. Das kleine Biest hatte ihn in die Zunge gestochen.

Onkel Emil hatte Michael eine dicke Scheibe von einer roten Beete auf die Zunge gelegt, die dunkelrote Scheibe war kühl gewesen. Die Knolle war unheimlich süß und schmeckte leicht erdig. Michael aß an dem Tag drei Scheiben davon. Ihn kümmerte es auch nicht, dass er sich dabei mehrere Male die Zunge blutig biss, das rote Gemüse schmeckte einfach zu gut, um auf etwas so Banales wie Schmerzen achtzugeben.

Nun stand Michael vor seiner härtesten Prüfung als Imker. »Wird die Königin nicht ihr ganzes Volk auf mich losschicken?«, stotterte Michael und zögerte diesen Moment so lange wie möglich hinaus.

Statt einer Antwort bekam er zuerst einen Klaps auf den Hinterkopf. Zu dem Summen aus dem Bienenstock gesellte sich jetzt auch noch das Brummen in Michaels Kopf. Der Schlag traf ihn genau dort, wo es am meisten wehtat. Onkel Emil war ein Klaps-Meister, das hatte schon Gregor mehr als nur einmal erwähnt, nun wusste Michael, warum.

»Keine Königin, du Dummkopf. Eine Weisel, du Esel. Eine Königin ist schließlich keine Gebärmaschine, die am Tag hunderte von Eiern legen muss. Und schau auch nach der Weiselzelle. Wenn du eine findest, musst du sie kaputtmachen. Ich möchte nicht, dass mir die Bienen ausschwärmen«, herrschte Onkel Emil ihn in brüskem Ton an und zog erneut an seiner Pfeife.

Michael rieb sich den Kopf. »Ich traue mich nicht«, flüsterte er nach einem Augenblick kaum hörbar.

Ein weiterer Klaps folgte. Dieser tat noch weher als der erste. Michael brodelte innerlich, war aber machtlos, und genau das ärgerte ihn auch so.

Die tiefe Stimme sprach erneut, jetzt noch eindringlicher: »Das, was du von dir gibst, ist einer der Vorwände, die die meisten von sich geben, um ihre Schwächen zu rechtfertigen, oder sich vor der Verantwortung und den Schwierigkeiten, die einem das Leben aufbürdet, zu drücken.«

Michael drehte sich um und sah den alten Mann nicht ohne Bewunderung an. Auch wenn er nicht alles verstanden hatte, fand er das, was Onkel Emil gesagt hatte, sehr lehrreich.

»›Ich kann nicht‹ oder ›Ich traue mich nicht‹ sind die billigsten Rechtfertigungen eines feigen Herzens, das sage ich dir. Jetzt steh da nicht dumm rum und hebe den Deckel an.«

Zu zweit standen sie wieder am Waldrand. Michael ließ seinen Blick über die weißen Stämme der Birken schweifen. Die grünen Blätter der Bäume raschelten im warmen Wind des Herbstes. Der alte Gaul graste unweit auf einer Weide, der Schäferhund stand an der Seite seines Herrn und sah zu Michael auf. Plötzlich wurde Adolf von der Sonne geblendet, woraufhin er schnaubte und laut nieste. Das Niesen hörte sich beinahe an wie das von einem Menschen. Michael sah den Hund einen Moment lang an, ohne zu blinzeln, denn auch in seiner Nase kribbelte es jetzt.

»Habt ihr's bald, ihr beiden?«, brummte Onkel Emil und sah zuerst Michael, dann Adolf an.

»Ich glaube, ich bin krank«, versuchte Michael sich aus der verzwickten Situation herauszureden. Adolf gab ein kurzes Bellen von sich und ließ seine lange Zunge heraushängen.

»Erzähl mir nichts. Komm jetzt. Hier, nimm den Raucher und schau nach den Rahmen, ich werde solange etwas von dem Gras mähen, damit wir die Bienenstöcke auf dem Wagen sicher aufstellen und besser transportierten können.« Onkel Emil drückte Michael eine Art Büchse mit einem kleinen Blasebalg in die Hand. Aus dem Trichter, der oben an dem Behälter angebracht war, stieg eine Rauchwolke und löste sich nur langsam auf. »Das soll die kleinen Viecher besänftigen«, fügte Onkel Emil hinzu und ging gemächlichen Schrittes zum Pferd. Die Sense lehnte an einem der Bäume. Nach einem kurzen Pfiff eilte ihm Adolf voraus, leichtfüßig sprang Adolf in den Hänger. Nur seine Schnauze ragte heraus, er sah seinem Herrchen interessiert beim Mähen zu. Adolf beobachtete seinen Herrn genau, dabei bewegte er seinen Kopf hin und her, so als würde sein Blick die Sense bewegen, und nicht Onkel Emils schwieligen Hände.

Michael holte tief Luft, dabei hatte er etwas von dem beißenden Rauch eingeatmet. Jetzt musste er husten. Nichtsdestotrotz schlenderte er zu den Bienenstöcken. Als er sich den kleinen Insekten näherte, schien die Luft zu leben. Zu Tausenden flogen die kleinen Tierchen in alle Himmelsrichtungen, schwärmten auf der Suche nach Nektar aus, kamen mit winzigen Pollen schwer beladen wieder zurück. Michael schluckte, hielt den Atem an und hob einen der Deckel leicht an. Das Summen wurde lauter, aggressiver und respekteinflößender. Seine Kopfhaut zog sich zusammen, erneut bekam er eine Gänsehaut. Vorsichtig legte er den hölzernen Deckel auf die Erde, um im selben Moment nach dem Raucher zu schnappen. Er betätigte mehrmals den Blasebalg und achtete darauf, dass der Rauch sich gleichmäßig über die Bienen verteilte. Als das Summen nicht mehr so laut war, zumindest kam es Michael so vor, hob er einen der Rahmen aus der Fassung und begutachtete die Waben. Dieser war noch nicht ganz ausgefüllt, aber das machte nichts, noch hatten die kleinen fleißigen Tierchen ein wenig Zeit, dem nachzukommen. Rastlos waren sie damit beschäftigt, den Nektar in Honig zu verwandeln. Aber wie machten sie das? Gregor sagte, sie würden Nektar fressen, um später Honig scheißen zu können. Onkel Emil meinte, sie würden die Pollen mit einem Sekret, einer Art Speichel, vermengen. Auch das klang nicht besonders lecker, dachte Michael und atmete gleichmäßig durch die Nase. Er wollte die Bienen auf keinen Fall reizen. Noch waren sie von dem Rauch benebelt und ließen Michael seine Arbeit verrichten. Eine Weiselzelle konnte er nirgends ausmachen. Er steckte den Rahmen genauso behutsam zurück, um wieder nach dem Raucher zu greifen. Ihn juckte es überall, am liebsten würde er sich die Fingernägel tief unter die Haut drücken, doch er wusste, jede unnötige Bewegung könnte die Bienen reizen. Auf einen Bienenangriff konnte er gut und gerne verzichten, also fuhr er mit seiner Arbeit fort, dem Juckreiz schenkte er keine Beachtung mehr. *Nur nicht zappeln, nur nicht zappeln,* sagte er zu sich selbst.

›Vor der Winterpause muss alles fertig sein, auch das Heu für die Tiere‹, hallten die Worte Onkel Emils in seinem Kopf nach. Michael schwelgte in Gedanken und erinnerte sich an die Tage, als sein Vater seine beiden jüngeren Söhne, Gregor und ihn, mit zum Heumachen nahm.

Sie sollten das frische Gras mit den Heugabeln auf den Hänger aufladen, um später die nach Kräutern duftenden Halme wieder vor dem Haus zum Trocknen auszubreiten. In Gedanken versunken vergaß Michael die Gefahr und arbeitete sich langsam von einem Bienenstock zum anderen vor.

›Bienen sind meine Leidenschaft, und dieser werde ich bis an mein Lebensende frönen, wer weiß, vielleicht wirst auch du irgendwann sie verstehen lernen.‹ Das hatte Onkel Emil zu Michael gesagt, als er mit einem süßen Stück von der roten Beete im Mund auf dem Heuhaufen lag und so tat, als würde er demnächst sterben. Michael stimmte dieser Gedanke fröhlich, der Rauch reizte jetzt seine Nase und die Augen nicht mehr. Die Finger flogen über das warme Holz, die Augen huschten abschätzend über die Rahmen. Die Arbeit fing langsam an, Spaß zu machen, selbst als eine der Bienen sich in seinem Haar verfangen hatte, blieb Michael ruhig, er wartete einfach ab, bis sie sich von alleine befreit hatte. Er erwischte sich beim Gedanken daran, wie wohl dieser Waldhonig schmeckte. Ein schneller Blick in Onkel Emils Richtung reichte ihm aus, den Geistesblitz zu verwerfen. Sein Gesicht war rot, die Sense schnitt die Halme dicht über der Erde ab. *Nein, das ist zu riskant,* sagte Michael zu sich selbst und widmete sich wieder seiner Aufgabe.

## KAPITEL 31

# Schlagabtausch

Alexander sah Dunja dabei zu, wie sie am Ofen stand und die Kartoffeln in dünne Scheiben in die heiße Pfanne schnitt.

Der Duft nach Bratkartoffeln wie auch das laute Zischen und Knistern waren überwältigend, ihm lief die ganze Zeit das Wasser im Mund zusammen. Als alle Kartoffeln geschnitten waren, warf Dunja ein Holzscheit in den Ofen nach, indem sie die schwere eiserne Tür mit einem Schürhaken öffnete. Das Lodern der Flammen lenkte Alexander von einer Bewegung an der Tür ab. Auch die schweren Schritte von Stiefeln hatte er nicht gleich gehört, weil die Kartoffeln in der Pfanne laut brutzelten und den Raum mit lautem Zischen und leckerem Duft erfüllten.

»Seid gegrüßt, Genossen«, polterte die tiefe Stimme des Eindringlings durch das Haus und ließ Alexander zusammenfahren, als der Schatten im Raum vor seinen Augen erschienen war.

Auch Dunja zuckte zusammen. Mit einem gedämpften Aufschrei ließ sie den Schürhaken aus der Hand fallen, sodass das Eisen klimpernd vor ihren Füßen liegen blieb.

»Habe ich euch beide etwa erschreckt?«, spielte der große Mann in Uniform den Unschuldigen. »Das tut mir aber aufrichtig leid.« Sein maliziöses Grinsen wurde breiter. Er lief gemächlich an den Herd, mit spitzen Fingern fischte er eine knusprige Scheibe mit dunklem Rand heraus. Pustend schnappte er mit den Zähnen danach. Er gab ein zufriedenes Geräusch von sich und kaute mit geschlossenen Augen auf der Kartoffel herum.

»Wie gut, dass ich bei euch vorbei geschaut habe«, sagte der Mann, hob die Lider, um nach einer zweiten Scheibe zu schnappen, beließ es aber bei einem Versuch. Dann wurde sein Blick auf einmal finster. Alexander erkannte ihn, nur fiel ihm der Name nicht ein.

»Genosse Pulski, Sie sollten lieber gehen«, ergriff Dunja mit zittriger Stimme das Wort. Schnell beugte sie sich nach unten. Ohne den Blick zu senken, tastete sie mit der rechten Hand flink über den Boden. Sie suchte den Schürhaken.

»Sonst noch was?«, grinste Pulski mit bösem Blick. Mit geradem Rücken machte er einen Schritt auf Dunja zu. Alexander wiederholte den Namen gedanklich mehrmals, konnte damit aber nicht viel anfangen. Sein Kopf begann laut zu pochen, die Schmerzen wurden wieder intensiver. Die Rädchen seines Verstandes griffen nicht richtig ineinander, die Erinnerung blieb im Verborgenen.

Pulski drehte sich um. Er genoss seine Überlegenheit, die Macht, die ihm erteilt wurde, ließ ihn strahlen. Genüsslich griff er erneut nach einer heißen Kartoffelscheibe, pustete kurz darauf und warf sie sich in den Mund, um im selben Moment Dunja an den Hintern zu fassen.

Die junge Frau gab einen undefinierbaren Laut der Empörung von sich und schlug ungeschickt mit dem Haken nach dem Mann, der leichtfüßig zur Seite sprang.

»Na, na, na, nicht so stürmisch, junge Frau!« Pulski lachte zufrieden, dennoch sichtlich überrascht. Mit solch einer heftigen Abfuhr hatte der große Mann nicht gerechnet. Dunja war zwar zierlich, aber kampflustig. Sie war wie eine Katze, grazil und elegant, mit scharfen Krallen und spitzen Zähnen ausgerüstet, stellte Alexander mit einem leichten Zucken in der Brust fest.

Selbst wenn er wollte, würde Alexander nicht eingreifen können. Er saß am Tisch. Er war nur ein verdammter Zuschauer, ein Voyeur, ein Taugenichts, ein Anhängsel. Er biss die Zähne zusammen, bis der Schmerz in den Kiefermuskeln zu brennen begann.

Dunja war auf sich allein gestellt, das war nicht nur ihm klar. Genau diese Machtlosigkeit machte ihn rasend. Unbewusst seines Tuns griff die rechte Hand, die auf der Tischplatte ruhte, nach dem Messer, dessen dünne Klinge weiße Stärkeflecken hatte, weil Dunja damit noch vor Kurzem die Kartoffeln geschält hatte. Der Griff aus Hirschgeweih fühlte sich in seiner Hand an wie ein nackter Knochen, glatt und kalt. Er schloss seine Finger fester um den Knauf, die Fingerknöchel schimmerten weiß durch seine Haut.

»Der Krüppel lebt ja – allen Hoffnungen zum Trotz«, presste Pulski durch seine zusammengebissenen Zähne. Abschätzend sah er auf Alexanders Hand. Hohn und Verachtung spiegelten sich in seinen dunklen Augen wider. »Du wirst mich doch nicht etwa mit diesem Ding da verletzen wollen?«, sprach er mit vor Abscheu zitternder Stimme. Blanker Hass loderte in seinen Augen.

Alexander kratzte mit der Messerspitze über die Tischplatte. Dabei hinterließ er eine helle Furche.

»Ich dachte, man hat dir den halben Schädel weggepustet?«, fuhr Pulski fort. Seine rechte Hand lag jetzt auf der Pistole. Dieser Mann würde ohne jegliche Hemmungen davon Gebrauch machen, beim Abdrücken würde er nicht einmal mit der Wimper zucken, das wussten sie beide.

Dunja schätzte die Situation, die in einem tödlichen Streit eskalieren konnte, schnell ab, der Ausgang war allen bekannt. »Bitte, gehen Sie, Genosse Pulski«, stotterte sie. Den Schürhaken ließ sie zu Boden fallen, ihre Augen glänzten von Tränen, die von der Machtlosigkeit und Verzweiflung herrührten.

Sie erniedrigte sich nur seinetwegen, dabei fühlte sich Alexander noch schäbiger als schon zuvor.

»Die Kartoffeln brennen an. Zeit, um sie zu wenden. Sei so lieb, Dunja, stell uns doch bitte eine Flasche von deinem Selbstgebrannten auf den Tisch. Dein Erwählter wartet schon sehnsüchtig darauf. Er hat schon das passende Besteck in seiner Hand«, sagte Pulski salopp, zog einen Schemel an den Tisch, behände setzte er sich darauf, um Alexander provozierend anzugrinsen. Er ließ die Zähne aufblitzen und rieb die Hände aneinander. »Na komm, Frau, lass uns deine Kartoffeln probieren. Hier warten zwei hungrige Männer auf dich.« Seine Nonchalance war nur gespielt, trotzdem entspannte dies die aufgestaute Atmosphäre.

Alexander gab sich geschlagen, ihm war klar: Diesem Mann könnte er nicht die Stirn bieten – noch nicht. Dem Ganzen Einhalt zu gebieten, in seiner derzeitigen Verfassung, dazu hatte er keine Chance. Er war ein Nichts, ein

Niemand, er war ein Deutscher, ein Pfand des sowjetischen Volkes, damit musste er leben – falls er am Leben gelassen wurde, fuhr der zerstörende Gedanke durch seinen Kopf. Langsam lösten sich seine Finger von dem Knauf.

Pulski grinste breit, die Ellenbogen auf den Tisch gestützt sprach er mit süffisanter Stimme: »Dämlich scheinst du nicht zu sein.« Der Spott war nicht zu überhören. Pulski streckte seinen Arm aus. Seine Hand schloss sich um den Griff. Er nahm das Messer, fuhr mit dem Daumen prüfend über die Klinge, mit gekräuselten Lippen pfiff er leise und anerkennend. Dann verlagerte er das Messer in die rechte Hand, um sich damit ein Stück von dem Brot abzuschneiden, das unter einem Handtuch auf dem Tisch zum Essen bereitlag. »Aber mit einem Loch im Kopf kommt man nicht weit.« Mit Genugtuung stellte Pulski fest, wie seine Worte Alexander noch mehr verletzten und ihm noch mehr Leid zufügten. Pulski biss herzhaft in das dunkle Brot hinein. Er kaute genüsslich, schleckte sich über die Lippen, den Blick durchs Fenster nach draußen gerichtet.

Dunja wendete die Kartoffeln, klopfte den Löffel an dem schwarzverrußten Rand der Pfanne ab, um gleich darauf aus dem großen Raum zu verschwinden.

*Sie holt den Schnaps,* stellte Alexander fest, mit einem Schlag war ihm der Appetit vergangen.

Dunja blieb vor der verhangenen Tür stehen und schlüpfte in Galoschen. Pulski drehte sich um. Sein Blick war auf Dunjas Rücken geheftet. Als sie hinter dem Vorhang verschwunden war, der nur bedingt die kalte Luft abhielt, stand Pulski auf. »Ich gehe eine rauchen. Kommst du mit?«

Alexander ignorierte ihn. Er schaute zum Fenster hinaus, versuchte dabei die Anwesenheit dieses Kotzbrockens in Uniform auszublenden, scheiterte jedoch bei dem Versuch. Sein Kontrahent gönnte ihm diese Möglichkeit, dem Konflikt aus dem Weg zu gehen, nicht.

Pulski legte die Fingerspitzen aneinander, hielt die Hände an den Mund gepresst wie zu einem stummen Gebet. Er hatte es sich mit dem Rauchen anders überlegt.

»Du scheinst ein zäher Bursche zu sein. Warum hängst du an deinem Leben? Warum krallst du dich daran fest?«, sprach Pulski mit verhaltener Stimme. Doch sein gefasster Gesichtsausdruck war nur eine Fassade. Erneut griff er nach dem Messer. Alexanders Blick war auf das ausgemergelte Antlitz seines Gegenübers gerichtet. Die Augen straften die Abgeklärtheit Pulskis, die er an den Tag zu legen versuchte, Lügen. Darin sah Alexander puren Hass.

Sie schwiegen eine Weile. Alexander hielt dem kleinen psychologischen Spielchen stand, ohne jegliche Regung sah Alexander in ein verärgertes Gesicht, dessen Miene einen nächsten Wutausbruch ankündigte.

Pulski senkte den Blick, mit quälender Langsamkeit schabte er mit der Klinge über die Stoppel auf seiner rechten Wange und spannte den Kiefer.

»Was wollen Sie von mir?« Alexanders Stimme war rau. Die Frage klang holprig und unbeholfen, so, als fürchte er sich vor der bevorstehenden Antwort.

Pulski seufzte und schniefte laut. Ohne Alexander direkt anzusehen, warf er ihm einen verächtlichen Seitenblick zu, so, als wäre sein Gegenüber ein Niemand. Alexander versuchte, zu begreifen, was nun kommen möge. Ihm war klar, dass er in seiner jetzigen Konstitution diesem Mann wehrlos ausgeliefert war. Er musste aus dieser prekären Situation einen Ausweg finden, doch sein Verstand funktionierte noch nicht richtig. Die Zahnräder in seinem Kopf griffen immer noch nicht so ineinander, wie sie sollten. Sein Schädel dröhnte und drohte zu bersten, aber er versuchte dies, so gut es ging, durch einen ernst dreinblickenden Gesichtsausdruck zu kaschieren.

Pulski rammte das Messer mit der Spitze in die Tischplatte. Das Messer vibrierte, als Pulski den Knauf losließ. Immer noch in sich gekehrt, begann der Kommandant an einer Kruste an seinem Knöchel der rechten Hand zu knibbeln. Sie schwiegen weiterhin.

Alexander wartete die Situation ab. Er versuchte, sich ruhig zu verhalten. Eine Eskalation, bei der er ohne Zweifel die Rolle des Verlierers spielen würde, brächte ihn nicht weiter. Das war so klar wie Kloßbrühe, wie seine Oma stets zu sagen pflegte. Rauch stieg ihm in die Nase, die Kartoffeln begannen anzubrennen. Doch keiner der beiden Männer rührte sich.

»Du bist mir scheißegal, ich kenne dich nicht«, schnaubte Pulski verächtlich, ohne den Blick zu heben. Als er die Kruste von seiner Haut abgekratzt hatte, presste er sich den Handrücken an die Lippen und sog daran. »Dunja, sie ist das Objekt meiner Begierde«, nuschelte er mit vom Blut nassen Lippen. Dann leckte er sich mit der Zunge über den Mund.

Ein leises Poltern ließ ihn verstummen. Der bunte Vorhang blähte sich auf wie ein Segel. Eine kalte Welle frischer Herbstluft strömte hinein.

Dunja trat ein. Mit wenigen Schritten stand sie am Tisch, knallte Pulski eine halbvolle Flasche mit milchig-trüber

Flüssigkeit vor die Nase und eilte zum Herd. Die knisternde Atmosphäre löste sich mit einem zufriedenen Aufatmen des Kommandanten in Luft auf. Pulski entkorkte die Flasche, der Pfropfen ging mit einem quietschenden Plopp-Geräusch auf. Der Schnaps schwappte gegen die gläsernen Wände und verströmte einen eigenartigen Geruch nach Alkohol und Heilkräutern.

»Wir brauchen noch drei Gläser«, brummte Pulski. Mit hastigen Handbewegungen fegte er imaginäre Krümel vom Tisch, dabei sah er sich fortwährend um.

Dunja ließ sich Zeit mit einer Antwort. »Ich trinke nicht«, entgegnete sie dann trocken. Sie blickte in einen stumpfen Spiegel, dessen Kanten schwarz waren, eine Ecke fehlte ganz. Der Spiegel hing unter einer kleinen Ikone, auf der die Heilige Mutter Gottes abgebildet war. Dunja schlug drei Kreuze und küsste das kleine hölzerne Kruzifix, das an einem Lederriemen um ihren Hals hing. Sie schätzte die Situation ab, indem sie die beiden Männer durch den Spiegel betrachtete. Ihre Hände fuhren hoch zu ihrem Kopf. Schnell band sie sich das Kopftuch neu. Ihre Finger waren flink, mit geübter Bewegung strich sie sich das Haar glatt und machte einen festen Knoten darum, dann glättete sie ihre Schürze. Erst dann lief sie zu einem Regal und nahm zwei Gläser heraus, die sie dicht neben dem Messer genauso laut wie zuvor die Flasche auf den Tisch knallte. Mit unerwarteter Schnelligkeit griff Pulski nach ihrer Hand. Er erwischte sie mit seiner Pranke fest am Handgelenk. Dunjas Gesichtszüge wurden finster. Alexander konnte darin jedoch keine Furcht erkennen, alles, was er sah, war die feste Entschlossenheit und der unbändige Stolz einer Frau, die sich um keinen Preis unterwerfen würde. Sie würde eher zerbrechen als sich zu beugen. Sie war zu allem entschlossen.

Pulski grinste breit. »Ich hasse es, wenn Frauen sich über die Männer stellen, widerstreben und nicht das tun, was von ihnen verlangt wird.«

Dunja sah ihn abschätzend an. Mit der freien Hand griff sie nach dem Messer und hielt es an seinen dünnen Hals.

»Lassen Sie bitte meine Hand los, Genosse Pulski!«, zischte sie entschieden.

Pulski schluckte schwer, sein Blick ruhte auf ihrem wohlgeformten Busen. In Gedanken sah er sie nackt vor sich auf dem Bett räkeln, mutmaßte Alexander und schmeckte bittere Galle, die ihm bei dem niederen Gedanken den Hals hinaufstieg. Das Messer schien diesem sexsüchtigen Kerl nichts auszumachen, auch verzog er keine Miene, als Dunja die Klinge an seine Haut presste, er grinste nur noch breiter. »Ich mag Frauen mit hartem Kern.« Er bleckte seine Zähne wie ein wildes Tier und strich ihr mit der linken Hand über den Po, mit der rechten hielt er sie immer noch am Handgelenk fest.

Verzweifelt zog sie einmal heftig – sie war versucht, sich aus der Umklammerung zu befreien.

Pulskis Finger schlossen sich immer fester um ihr Gelenk, sodass ihre Hand blau anlief. Die Adern schwollen unter der weißen Haut an und begannen zu pulsieren.

Als Alexander im Begriff war, aufzufahren, tat Dunja etwas, womit keiner der beiden Männer gerechnet hatte. Sie zog die Klinge über seine stoppelige Haut, ohne sie dabei zu verletzen. Pulski schluckte laut, sein Blick war auf einmal nicht mehr so gierig. Seine Pupillen wurden zu zwei schwarzen Punkten.

»Jetzt bin ich an Ihrer Schlagader angelangt. Ein heftiger Stoß, und ich lasse Sie wie ein Schwein verbluten, Genosse Pulski«, flüsterte sie.

»Das wagst du nicht, Weib«, zischte der aufgebrachte Kommandant. Seine Stimme vibrierte dabei. Doch er rührte sich nicht.

Dunjas Entschlossenheit, ihn vom Gegenteil zu überzeugen, war körperlich spürbar.

»Und ob«, sagte sie schlicht. Ihre Stimme klang kalt, fast schon teilnahmslos. Mit einer lässigen Bewegung zog sie das Messer sanft über die vom Wetter gegerbte Haut ihres Peinigers. Ein dunkler Tropfen quoll aus der Schnittwunde und rollte hinunter, bis er im Kragen verschwand.

Pulski ließ von ihr ab. Niemand sagte etwas. »Du genießt deine Immunität nur, solange dieser verdammte Jude noch lebt. Nur ihm hast du es zu verdanken, dass du noch …«, entfuhr es Pulski. Er ließ den Satz unvollendet.

»Halbjude«, verbesserte ihn Dunja wie einen kleinen Schuljungen und warf das Messer auf den Tisch. Danach sagte niemand mehr etwas.

Die Stille lastete schwer auf Alexanders Schultern und drückte unnachgiebig auf sein Gemüt.

»Die Kartoffeln sind fertig«, zischte Pulski. Er griff nach der Flasche und goss die beiden Gläser bis zum Rand voll. »Die Kartoffeln sind fertig!«, schrie er dann und ließ seine rechte Hand auf den Tisch knallen, sodass etwas von der milchigen Flüssigkeit über die Ränder schwappte. Der verschüttete Schnaps färbte die Platte dunkel. Durch sein aggressives Verhalten mühte sich Pulski ab, den Rest seiner verbliebenen Würde zu bewahren, stellte Alexander mit einem Anflug von Genugtuung fest.

Dunja sah Alexander an und schüttelte unmerklich den Kopf. Er zog seine Hand zurück, die sich unweit vom Messer befand. Angst strömte durch seine sämtlichen Glieder und ließ ihn verkrampfen. Er kam sich schäbig vor. Anstatt sie in Schutz zu nehmen, blieb er da sitzen und wartete die Situation, einem Feigling gleich, einfach nur ab.

»Ist schon gut«, flüsterte Dunja. Dieser Satz galt nicht Pulski, begriff Alexander. Vor Scham und Erleichterung senkte er seine Lider.

Eine Stimme tief in ihm drin sagte, es wäre jetzt besser, nichts mehr zu sagen, also schwieg Alexander.

Pulski nahm eines der Gläser und stürzte den Inhalt seine Kehle hinunter. Danach brach er sich etwas vom Brot ab, hob sich das dunkle Stück an die Nase, verzog sein Gesicht zu einer angewiderten Miene, und sog gierig die Luft ein. Fast in der gleichen Bewegung füllte er das Glas erneut.

»Du sollst deins auch nehmen«, sagte er und deutete mit dem Kinn auf das zweite Glas.

Alexander folgte seiner Anweisung, die einem Befehl glich.

»Auf den Sieg! Mögen unsere Soldaten die Deutschen dem Boden gleichmachen, sie und ihresgleichen, danach nehmen wir uns die Verräter und die Juden vor«, prostete Pulski ihm zu. Dieses Mal trank er den Schnaps langsam. Über den Rand seines Glases hinweg beobachtete er Alexander. Hohn und Verachtung spiegelten sich in seinen Augen wider.

Alexander beruhigte sich damit, dass ihm nichts anderes übrig blieb, als mit ihm zu trinken. Pulski schien mehr über ihn zu wissen, auch darüber, wie er seine Freunde während einer misslungenen Revolte verloren hatte.

Dunja stellte die Pfanne mit den dunklen, an manchen Stellen angebrannten Kartoffeln mitten auf den Tisch. Drei Gabeln wurden verteilt. Sie hielt ein Handtuch in der Hand, das Pulski ihr entriss. Mit geschützter Hand zog er die heiße Pfanne dicht vor seine Nase und stocherte mit der Gabel darin herum. Hastig stopfte er sich die dampfenden Kartoffeln in den Mund und sah die beiden laut schmatzend an. Seine Wunde blutete nicht mehr.

Alexander und Dunja beobachteten ihn stumpf. So hatten sie sich das heutige Essen nicht vorgestellt.

Der Schmerz in Alexanders Kopf legte sich ein wenig. Er lehnte seinen schweren Kopf an die Wand. Auch seine Lider wurden schwer. Das Schaben der Gabel sowie das Schmatzen versuchte Alexander zu ignorieren. Er spürte, wie etwas Weiches seine Finger ergriff. Vor seinen Augen verschwand sein Umfeld. Er kämpfte dagegen an, als sich Dunjas Hand auf die seine legte. Sein Atem ging schwer, sein Geist driftete ab. Der Schlaf machte seine Glieder schwer.

»Komm, ich bring dich wieder ins Bett«, flüsterte sie.

Alexander blinzelte.

»Wo ist …«

»Er ist gegangen«, unterbrach sie ihn mit müdem Lächeln.

»Willst du etwas von den Kartoffeln? Er hat noch welche übrig gelassen.«

Alexander wagte erst gar nicht, mit dem Kopf zu schütteln.

»Nein«, sagte er schlicht und stemmte sich auf die Beine.

»Du bist eingeschlafen«, antwortete Dunja auf die nicht gestellte Frage und Alexander nickte.

»Warum ich, Dunja? Warum kümmerst du dich um mich und begibst dich …«

»Sch, nicht jetzt, Alexander, nicht heute«, fiel sie ihm sanft ins Wort.

Alexander wankte. Seine Beine knickten bei jedem Schritt ein, und Dunja musste ihn beim Gehen stützen. Seine Kräfte waren erschöpft, auch Dunja musste sich anstrengen, um seinen klapprigen Körper nicht loszulassen.

Endlich hatten sie das Bett erreicht. Alexander stützte sich mit den Händen ab. Für einen Augenblick verharrte er in gebeugter Haltung, dann stieß er den angehaltenen Atem aus, versuchte sich, so gut es nur ging, zu entspannen. Seine Muskeln verkrampften sich, er zitterte am ganzen Körper. Ganz langsam drehte er sich dann auf die Seite und legte sich hin. Dunja hob seine Beine an und schob sie auf die weiche Matratze, damit Alexander endlich schlafen konnte. Doch dieser verlor das Bewusstsein.

# KAPITEL 32

## *Honig und Asche*

———

D er letzte Bienenstock war am schwersten. Michael und Onkel Emil stellten das hölzerne Häuschen auf den Wagen und stabilisierten es an den Seiten mit Grashalmen, indem sie einzelne Büschel zwischen die Stöcke und die Seitenwände schoben. Michael schwitzte aus allen Poren: Einerseits war es wirklich eine körperlich sehr anstrengende Arbeit, andererseits hatte er sich die ganze Zeit davor gefürchtet, eine dieser lebenden Bomben fallen zu lassen, doch zum Glück verlief alles reibungslos.

»Das haben wir für dieses Jahr gut gemacht«, lobte ihn Onkel Emil. Die Stirn in Falten gelegt, sah er in die Ferne, ihn schien etwas zu beschäftigen. Geistesabwesend strich sich der grauhaarige Mann über den Handrücken, der zwischen Zeige- und Mittelfinger eine rote Schwellung aufwies, die dem Mann nicht wirklich etwas ausmachte. »Hoffentlich wird das nächste Jahr ein anderes sein. Möge der Deutsche des Tötens überdrüssig werden.« Er tätschelte dem Pferd den Hals, band die Zügel los, die um den Schössling einer Birke geknotet waren, lief um das Tier herum, zog sich auf den Wagen und warf Michael einen fragenden Blick zu. »Wartet der vornehme Herr auf eine Extraeinladung? Oder mag er gefälligst seinen Allerwertesten auch hier heraufschwingen?«

Michael verzog seinen Mund zu einem Lächeln. Obwohl Onkel Emil schon so alt war, waren seine Bewegungen überhaupt nicht schwerfällig, worüber er jedes Mal staunte. Auch seine Körperfülle schien ihn in keiner Weise bei irgendeiner Tätigkeit einzuschränken. Michael wusste ganz genau, was Emil als Nächstes tun würde. Er holte seine Pfeife heraus.

»Wird's bald?«, setzte er trocken an, die Pfeife in seinen Mund steckend.

Der Bub sprang auf.

»Ist das Rauchen nicht schädlich?«, sprach Michael seine Sorge laut aus.

»Nein, dumme Fragen jedoch schon. Halt dich lieber fest«, forderte Onkel Emil ihn mürrisch auf. Als der Wagen sich in Bewegung setzte, ließ er ein paar Rauchwolken kräuseln, die sich in seinem Bart auflösten.

Darum blieb er von den Stichen verschont. Die Bienen wollten ihn gar nicht stechen, weil er durch und durch nach Tabakrauch stank, stellte Michael mit einem komischen Gefühl in der Brust fest. Er scheuchte eine der summenden Bienen von sich weg, die ihm direkt ins Gesicht geflogen war.

Adolf, der es sich zwischen Michael und Onkel Emil auf dem breiten Brett gemütlich gemacht hatte, jaulte auf und begann sich am Hintern zu lecken. *Tut mir leid, Kumpel,* flüsterte Michael in Gedanken. Die Vorstellung, schon wieder von einer der Bienen gestochen worden zu sein, zwang ihn dazu, sich an den Armen und am Kopf zu kratzen. Seine Haut juckte unheimlich, und er freute sich schon auf die warme Dusche heute Abend.

Plötzlich stockte ihm doch der Atem, als Onkel Emil das Pferd zum Stehen brachte und sich umständlich nach hinten drehte, um einen der Deckel anzuheben. Mit haarsträubender Gelassenheit legte er ihn mit der unteren Seite nach oben auf einem anderen Bienenstock ab. Mit ruhiger Miene zog der graubärtige Mann an seiner Pfeife, blies den Rauch über die aufgebrachten Bienen, holte einen der Rahmen heraus, um ihn mit ernster Miene zu betrachten. Er schien zufrieden.

Michael war klitschnass. Er wagte es nicht, sich zu rühren, seine Augen huschten hin und her. In seinem Nacken bildete sich ein Rinnsal, die Haare klebten nass auf der Kopfhaut, die Hände waren jedoch kalt, die Finger zitterten wie bei einem Todkranken.

Onkel Emil war das genaue Gegenteil. Immer noch gelassen, als gäbe es die Bienen überhaupt nicht, griff er an sein Hosenbein, dicht oberhalb seines rechten Stiefels. Erneut quoll eine Rauchwolke zwischen seinen schmalen Lippen hervor. Mit geübter Handbewegung zog er ein kleines Messer heraus, das er stets bei sich trug. Mit einer ruckartigen Bewegung schüttelte er die kleinen Biester ab, die wie ein Haufen lebloser Körper ins Innere des Bienenstocks fielen. Behände schnitt er dann ein handgroßes Stück aus dem Wabengebilde heraus und hielt es zwischen Daumen- und Zeigefinger fest. Mit der anderen Hand steckte er den Rahmen zurück, schnell legte er den Deckel wieder auf seinen Platz. Das Summen wurde lauter, dennoch blieb Onkel Emil von Stichen verschont. Auch Adolf schien sich beruhigt zu haben. Michael musterte den Hund, seine

Augen wanderten über seinen schmalen Körper. Eine dicke Beule, die sich unter dem dunklen Fell des Tieres gebildet hatte, ließ Michael laut ausatmen. Adolf warf ihm einen kurzen, verächtlichen Blick zu, zumindest bildete Michael sich das ein. Auf einmal fühlte er sich schäbig. Nach einem kurzen Blickkontakt ließ Adolf seine Zunge heraus hängen und hechelte, die schwarzen Lefzen glänzten in der Abendsonne. Der alte Hund schien zu lächeln.

Michaels Aufmerksamkeit wurde von einem dumpfen Laut abgelenkt, er hob den Blick und sah wieder hoch. Onkel Emil war vom Wagen gesprungen. Der Junge wankte und haderte mit sich selbst, was hatte der alte Mann jetzt schon wieder im Sinn? Das Wabenstück hielt er immer noch in seiner rechten Hand, die er leicht vor sich hingestreckt hielt. Er schien zu grinsen, nur mit den Augen, denn sein Mund war von den Barthaaren überwuchert, die Pfeife hüpfte in seinem linken Mundwinkel, aus dem rechten stieg eine kleine Rauchwolke empor. »Hier, das ist für dich«, sagte Onkel Emil. Michael blieb regungslos.

»Nimm es, schnell, verfluchte Scheiße. Steck's dir schnell in den Mund. Pass aber darauf auf, nicht von den Viechern gestochen zu werden.«

Onkel Emil schnaubte, packte mit der linken Hand nach Michaels rechtem Unterarm und legte ihm das Stück in die Hand. Michael fühlte die Wärme, aber auch die klebrige Flüssigkeit auf seiner Haut. »Du kannst darauf kauen, aber das Wachs darfst du nicht runterschlucken, sonst bekommst du …«

»Verstopfung«, vervollständigte der perplexe Michael den Satz, der von Onkel Emil unvollendet blieb, weil ihm das eine Wort nicht einfallen wollte.

»Genau«, stimmte ihm Onkel Emil zu.

»Jetzt komm aber schnell runter, ich glaube, eines der Räder ist von der Nabe gerutscht.«

Das ließ sich Michael nicht noch einmal sagen.

Onkel Emil klopfte derweil die Asche aus seiner Pfeife heraus, indem er sie sich gegen die linke Handfläche schlug. Ein kleiner grauer Haufen lag jetzt auf der vom Wetter rissigen Haut.

»Darf ich?«, krächzte Michael, der das Stück Wabe immer noch in seiner flachen rechten Hand hielt. Er deutete mit dem linken Zeigefinger auf das kleine Häufchen Asche.

Onkel Emil runzelte die Stirn. Auch sein Gesicht war staubig, sodass die Furchen darauf wie schwarze Striche aussahen, so, als habe sie ihm jemand mit einem Bleistift auf die Haut gemalt.

Der alte Mann folgte Michaels ausgestrecktem Zeigefinger und öffnete seine Hand, ohne recht zu begreifen, was Michael von ihm wollte. »Du meinst doch nicht die Asche?« Onkel Emil hüstelte. Mit geklärter Stimme sagte er dann: »Haben dir die Bienen ins Hirn gestochen?« Es klang nicht wie ein Witz. Tatsächlich schwirrten die kleinen Tiere um Michaels rechte Hand, die vom Honig zu glänzen begann. Michael drehte seine linke Hand um. Onkel Emil schüttelte ihm das kleine graue Häufchen, das immer noch warm war, auf den Handteller.

Michael pustete die Bienen weg. Die vom Honig triefende Wabe steckte er sich schnell in den Mund, dabei musste er mehrmals von dem weichen Gebilde abbeißen, damit das Stück, das golden glänzte, in seinen Mund passte. Die bittersüße Flüssigkeit kratzte in seinem Rachen und wollte nicht so recht hinunterfließen. Michael schloss für einen Augenblick die Augen. Er genoss den Moment der Wonne, und ohne es zu wollen, stieß er ein leises Stöhnen aus. Er schwelgte in den Erinnerungen an die friedlichen Tage, die er in den Ferien bei seinen Großeltern verbringen durfte. Sein Opa war auch Imker gewesen. Er sagte, dass der Honig antiseptisch wirkte. Michael fragte seinen Opa, was ›antisektisch‹ bedeutete. Opa hatte Tränen gelacht und wiederholte das Wort, sprach es dann aber ganz anders aus. Anti-bak-te-riell, sprach er langsam, jede Silbe betonend. Auch damit konnte Michael nicht viel anfangen. Sein Opa war nämlich auch ein Lehrer. Er war Chemiker und Biologe und noch etwas, das wusste Michael aber nicht mehr. Honig heilt Wunden. Er lässt Entzündungen abschwellen, klärte ihn sein Opa damals mit ruhigem Ton auf.

»Ist mit dir alles in Ordnung?«, riss ihn Onkel Emils Stimme aus seinem Tagtraum. »Das Rad ist Gott sei Dank noch dran, nur wollen wir hier keine Wurzeln schlagen. Manchmal bereitest du mir Sorgen«, brummte der Mann. Frustriert aufseufzend steckte er seine Pfeife zurück in die Hosentasche. »Du wurdest auch wirklich nicht gestochen?«

Mit vollem Mund schüttelte Michael den Kopf.

»Geht's dir gut?«

Michael nickte stumm und rieb immer noch schweigend beide Hände langsam aneinander, bis sich die Asche mit dem Honig zu einer grauen, klebrigen Masse vermischt hatte. Das Wachs in seinem Mund klebte jetzt an seinen Zähnen. Nun schmeckte es auch nicht mehr so süß. Ohne etwas zu sagen, blinzelte Michael die Erinnerung aus seinem Kopf. Er betrachtete seine Handflächen. Mit dem Ergebnis zufrieden, ging er auf das gebrechliche Tier zu, das ungestört graste und mit den Muskeln zuckte, damit die lästigen Fliegen sich nicht an die wunden Stellen setzten. ›Das war aber vergebliche Liebesmüh‹, sagte Michaels Mama oft, wenn eines ihrer Kinder etwas machte, was keinen Sinn hatte. Dabei lächelte sie immer. Doch oft griff sie ihren Kindern unter die Arme, wenn sie sich zu dumm anstellten. Michael blinzelte erneut, jetzt gesellten sich auch noch Tränen zu den Erinnerungen hinzu, die er nun wirklich nicht haben konnte.

Der alte Gaul, hob den Kopf und schnaubte. Seine schwarzen Augen schauten traurig zu Michael hoch. Er schrak nicht zurück und schnappte mit seinen abgenutzten Zähnen nicht nach dem Jungen, denn das tat er immer, wenn einer ihm zu nahetrat. Er stand einfach nur da und wartete ab, was als Nächstes geschah.

Michael legte ihm zuerst seine rechte Hand auf die Stelle, die sich hinter dem rechten Ohr befand. Dort war das Fell wie abrasiert, die helle Haut hatte drei tiefe Kratzer, die nicht verheilen wollten. Michael spürte das leichte Zucken. Das Tier hob das linke vordere Bein, schabte mit dem Huf über die Erde, ansonsten hielt es still. Michael gab sich größte Mühe, dem Pferd keine unnötigen Schmerzen zuzufügen. Mit äußerster Sorgfalt strich er mit der klebrigen Hand sanft über die Wunde. Der alte Gaul wieherte, rührte sich jedoch immer noch nicht. Er hörte sogar mit dem Schaben auf. Dann ging Michael auf die andere Seite und tat dasselbe, nur befand sich die Abschürfung unter seinem rechten Auge, auch dort strich Michael mit der klebrigen Hand darüber. Den Rest schmierte er dem Tier über zwei andere Stellen, die weniger schlimm waren.

»Wo hast du diese heidnischen Fähigkeiten her? Du meinst doch nicht wirklich, dass etwas Asche und Honig da was bewirken? Ich habe schon alles versucht, der alte Gaul ist einfach krank.« Onkel Emil versuchte anmaßend zu klingen, doch seine Stimme klang rau, so, als wäre er selbst nicht ganz von sich überzeugt.

Michael nahm das Wachs aus seinem Mund und sagte: »Ich weiß es nicht, aber mein Opa sagte, Asche und Honig helfen bei eitrigen Wunden.« Das war alles, was Michael von sich gab. Für einen Augenblick galt sein Augenmerk der Erde. Er suchte eine Stelle aus, die trocken und klumpig war, nahm einen der Brocken, zerrieb die Erde auf seinen Händen und bedeckte damit die Wunden. »Damit die Fliegen und andere Insekten sich nicht erneut an die Wunden ranmachen«, klärte er Onkel Emil auf, ohne die Frage gestellt bekommen zu haben.

Der verdutzt dreinblickende Mann zuckte nur die Achseln, nahm die Zügel in die Hand, stieg auf und zog den ledernen Riemen zweimal leicht an. Diese Bewegung war mehr symbolisch. Auch wenn das Tier alt und gebrechlich war, dumm war der alte Gaul nicht. Dann sprang Michael auch auf den Wagen.

»Was war eigentlich mit dem Rad?« Michael ließ seinen Blick über die Wiese schweifen.

»Ich muss es Zuhause genauer anschauen. Der Keil ist abgenutzt. Muss einen neuen machen«, lautete die kurze Antwort.

Der Wagen ruckelte, die Räder begannen zu quietschen, und einer der Bienenstöcke neigte sich leicht zur Seite.

Michael hielt für eine Schrecksekunde den Atem an und behielt die gefährliche Ladung die ganze Strecke ihrer kurzen Fahrt im Auge. Zum Glück blieb die befürchtete Katastrophe aus. Der alte Mann und der Junge, der leicht lädierte Hund wie auch der alte Gaul blieben von den Bienen und ihren Angriffen verschont.

# KAPITEL 33

## *Der erste Kuss*

Alexander fröstelte. Er wurde von Stimmen geweckt, die nichts als ein leises Flüstern in der Nacht waren. Neben dem Fenster tänzelte eine kleine Flamme und spiegelte sich in der Glasscheibe, die von der Dunkelheit mit schwarzer Farbe übermalt war. Alexanders Mundhöhle war trocken, die Zunge dick und rau, so als habe er Staub eingeatmet.

»Darum habe ich es doch auch bei einer Verwarnung bewenden lassen«, empörte sich eine männliche Stimme. »Aber die Anmeldung ist obligatorisch und kann nicht einfach so mir nichts, dir nichts ignoriert werden«, murmelte der Fremde weiter.

Alexanders Blick war getrübt. Er konnte nur unscharfe Umrisse erkennen.

»Ich weiß, Fjodor Iwanowitsch«, entgegnete Dunja.

Alexander blinzelte mehrmals und fuhr sich mit dem Handrücken über seine Augen, dabei gab er sich alle Mühe, sich durch nichts zu verraten. Nur befürchtete er, dass das Pochen in seiner Brust, das von der Aufregung, die in ihm aufstieg, herrührte, ohrenbetäubend und nicht zu überhören war. Auch das Rauschen in seinem Kopf hinderte ihn daran, dem Gespräch zu folgen. Er musste sich ziemlich anstrengen, um alles mitzubekommen.

»Dein Vater war mein bester Freund. Ich lasse dich nicht im Stich, Dunja. Aber der neue Kommandant ist ein arroganter Hund. Er ist Mitglied der Roten Partei. Er hat Macht. Dieser Pulski kann nach Belieben handeln.«

In Alexanders Kopf blitzte eine Erinnerung auf, es war nur eine kurze Abfolge von Bildern. Er sah, wie sein Freund Andrej und der Zigeuner von Kugeln der Soldaten getroffen wurden, auch er selbst entging dem sicheren Tod nur mit viel Glück. Wäre da nicht Dunja gewesen, hätte man ihn wie einen Hund in einen Graben geworfen und mit Dreck zugeschüttet. Die Gedanken daran erloschen zu einem bitteren Geschmack, der nach Erde und Blut schmeckte.

»Warum hängst du so an diesem Mann?« Die Stimme des Mannes wurde etwas lauter, eindringlicher, ja sogar fordernder. Anscheinend begriff auch er nicht, warum Dunja ausgerechnet ihn, einen Verräter, dazu noch einen Deutschen, zum Liebsten auserkoren hatte. War das Liebe?, huschte ein Gedanke durch Alexanders Kopf. Die Vorstellung, aufrichtig von einer Frau geliebt zu werden, hinterließ einen heißen Stich in seiner Brust.

»Ich weiß es nicht, ich kann es mir selbst nicht erklären. Ich habe mich nicht dazu entschieden. Es ist einfach passiert. Nehmen Sie es als einen Schicksalsschlag hin. Vielleicht werde ich meine Entscheidung irgendwann bereuen, zum jetzigen Zeitpunkt kann ich aber keinen klaren Gedanken fassen. Bisher blieb mir jedes Glück verwehrt ...« Sie verstummte.

Alexander schluckte, Enttäuschung machte sich in ihm breit und floss wie heißes Wachs durch seine Adern.

»Mein Herz hat sich dazu entschieden. Ich kann mich nicht dagegen wehren«, sprach Dunja mit belegter Stimme weiter. Sie weinte.

Ein dicker Kloß drückte Alexanders Luftröhre ab.

»Deinem Herzen kannst du nichts befehlen, es ist stur, eigensinnig. Es trifft eigene Entscheidungen.« Dunjas Stimme flatterte wie die Flügel eines Nachtfalters gegen eine Scheibe – leise und zerbrechlich.

»Du bist verheiratet …«

»… worden«, unterbrach Dunja mit kalter Stimme den Mann, den Alexander immer noch nicht sehen konnte. Nur Dunjas Gesicht flimmerte im gelben Schein der Petroleumlampe. Sie tupfte sich die Augen mit einem Tuch ab.

»Ich liebe meinen Mann nicht. Ich bin froh, dass er in den Krieg gezogen ist und wünsche mir nichts sehnlicher, als dass er nicht mehr nach Hause kommt. Und es ist mir egal, ob er dabei stirbt oder in Gefangenschaft gerät. Alles ist mir recht, nur soll er von mir fernbleiben. Ich hoffe, er kehrt nie wieder heim.«

»Sag so etwas nicht, Dunja. Ihr seid Mann und Frau!«, herrschte die Stimme sie scharf an.

»Das ist mir egal«, trotzte Dunja der Rüge wie ein störrisches Kind.

»Nun gut, auf jeden Fall musst du morgen früh aufs Amt. Dort muss *dein* Alexander täglich gemeldet werden. Daran gibt es nichts zu rütteln. Jeder Deutsche muss registriert werden. Und wenn er verstirbt, musst du auch dies unverzüglich melden.« In dem letzten Satz schwang so etwas wie Hoffnung mit. Aber Alexander konnte sich genau so gut verhört haben. Das Rauschen in seinem Kopf stieg wieder an, auch die Wut kochte in ihm hoch, und er ärgerte sich erneut darüber, dass er nichts weiter tun konnte, als zuzuhören.

»Morgen früh, hast du mich verstanden? Das darfst du nicht versäumen!«

»Das werde ich nicht«, nuschelte Dunja mit von Tränen belegter Stimme.

»Du kannst mit jedweder Unterstützung meinerseits rechnen, aber auch ich muss Regeln befolgen.« Alexander hörte, wie der Mann stöhnte, als er sich von der Bank erhob, deren Holz knarzte, auch die Dielen ächzten unter dem Gewicht des Fremden. Schritte polterten und wurden allmählich wieder leiser, als der unbekannte Mann endlich das Haus verlassen hatte.

Alexander lauschte der Stille und Dunjas leisem Atem, die immer noch am Tisch saß und stumm an die Decke starrte, die Hände hielt sie wie zu einem Gebet gefaltet.

Alexanders Kopf lag zur Seite geneigt, er wollte Dunja nicht erschrecken, darum sagte er nichts, sah sie nur an und dachte: Was wäre wohl aus ihnen beiden geworden, wenn … Er verwarf den Gedanken. Er wollte seinen Blick schon abwenden, als Dunja sich erhob. Ihm blieb nichts anderes übrig, als die Augen zu schließen. Er tat so, als würde er schlafen. Er versuchte dabei, gleichmäßig zu atmen, während sie auf ihn zukam. Wieder vernahm er ihren unverwechselbaren Duft nach Milch und Kräutern. Alexander musste schlucken, denn das fiese Gefühl der sich anbahnenden Angst, sterben zu müssen, regte sich erneut ihn ihm. Das laute Pochen seines Herzens war ohrenbetäubend. Eine warme Hand legte sich auf seine Stirn. Alexander schwitzte.

»Das ist gut, wenn du schwitzt, denn das bedeutet, dass dein Fieber sich senkt, Sascha«, hörte er Dunja flüstern. Sie nahm die Hand weg, trotzdem konnte er das Echo der Berührung immer noch auf seiner Haut spüren. Er schluckte erneut. »Hast du Durst, Sascha?«, ertönte ihre leise Stimme.

Alexander traute sich endlich, seine Augen zu öffnen. Sein Blick war trüb und klärte sich nur langsam. »Ja«, krächzte er.

Dunja verschwand aus seinem Blickfeld, blieb jedoch nicht lange weg. Als sie zurückkehrte, hob sie mit der linken Hand seinen Kopf leicht an. Behutsam flößte sie ihm etwas Wasser ein – Schluck für Schluck. Der hölzerne Krug an seinen Lippen war warm. Er nahm mehrere Mundvoll und dankte Dunja, indem er seine Lider schloss.

Das Gefäß polterte leise, als Dunja es auf dem Boden abstellte. »Jetzt musst du schlafen, Sascha«, flüsterte sie.

Alexander öffnete die Augen und sah sie durchdringend an. Sie wandte dieses Mal den Blick nicht ab. Eine gefühlte Ewigkeit schauten sich die beiden einfach nur an. Das Licht der Petroleumlampe flackerte und ließ zuckende Schatten über die Wände tanzen. Als Dunja im Begriff war, aufzustehen, setzte Alexanders Herz einen Schlag aus, seine Finger griffen nach den ihren. *Hast du den Schneid, Alexander, wagst du den ersten Schritt?*, fragte er sich selbst. Seine Hand umklammerte Dunjas Handgelenk, seine Finger schlossen sich langsam darum. Dunja hielt still und er zog sie ohne viel Kraftaufwand zu sich heran, es war nur ein sanftes Rucken. Sie folgte seiner

Geste. Mit geschlossenen Augen senkte sie ihren Kopf zu ihm herunter. Er spürte ihren warmen Atem auf seinem Gesicht, bis sich ihre Lippen berührten. Der Kuss war wie eine flüchtige Erscheinung, dennoch würde er sich Jahren später noch an diesen einen Augenblick erinnern können, das wusste er. Dunja erhob sich und strich mit einer hastigen Bewegung ihr Kleid glatt. »Ich werde den Tisch abräumen, dann gehe ich auch ins Bett. Ich werde oben auf dem Ofen schlafen«, flüsterte sie. »Gute Nacht«, fügte sie schnell hinzu. Noch bevor er etwas erwidern konnte, tippelte sie eilig davon.

»Gute Nacht«, wisperte er kaum hörbar und schloss seine schweren Lider.

## KAPITEL 34

# *Auf dem Heuhaufen*

Michael lag im weichen, nach Staub und vergangenem Sommer duftenden Heuhaufen. Die anderen beiden Jungen schliefen schon längst. Sie waren heute wieder bei den Holzfällarbeiten gewesen. Den ganzen Tag lang hatten Gregor und Konstantin von zwei Bullen Holzstämme aus dem Wald bis zum Sägewerk schleppen lassen. Michael blieb die meiste Zeit bei Onkel Emil. Er half ihm mit den Bienen oder auf dem Hof. Das Holz musste gehackt, das Heu gemäht oder eines der morschen Bretter ausgebessert werden. Michael wusste, dass er es bei Onkel Emil gut hatte. Dafür war er ihm sehr dankbar. Jetzt lag er einfach nur da und spielte mit dem Talisman, den er von Onkel Igor bekommen hatte. Wo war der große Mann jetzt?, sinnierte Michael, dabei strich er mit dem Daumen über die glatte Oberfläche. Vielleicht war die Münze mehr als nur ein Glücksbringer, überlegte Michael weiter. Mit der rechten Hand knetete er das weiche Wachs zu einer Schlange, die er sich um den schmalen Lederriemen wickelte. Er glaubte, den süßen Honig noch immer auf seiner Zunge schmecken zu können. Als er das weiche

Wachs zu einem Ring geformt hatte, der jetzt neben der Medaille baumelte, musste er an Onkel Emils Worte denken: »Uns wird berichtet, wenngleich spärlich, wie tapfer unsere Streitkräfte gegen die deutschen Invasoren kämpfen. Über die erfreulichen Ereignisse an der Front spricht jeder, dennoch wird verschwiegen, welche Verluste wir für den Vormarsch hinnehmen müssen. Millionen Menschen sterben, und wir freuen uns noch darüber. Genosse Stalin verfolg nur ein Ziel: Sieg – egal um welchen Preis. Ein toter Soldat ist eine Tragödie, Tausende lediglich Strategie.« Michael schob den unschönen Gedanken an den Krieg beiseite, verschränkte seine Hände unter seinem Kopf und gab sich Mühe einzuschlafen. Auch wenn er müde war, gelang es ihm nicht. Er atmete entrüstet aus, richtete sich im weichen Heu auf und fiel in eine stumme Starre. Sein Magen knurrte, er hatte Hunger. Sie waren schon lange nicht mehr im Räucherhaus gewesen. Zu groß war ihre Angst, beim Stehlen erwischt zu werden. Doch jetzt war die Gelegenheit günstig, überlegte Michael mit einem Prickeln im Bauch. Sein Bruder würde sich bestimmt über ein zartes Stück Fisch freuen. Sofort lief ihm das Wasser im Mund zusammen. Mit leichtem Kribbeln in den Fingerspitzen entschied er sich, heute Nacht etwas zu riskieren. Außerdem hing der Mond tief und hell über der Landschaft, sodass er keine Lampe benötigen würde.

Er stieg die Leiter herunter, tätschelte beim Vorbeilaufen den alten Gaul am knochigen Hinterbein und lief nach draußen. Von der Verzweiflung gestärkt, stürzte er sich in das gefährliche Abenteuer. Die Luft roch frisch und kühl. Michael stellte sich vor, wie er mit einem Haufen geräucherter Fische zurückkam, er würde seinen

Bruder und Konstantin wecken, jedem je zwei Fische in die Hand drücken und sich feiern lassen. Den Rest könnten sie ja hier oben verstecken, damit sie auch im Winter nicht hungern müssten. Bei dem Gedanken lachte er kurz auf, obwohl sein Herz vor Panik zu erstarren drohte. Er wollte schon umkehren, unterdrückte die aufkeimende Angst jedoch, als das leise Knurren in seinem Magen lauter wurde. In den letzten Tagen kam es bei der Essensausgabe schon des Öfteren zu Rangeleien. Oft wurden die verzweifelten Menschen handgreiflich. Einmal mussten Michael und Gregor ihr Brot mit Konstantin teilen, weil er es nicht schnell genug in seinem Mund hatte. Einer von den großen Jungs hatte ihm das klägliche mit Sägemehl gestreckte Stück Brot aus der Hand gerissen und mit einem einzigen Bissen verschlungen. Michaels Magen knurrte jetzt so laut wie der Schäferhund von Onkel Emil. Er musste sich beeilen, denn die Baumkronen wurden bereits vom zarten Leuchten der Morgenröte erhellt.

Er schlich wie ein Dieb, schaute sich unentwegt um. Die Erde unter seinen Füßen war kalt und klamm. Geisterhafte Gestalten tauchten überall auf, um sich im selben Moment wieder in der Dunkelheit aufzulösen. Das Flattern von Flügeln und das Rufen einer Eule trieb Michael kalten Schweiß auf die Stirn. Trotzdem bahnte er sich den Weg durch das nasse Gras, weil er eine Abkürzung nehmen wollte. Michael war überzeugt davon, dass jemand eine schützende Hand über ihn halten würde, und dieser Gedanke ließ ihn darauf hoffen, auch jetzt nicht im Stich gelassen zu werden. *Bitte, Mama, steh mir bei, ich will doch nur etwas zu essen holen,* flüsterte er kaum hörbar.

Endlich sah er die Konturen des Zauns vor sich. Er orientierte sich am dunklen Schatten des Wohnhauses, welches sich jetzt auf der rechten Seite befand. Dort ist auch die Eiche, die der Großvater von Onkel Emil gepflanzt hatte – oder war es sein Vater gewesen?

Ein Rascheln ließ Michael aufmerken. Er blieb stehen, lauschte. Ein Fuchs vielleicht, oder doch nur eine Ratte. Angestrengt horchte er weiter. Vergebens, alles, was er wahrnahm, war das stetige Rauschen in seinen Ohren. Langsam setzte er seinen Weg fort, die Augen wachsam. Er blieb an einem Gestrüpp hängen. *Ein Hagebuttenstrauch,* stellte Michael mit schmerzverzerrter Miene fest. Nur mühsam konnte er sich aus dessen stacheligen Fängen befreien. Seine Unterarme brannten wie Feuer. Er bereute sein Vorhaben nun mehr als einmal. Doch schließlich fand er den ausgetretenen Pfad wieder, der zum Fluss und später auch zu dem Räucherhaus führte. Alles, was er jetzt zu tun hatte, war, diesem Weg zu folgen.

Michaels Atem stockte aufs Neue. Als seine Hände den Zaun zu fassen bekamen, der das Anwesen eingrenzte, und schon im Begriff war, darüberzuklettern, blieb er wie angewurzelt stehen. Er stand kurz davor, den Hof zu verlassen, da wurde er von einem Schatten erschreckt, der wie aus dem Nichts links von ihm auftauchte. Ein bedrohliches Knurren wurde stetig lauter.

Michael hatte seine Rechnung ohne Adolf gemacht. Der blöde Hund war ein wachsames Tier, er ließ niemanden an das Hofgut heran, aber er hinderte auch jeden bis auf Emil daran, das Gelände einfach so zu verlassen. Der Bub schluckte trocken, als er die scharfen Zähne im fahlen Licht des Morgengrauens aufblitzen sah. Mit langsamen

Schritten taumelte der zu Tode erschrockene Michael rückwärts, zurück Richtung Scheune. Adolf folgte ihm wie ein Schatten, bis der Bub kurz vor dem großen Tor stand. Erst dann hörte das Knurren auf.

»Du bist ein blödes Viech, Adolf«, brummte Michael beleidigt, drehte sich um und verschwand in der Dunkelheit. Doch auf seltsame Art und Weise war er dem Hund auch dankbar. Michael tastete sich durch die Schwärze, die in der Scheune herrschte, bis er dicht vor der Leiter stand. Er hatte seinen Plan in die Tat umsetzen wollen, aber Adolf hatte ihm einen Strich durch die Rechnung gemacht, beruhigte Michael sich selbst. Ehe er auf die erste Sprosse stieg, sah er sich um. Tatsächlich harrte Adolf eine ganze Weile vor dem Tor aus, so, als wolle er sichergehen, dass Michael ihm nicht mehr entwischen würde. Erst als der Bub oben angelangt war, trottete der wachsame Hund davon. Michaels Puls flachte erst ab, als er sich neben die schlafenden Jungen gelegt hatte. Auf einmal ergriff eine bleierne Müdigkeit von ihm Besitz. Mit vor der Brust gekreuzten Armen lag er auf dem Rücken, seine Augen brannten, als er seine Lider schloss. Ohne es zu merken, schlief er doch noch ein. Er träumte von Maria, dem Mädchen, in das er sich unsterblich verliebt hatte.

## KAPITEL 35

# *November 1942*

H eute gehst du mit den beiden in den Wald, Mischa«, brummte Onkel Emil, dabei tastete er prüfend dem alten Gaul über die verheilten, fast schon vernarbten Stellen. Mit ernster Miene tauchte er seine dicken Finger, deren Nägel schwarz und bis an die Haut abgekaut waren, in eine Tonschüssel. Er strich die klebrige Masse aus etwas Honig und Asche über die gezackten Linien, die gräulich durch das Fell hervortraten. Mit pedantischer Sorgfalt verteilte er die heilende Paste gleichmäßig auf den wenigen Stellen, die immer noch nässten. Das gebrechliche Tier zuckte mit den Muskeln, blieb jedoch stehen. »Im Winter wirst du zur Mühle fahren müssen«, fuhr Onkel Emil fort.

»Jetzt gräme dich nicht so. Du bist doch kein Weib, Junge. Ich werde euch über den Winter nicht bei mir behalten können«, sprach Onkel Emil scheinbar ungerührt, doch Michael konnte eine leichte Veränderung aus der rauchigen Stimme heraushören. »Die Behausungen für die Deutschen sind für den Winter soweit fertig. Der Winter wird zu kalt sein, als dass ich euch weiter im Heu schlafen lassen kann«, murmelte Onkel Emil und drückte Michael die leere Schüssel in die Hände.

Der Tag war kühl und wolkenverhangen. Beim Atmen stiegen Michael und Onkel Emil kleine Dunstwolken aus Nase und Mund. Der alte Klepper schnaubte durch die Nüstern, ein weißer Schleier umhüllte seinen Kopf. Der alte Mann tätschelte dem Tier liebevoll die Rippen, die leicht durch das Fell hervortraten. »Ohne dich wäre das Viech schon längst verreckt oder ich hätte es geschlachtet, auch wenn es nichts auf den Knochen hat, aber Adolf würde sich über einen Pferdeknochen freuen«, scherzte Onkel Emil, beugte sich dann leicht nach unten, um Adolf hinter den Ohren zu kraulen. Der Wachhund saß hechelnd neben seinem Herrchen. Seine Lefzen hingen glänzend herab und entblößten die scharfen Zähne, es sah fast so aus, als würde Adolf dabei lächeln. Die wachsamen Augen des Schäferhunds huschten hin und her. Er wusste nicht, ob er ruhig bleiben sollte oder bellen. »Jetzt kannst du die beiden Schlafmützen aus den Federn scheuchen, nicht, dass ihr heute ohne Brot bleibt«, brummte der alte Mann versöhnlich. Adolf reckte seinen Hals und sah den Mann durchdringend an. »Du kommst mit mir, mein alter Freund, wir werden nach den Hühnern schauen.« Adolf legte den Kopf schief, seine lange Zunge, die leicht zuckte, hing aus seinem Maul heraus. Onkel Emil klopfte dem Hund einmal kräftig auf den Rücken. Ohne ein weiteres Wort zu verlieren, lief der alte Mann aus der Scheune. Ein kurzer Pfiff erklang und Onkel Emil hob seine linke Hand. Adolf keuchte gedämpft und folgte seinem Herrchen.

## KAPITEL 36

# *Bei der Brotausgabe*

Michaels Gaumen und Mund wurden wie fast jeden Tag trocken, sobald er an dem Tisch für die Ausgabe der Brotstücke stand, die vorher von Maria in schmale Streifen geschnitten worden waren. Der Duft war wie immer betörend, noch mehr brachte ihn aber der Anblick des jungen Mädchens aus der Fassung – Maria. Ihr langes Haar war stets von einem Kopftuch bedeckt, ihr Blick leicht nach unten gesenkt. Ihre Hände und die Schürze waren weiß vom Mehl. Heute war sogar ihre Nasenspitze weiß. Der Gedanke, dass er sie vielleicht bald nicht mehr sehen würde, weil sie die nächsten Tage woanders hinziehen würden, behagte ihm nicht. Aber noch war er guter Hoffnung, dass sie trotzdem zur Essensausgabe hierher kommen würden, denn schließlich sah Konstantin seine Mutter auch täglich. Ein heftiger Stoß gegen seinen Rücken brachte ihn wieder zurück in die Realität. »Beweg deinen Arsch, sonst bekommen wir heute wirklich nichts«, fauchte Gregor ihn an. *Er muss mich und Onkel Emil heute früh belauscht haben,* dachte Michael verärgert. »Deine Angebetete Maria ist nicht mehr frei, ihr Herz schlägt jetzt für jemand anderen, der nicht so dämlich ist wie du«, stichelte Gregor seinen Bruder weiter an und schob ihn vor sich her. Bei diesen Worten verflüchtigte sich Michaels Traum wie ein laues Lüftchen, die Hoffnung auf ein gemeinsames Leben mit Maria zerplatzte wie eine Seifenblase. Alles, was ihm blieb, war ein bitterer Geschmack auf der Zunge.

»Guten Morgen, Mischa«, erklang eine sanfte Stimme. Maria griff nach einem Stück Brot und hielt es Michael entgegen. Ihr Blick hob sich nur für einen kurzen Augenblick.

Michael öffnete den Mund und schloss ihn wieder, er bekam wie so oft keinen Ton heraus. Mit flatternden Fingern fuhr er sich über die Stirn und hasste sich sogleich dafür. Jedes Mal kam er sich dabei wie ein Idiot vor, weil er wie ein Taubstummer dastand und kein Wort herausbrachte. Egal, wie sehr er sich anstrengte, ganz gleich, was er sich zurechtlegte – er dachte sich sogar Sätze aus und lernte sie wie ein Gedicht auswendig – doch wenn es so weit war und er vor Maria stand, war alles weg. Sobald er das Mädchen erblickte, war sein Kopf leer, die Worte blieben einfach weg. Jedes einzelne Mal.

»Guten Morgen, Maria. Wie geht es dir? Du siehst heute gut aus.« Genau das wollte er dem Mädchen sagen, aber er hörte statt seiner Stimme die seines Bruders. Gregor stand immer noch hinter seinem Rücken, sein Kinn lag auf Michaels rechter Schulter. Michael sah auch, wie Gregor nach dem Brot schnappte, er hatte einfach seinen Arm unter den von Michael geschoben. Maria strich sich eine ungebändigte Strähne von der Stirn, mit dem Zeigefinger schob sie das blonde Haar zurück unter das graue

Kopftuch. Ihre Wangen bekamen rote Flecken. Auch sie war schüchtern und verlor selten ein Wort. Mit ihrer zierlichen Hand griff sie hastig nach dem nächsten Brotstreifen. Als sie bemerkt hatte, dass es ein Loch hatte, wollte sie das kleine Brotstück gegen ein anderes tauschen. Doch Michael langte schnell nach ihrer Hand, dennoch war sein Griff sanft. Er wollte ihr nicht weh tun. Ihre Hand war kalt und zitterte leicht. Oder waren es seine Finger, die so bebten und brannten?

»Die Löcher schmecken am besten«, krächzte er wie schon einmal zuvor. Diesen Witz hatte er von seiner Mutter aufgeschnappt, auch sein Bruder Alexander sagte es oft, wenn Mama den Käse in dünne Streifen geschnitten hatte. Anita wollte dann immer den Käse mit dem größten Loch haben. Jedes Mal kaute sie auf dem Loch und regte sich auf, weil sie nichts schmeckte als Luft. Michael musste schmunzeln. Er sah, wie Marias Mundwinkel sich leicht nach oben bewegten, ihr Wangen leuchteten in zartem Rosa.

»Michael, komm, wir müssen gehen. Maria hat sich in einen anderen verguckt«, sagte Gregor so laut, dass es jeder hören konnte, und damit zerstörte er alles, was Michael sich erhofft hatte.

»Gregor!«, begehrte Michael auf. Sein Ellenbogen traf Gregor in die Rippen, als er wütend nach hinten ausholte.

»Was denn? Ich habe sie im Wald gesehen«, keuchte Gregor und grinste.

Michael seufzte frustriert auf.

Gregor lächelte wohlwollend und zugleich genervt. »Komm jetzt«, zischte er dann. Das letzte Stück Brot verschwand in seinem Mund. Gregor schüttelte den

Kopf. »Alles, was ich gesagt habe, ist die pure Wahrheit, das schwöre ich beim Schwein von Onkel Emil.« Dann zwängte sich Gregor an Michael vorbei und lief hinaus.

»Nein, es stimmt nicht«, glaubte Michael die leise Stimme von Maria gehört zu haben, doch im selben Moment wurde er von den groben Händen einer alten Frau zur Seite geschoben.

»Die anderen wollen auch was essen«, rügte sie den Jungen mit zittriger Stimme. Ihre Oberlippe hing wie ein schlaffer Hautlappen herunter. Ihr von unzähligen Falten zerfurchtes Gesicht war so mager, dass ihre Wangen komplett eingefallen waren. Ihr Atem roch faul, die Kleidung miefte nach Schimmel und Erde.

»Weitergehen«, befahl eine Männerstimme. Zwei Soldaten, die am Eingang postiert waren, ließen die Menschen nur einzeln herein, damit die Situation nicht mehr eskalieren konnte.

Michael trat einen Schritt zurück, warf einen letzten Blick über die Theke, suchte nach Bestätigung. Maria schien gekränkt. Michael schloss dies aus ihrer Haltung, denn die Gesichtszüge des schüchternen Mädchens waren vom Kopf der Greisin verdeckt, weil ihr Rücken gekrümmt war. Sie hatte auch einen Buckel auf ihrem rechten Schulterblatt. Michael harrte aus, blieb mit dem Rücken gegen die Wand gepresst stehen. Endlich ging die alte Frau weiter.

Maria stand nur da. Mit vor Tränen glänzenden Augen sah sie ihn ohne jegliche Regung im Gesicht an.

Michael blinzelte schnell, er durfte nicht weinen. Richtige Männer weinten nie, das wusste er. Als er sich zum Gehen abwandte und den Ausgang ansteuerte, der sich auf der anderen Seite des Raumes befand, sah er, wie Maria unmerklich den Kopf schüttelte. Die Bewegung war kaum wahrzunehmen, trotzdem wusste Michael, dass sein Bruder schon wieder etwas verkehrt gedeutet hatte. Wie immer hatte dieser Schwachkopf eine Situation falsch interpretiert. Er war einfach ein dämliches Kind, das hatte einmal Papa zu ihm gesagt, als Gregor gemeint hatte, Gott sei von den dummen Kapitalisten erfunden worden, um den Kommunismus zu zerstören.

»Komm jetzt«, herrschte Gregor Michael von draußen an. Grob packte er Michael bei der Schulter. Gemeinsam liefen sie aus dem Gebäude. »Du bist so dumm. Wie kannst du dich in sie verlieben?«, zog Gregor seinen Bruder weiter auf, als sie endlich draußen waren. Er lachte schallend über sein dummes Auftreten, dabei kam er sich mächtig lustig vor.

Michael war so erleichtert darüber, dass Gregor ihn nur ärgern wollte. Trotzdem trieb ihn der Groll, den er gegen seinen Bruder hegte, zu etwas an, das schon längst überfällig war. Michael stopfte sich das Brot in den Mund, während Gregor ihn verdutzt ansah. Seine Augen huschten hin und her. Michael ballte seine rechte Hand zur Faust. Der Schlag kam unerwartet, blitzschnell sauste die Faust nach vorne und traf Gregor in die Magengrube.

»Bist du des Wahnsinns?«, keuchte Gregor. Er war von der Wucht des Angriffs überrascht worden. Der Schlag riss ihn von den Beinen, sodass er hart auf seinem Hintern landete.

Plötzlich schmeckte Michael auch das Brot wieder. Mit einem Mal zog sich sein Magen schmerzlich zusammen. Er hatte Hunger. Finster dreinblickend begann er an dem Stück Brot zu kauen.

»Okay, ich habe Mist gebaut«, gab Gregor klein bei. Michael stutzte, doch Gregor hegte keine bösen Absichten. Er klang ehrlich. Sein kleiner Bruder streckte ihm seinen Arm entgegen, er griff danach und ließ sich auf die Füße ziehen. »Ich habe immer noch Kohldampf«, brummte Gregor und ging in die Hocke. Wie so oft sammelte er kleine runde Steine auf, die er sich in die Hosentasche stopfte. Sie warteten auf ihren Freund Konstantin, der immer noch mit seinen Brüdern und seiner Mutter in der Schlange stand.

»Ob es das Räucherhaus noch gibt?«, nuschelte Michael mit vollem Mund.

Gregor sah zu ihm auf. Ein Sonnenstrahl tanzte auf seinem Gesicht und ließ ihn blinzeln, während er seine Hose am Hintern abklopfte. »Das kann gut möglich sein«, entgegnete er, dann ließ er einen der Steine über die Erde hüpfen. »Aber, wenn uns jemand dabei erwischt …« Gregor ließ den Satz unausgesprochen. Ein weiterer Stein verließ seine Hand, der noch weiter flog als der erste.

»Wir haben noch Zeit. Warte, ich komme gleich.« Michael lief zu der Menschentraube. Konstantin stand vor dem Eingang, der schmächtige Junge wurde von der Menge fast erdrückt.

Stimmen wurden laut, als die Wartenden Michaels Verhalten falsch gedeutet hatten. »Du musst dich hinten anstellen, du Bengel!«, rief ein gebrechlich aussehender Mann ihm zu, blieb jedoch in der Menge kleben. Dessen rechte Schulter war zwischen den Hüften zweier Frauen eingeklemmt, die sich darum überhaupt nicht zu scheren schienen, als sich dieser Mann mit der freien Hand zu befreien versucht hatte.

»Wir treffen uns bei Onkel Emils Haus«, flüsterte Michael Konstantin ins Ohr, die Schmährufe ignorierend. Dabei entging er nur knapp einer Ohrfeige, indem er schnell nach hinten sprang. Eine junge Frau holte erneut zu einem Schlag aus. Weil sie aber zu viel Schwung geholt hatte, wäre sie beinahe aus der Menge herausgedrückt worden. »Hey, ich war zuerst hier!«, schrie sie erschrocken auf. Jetzt konzentrierte sie sich auf eine andere Person, die Michael nicht sehen konnte. Der Hunger stiftete Menschen zu den aberwitzigsten Taten an. Jeder musste täglich damit rechnen, dass das Brot heute nicht für alle reichen könnte. Butter oder Milch gab es schon lange nicht mehr, nur etwas Brot, manchmal auch ein wenig Haferbrei. Jeder war sich selbst der Nächste.

Der Geruch nach geräuchertem Fisch stieg erneut in Michaels Erinnerung auf, alles, woran er jetzt dachte, war, sich den Bauch vollzuschlagen. »Wir treffen uns bei den Stallungen«, rief er Konstantin zu. Rückwärts entfernte er sich von der Menge. Gregor stupste ihn mit dem Ellenbogen an, woraufhin Michael stehenblieb.

»Wer als Letzter am Fluss ist, ist ein feiges Arschloch«, feixte Gregor und lief ohne abzuwarten los.

Michael sah, wie die Fersen seines Bruders den Staub aufwirbelten. Ohne sich wirklich zu beeilen, lief er schließlich auch los. Ein feiges Arschloch zu sein, machte ihm nichts aus. Solange er seine Maria für sich hatte, ging ihm der Rest der Welt am Arsch vorbei. Als sie die Siedlung verlassen hatten, rief jemand seinen Namen, doch Michael ignorierte die Rufe, er entschied sich schließlich doch dagegen, die Wette zu verlieren, außerdem wurde Gregor etwas langsamer. *Mal sehen, wer von uns das feige Arschloch ist*, dachte Michael und legte einen Zahn zu.

## KAPITEL 37

# *Wiedersehen*

---

Alexander traute seinen Augen nicht, als er zwei Jungen vorbeihuschen sah, die unweit von Dunjas Haus den schmalen Pfad entlang flitzten. Den ersten hatte er verpasst, aber den zweiten, der mit den verzerrten Gesichtszügen, der dem etwas größeren Jungen hinterherrannte, sah er so deutlich, dass ihm bei dem Anblick der Atem stockte. Mehr als ein krächzendes »Michael« brachte er nicht heraus.

Nur mit Mühe konnte er sich am Türrahmen festhalten, erneut explodierte ein stechender Schmerz in seinem Kopf. Alles um ihn herum begann sich zu drehen, selbst der Boden unter seinen Füßen gab nach. Seine Sinne schwanden, die Umgebung verschwamm vor seinen Augen, alle Konturen verloren an Schärfe. Ein dunkler Schleier senkte sich auf die Erde, und die Finsternis verschluckte die Welt. Alexander taumelte. Seine Finger lösten sich vom Holz, und wäre Dunja nicht in der Nähe gewesen, er wäre die Stufen hinuntergefallen. In letzter Sekunde konnte sie nach ihm greifen und zog ihn an sich. Seine Beine gaben nach, doch Dunja presste ihn fest an sich.

»Sascha, du bist noch viel zu schwach«, flüsterte sie erschrocken. Ihr Griff lockerte sich. Behutsam ließ sie ihn langsam zu Boden sinken. Alexander lehnte mit dem Rücken am Türrahmen. Der Blick war immer noch in die Richtung gerichtet, in die die beiden Jungen gelaufen waren. Der dunkle Schleier löste sich nach und nach auf, die bunten Farben kehrten allmählich zurück. Auch sein Atem ging wieder ruhiger, er konnte wieder richtig atmen, wenn auch nur stoßweise. Der Schwächeanfall ließ ihn endlich los. »Ich glaube, ich habe meinen kleinen Bruder gesehen, aber das kann gar nicht sein, denn sie leben in Russland«, sprach er seine Sorge laut aus. Eine heiße Träne kullerte über seine linke Wange. Er schluckte schwer.

»Komm, wir gehen zurück ins Haus, ich muss noch kurz zu Semjon Pulski, um dich anzumelden, nicht, dass es wieder Ärger gibt.«

Bei der Erwähnung dieses Namens lief Alexander ein kalter Schauer über den Rücken. Der Zorn verlieh ihm wieder Kraft. Mit zusammengebissenen Zähnen rappelte er sich hoch, Dunjas Warnrufe völlig ignorierend. Mehr aus Trotz als aus Überzeugung wollte er ihr beweisen, wie gut es ihm schon ging. Auch wenn er wie ein Betrunkener zurück in die Hütte taumelte, so hatte er es ganz ohne Unterstützung bewerkstelligt. Er schaffte es, ohne sich von Dunja stützen zu lassen, bis an das Bett. »Ich bin nicht schwach«, entfuhr es ihm. Die Bemerkung klang kälter, als er es beabsichtigt hatte. Aber im Moment waren es zu viele Emotionen, die ihn von innen heraus wie Gift zu zerfressen drohten. Er würde noch Jahre brauchen, um sie alle verarbeiten zu können.

Sein Herz raste wie eine Dampflokomotive und hämmerte gegen den Brustkorb. Er ließ sich nicht viel Zeit für die Rast. Immer noch schwankend hielt er sich an der Kopfstütze des Bettes fest. Aber er wollte sich, nein, er durfte sich nicht hinlegen, denn das würde seine Schwäche nur untermauern, was er um jeden Preis zu vermeiden versuchte. Er holte mehrmals tief Luft, wobei es in seiner Brust rasselte. Sein Blick war auf das kleine Fenster gerichtet. ›der Weg ist das Ziel‹, das waren Dunjas Worte gewesen. »Ich bin nicht schwach«, flüsterte Alexander erneut. In seiner Stimme schwang Zorn und Verbitterung mit. Er stieß sich ab. *Ich bin nicht schwach!*, spornte er sich an. Seine Füße waren schwer wie Blei, trotzdem kam er seinem Ziel immer näher. Einen Fuß vor den anderen setzend, überwand er die Strecke, ohne hinzufallen. Schwer atmend setzte er sich auf eine Bank neben dem Fenster, wo er schon viele Stunden während seiner Genesung verbracht hatte. Jetzt jedoch war sein Blick stumpf und nach innen gekehrt. Alexander war in seine Gedanken versunken, er dachte zurück an die schöne Zeit seiner Vergangenheit.

Dunja lehnte an der Tür. »Ich bin gleich wieder da«, sagte sie, doch Alexander nahm sie kaum wahr.

## KAPITEL 38

# *Eine dumme Idee*

Michaels Atem ging stoßweise. Sein Hals war so trocken, dass ihm die Zunge am Gaumen klebte.

»Du bist ein verdammtes Arschloch, Michael! Das war ungerecht, du hättest stehen bleiben müssen, als ich über den Scheißstein gestolpert und danach auf die Fresse geflogen bin«, keuchte Gregor. Er betrachtet seine Ellenbogen, die aufgeschürft waren.

Michael stand nach vorne gebeugt da und stützte sich mit den Händen an den Knien ab, auch seine Beine zitterten.

»Feiges Arschloch«, nuschelte Michael grinsend, das konnte er sich einfach nicht verkneifen. Ein fester Fausthieb gegen seine Schulter brachte ihn zum Torkeln, trotzdem tat ihm das Gefühl des Triumphs gut. Das war seine Rache für Gregors dummen Witz und die Bloßstellung in Marias Beisein.

»Das war deine eigene Idee, du feiges Arschloch«, flüsterte Michael erneut. Schnell wich er einem weiteren Fausthieb gekonnt aus.

»Jetzt müssen wir leiser sein. Wenn wir beim Klauen erwischt werden, reißt uns dieser Pulski Arme und Beine aus und steckt sie uns wie einen Blumenstrauß in den Arsch.«

»Du hast recht, wir dürfen jetzt kein Aufsehen erregen.« Michael wurde wieder ernst. Gregor schniefte laut und spie den schleimigen Klumpen in den Staub. Ein vertrauter Geruch stieg Michael in die Nase, der Duft von geräuchertem Fisch.

»Die Räucherhütte müsste dort drüben sein, wo der Fluss eine Biegung macht.« Gregor streckte seinen rechten Arm aus. Der Streit war schon wieder vergessen.

Michael rieb sich kurz die wehe Stelle, wo Gregor ihn erwischt hatte und die immer noch schmerzte.

Er ließ seinen Blick schweifen. Das Rauschen des Wassers machte ihn schwermütig. Gregor legte seinen Arm um die Schulter seines kleinen Bruders, und diesmal wies Michael ihn nicht von sich. Gemeinsam blickten sie zum Ufer.

»Fast wie bei uns Zuhause, habe ich recht, Mischa?«

Michael nickte stumm.

Das Schilf wiegte sanft im flauen Wind des Herbstes und raschelte leise. »Komm, lass uns gehen, nicht, dass unser Stotterfreund uns bei Onkel Emil verpetzt.« Gregor nahm seinen Arm wieder weg und lief voraus, Michael folgte ihm stumm. Er achtete darauf, nicht auf die abgebrochenen Halme zu treten, die wie spitze Speere aus der sumpfigen Erde herausragten. Auch mied er die Blätter, deren Kanten scharf wie Rasierklingen sein konnten.

Ohne jegliche Vorwarnung blieb Gregor stehen und lauschte. Warnend reckte er den rechten Arm in die Luft und drehte langsam den Kopf über die Schulter, sein Blick war fragend.

Michael zuckte unschlüssig mit den Schultern. Nichts.

»Hast du das gehört?«, flüsterte Gregor. Er drehte sich jetzt ganz herum und sah seinen kleinen Bruder mit glänzenden Augen an. Michael schüttelte verneinend den Kopf.

»Ich habe ein Wiehern gehört. Nicht, dass dieser Pulski uns gefolgt ist«, sprach Gregor leise weiter.

»Ach was. Warum sollte er das tun? Die Brotausgabe war noch nicht zu Ende, als wir gegangen sind. Außerdem haben sich da wieder welche geprügelt«, versuchte Michael Gregors aufgebrachtes Gemüt zu beschwichtigen. Gleichzeitig merkte er, dass sich sein Puls beschleunigte. Ehrlich gesagt wusste er nicht, wen er mehr zu beruhigen gedachte – seinen Bruder oder sich selbst.

»Du hast recht. Ich habe überreagiert. Komm, wir müssen uns trotzdem beeilen, die Hütte müsste dort bei der großen Linde sein«, sprach Gregor mit gedämpfter Stimme und zwängte sich weiter durch das Dickicht der Uferpflanzen.

Die Halme knackten verräterisch, doch der Hunger spornte die beiden Jungen an.

Endlich hatten sie sich durch das Schilfrohr durchgekämpft. Sie standen auf einem Erdhügel. Birken und Eichen wachten über die kleine Anhöhe. Das hohe Gras reichte ihnen an dieser Stelle bis zu den Knien. Die beiden liefen noch mehrere Schritte den Hügel hinauf. Hocherfreut über ihren Erfolg, von niemandem dabei erwischt worden zu sein, blieben sie vor der Räucherhütte stehen, die nicht mehr als ein Holzverschlag war. Es hatte den Anschein, als hätte jemand diese winzige, klapprige, vom Räuchern schwarzverrußte Hütte bis zum schiefen Dach in der Erde versenkt. Eine kleine Falltür in der steilen Überdachung diente als Eingang.

Gregor beugte sich nach vorne. Mit beiden Händen tastete er nach einem bestimmten Brett. Als er die Stelle fand, zog er den Deckel nach oben. Vertrocknete Äste mit verschrumpelten Blättern lagen auf der Klappe verteilt. Dieser Umstand verriet den beiden, dass hier seit Längerem keiner mehr gewesen war, um die zur besseren Tarnung dienenden Äste gegen ein paar frische auszutauschen. Die Scharniere knarzten laut, als Gregor den Deckel vollends nach oben zog. Er spreizte seine Beine weit auseinander, lief um die Hütte herum, dann ließ er den Deckel auf der anderen Seite auf die Erde fallen. Muffige Luft stieg den beiden Brüdern in die Nase.

Eine knorrige Leiter, der einige Sprossen fehlten und die zum Abstieg diente, stand schief an den Einstieg gelehnt.

»Du gehst als Erster«, sagte Gregor mit entschlossenem Blick. Während er seine vom klebrigen Ruß schwarzen Hände aneinander rieb, schaute er sich skeptisch um.

Aus dem Augenwinkel nahm Michael hinter Gregors Rücken eine Bewegung wahr, die seinem Bruder zuvor wohl entgangen war. Ein grauer Schatten huschte geräuschlos an den beiden vorbei und ließ ihn hart schlucken.

»Da ist jemand«, stotterte er und zeigte in die Richtung, wo er den Schemen vermutete.

Gregors Antlitz wurde bleicher als der Bauch einer Brache, stellte Michael fest, under spürte, wie auch ihm das Blut aus dem Gesicht wich.

»Erzähl keinen Scheiß«, entfuhr es Gregor.

»Doch, da ist jemand«, entgegnete Michael unwirsch.

»Konstantin, bist du das?« Gregor hüstelte sich den Frosch aus dem Hals. »Konstantin?«, krächzte er erneut. Nichts.

Da war der Schatten wieder. Michael packte seinen Bruder bei der Schulter und streckte seinen Arm aus. Mit dem Zeigefinger deutete er auf einen bestimmten Punkt. »Dort, siehst du es denn nicht?«

»Verdammt«, fluchte Gregor kaum hörbar. »Adolf?!« Dieses eine Wort klang wie eine Frage, aber auch wie ein Ruf der Verzweiflung.

Der Schatten bewegte sich auf die beiden zu.

»Adolf!«, presste Michael durch die Zähne. An seiner Hand, die immer noch auf Gregors Schulter lastete, spürte er, wie sein Bruder zitterte.

Eine dunkle Schnauze tauchte zwischen den grünen Halmen auf.

»Komm her, alter Köter. Was machst du hier?«, fuhr Michael schnell fort, seine Stimme vibrierte vor Erleichterung. Er nahm seinen ganzen Mut zusammen, tat einen tiefen Atemzug und ging langsam in die Knie. Dann rieb er Daumen und Zeigefinger aneinander, steckte sie sich in den Mund und schloss die Augen. Hochkonzentriert pfiff er leise eine Melodie, die er von Onkel Emil aufgeschnappt hatte. Er hoffte inbrünstig, dass Adolf seine Angst und das Zittern in seiner Stimme nicht wahrnahm.

Der Hund sah sich irritiert um, doch dann wedelte er plötzlich mit dem Schwanz, er schien sich zu freuen. Sein Hecheln ließ Michael auf ein glückliches Ende hoffen. Als Adolf seine Zunge herausstreckte, fiel Michael ein riesiger Stein vom Herzen und sein Pfeifen klang jetzt heller und melodischer. Mit gesenktem Kopf lief der Hund auf

Michael zu, sein buschiger Schwanz wedelte immer noch hin und her.

»Du darfst uns nicht verraten, alter Freund«, sprach Michael auf den Hund ein. Als Adolf nah genug bei ihm war, fuhren die Finger des Jungen tief in das dichte Fell und kraulten den knochigen Rücken. »Bist du wieder ausgebüxt? Bist du wieder auf der Pirsch? Habe ich recht? Na, habe ich recht, alter Freund?« Michael lächelte, seine Stimme bebte nicht mehr, auch seine Bewegungen wurden sicherer.

Adolf legte sich auf die Seite und ließ sich den Bauch kraulen. Sein Atem roch nach faulen Eiern. Als Michael sich zu weit nach unten beugte und Adolf ihm über die Wange leckte, musste Michael die Luft anhalten. Ohne sein Herrchen war der Schäferhund wie ein Schoßhündchen, stellte Michael nicht zum ersten Mal fest.

»Gregor, du musst nach unten steigen, ich werde hier Adolf solange bei Laune halten. Nicht, dass auch noch Onkel Emil in der Nähe ist, der wird sich wohl kaum am Bauch kraulen lassen. Er hat bestimmt wieder seinen Gürtel dabei.«

Dem konnte Gregor nicht widersprechen. Sie beide wussten, was eine Tracht Prügel bedeutete, auch war ihnen bewusst, wie schmerzhaft es war, wenn Onkel Emil seinen Gürtel sprechen ließ.

»Mach schon, Gregor!«, drängte Michael seinen Bruder zur Eile. »Braver Adolf«, sprach er besänftigend auf das Tier ein.

Als Adolf sich erheben wollte, drückte Michael ihn mit sanfter Entschlossenheit zu Boden. Mit beiden Händen fuhr er Adolf weiterhin durchs dichte Fell. Er sah, wie

Flöhe im hohen Bogen heraushüpften, widerstand aber dem Drang, sich selbst zu kratzen. Der Hund genoss die ungewöhnliche Liebkosung und lag nun mit geschlossenen Augen im Gras. Michaels Finger verkrampften sich von der ganzen Kraulerei, seine Schultern brannten, dennoch hörte er nicht auf.

Gregor verschwand endlich im Loch. Es dauerte keine Minute, da kletterte er schon wieder heraus. Enttäuscht hielt er nur zwei verschrumpelte kleine Fische in den Händen.

»Das ist alles, mehr ist da nicht. Außerdem hat mich dort unten jemand an der Schulter berührt. Lieber lasse ich mich von Adolf zerfleischen, als nochmal dort runter zu steigen«, berichtete Gregor mit vor Enttäuschung oder gar Angst bebender Stimme.

Adolf spitzte die Ohren. Er legte seinen Kopf schief, sah Gregor prüfend an, dabei schlabberte seine Zunge über die Schnauze und die dunkle Nase.

»Den einen essen wir hier auf. Wir müssen Adolf auch etwas davon abgeben«, sagte Michael.

»Braver Hund«, wandte er sich an Adolf.

Der Vierbeiner stemmte sich auf die Beine. Mit senkrecht stehender Rute bellte er zweimal. Michael sah seinem Bruder in die Augen. Adolf gab erneut ein gedämpftes Blaffen von sich. Immer wieder schleckte er sich mit der rosafarbenen Zunge über seine Schnauze, als habe er Michaels Worte verstanden.

»Er könnte dabei ersticken«, entgegnete Gregor trocken.

»So, wie der schlingt, wird er die Gräten nicht einmal bemerken. Dafür wird er uns nicht bei Onkel Emil verpetzen.«

»Er ist ein Hund, du dämlicher Idiot«, sagte Gregor und runzelte die Stirn.

»Ich meine, er wird uns treu sein. Das ist so bei den Hunden. Wer sie füttert, dem sind sie später treu ergeben.«

Ohne etwas zu erwidern, brach Gregor dem kleineren der beiden Fische den Kopf ab. Mit mürrischem Gesichtsausdruck roch er daran und war schon im Begriff, diesen dem Hund vor die Schnauze zu werfen.

»Nein, daran könnte er wirklich ersticken.« Michael nahm Gregor den geköpften Fisch aus der Hand. Sorgsam zog er an der verschrumpelten Seite die braune Haut weg und kratzte etwas von dem hellen Fleisch ab. Sein Magen knurrte und zog sich schmerzhaft zusammen, trotzdem streckte er seine Hand dem Hund entgegen, der gierig über seine Finger leckte. Die raue Zunge fühlte sich feucht und kalt an, stellte der Junge fest. Adolf sah ihn mit seinen dunklen Augen ergeben an. Michael zögerte, aber schließlich gab er dem Hund noch etwas von dem Fisch.

»Das reicht jetzt, Adolf. Jetzt sind wir dran«, bestimmte Michael, war sich jedoch der darauffolgenden Situation nicht sicher.

Der Hund sah ihn mit traurigen Augen an, was Michael dazu veranlasste, in die Hocke zu gehen. »Wir haben auch Hunger, Adolf«, versuchte er Adolf zu besänftigen. Abermals schleckte dieser ihm über Nase und Mund.

»Aus, Adolf! Du bist eklig«, zwang Michael den Hund lächelnd zur Räson.

Adolf nieste und stupste ihn mit der Nase an.

»Nein«, entschied Michael trocken und stand auf.

Den Rest des Fisches teilten sich die beiden Brüder gerecht auf. Gregor bekam die größere Hälfte, weil er der

Ältere war, so war es bisher immer gewesen. Den Kopf und die Gräten warf Gregor in den Fluss. Dann liefen sie schnell zum Hof zurück, und Adolf blieb die ganze Strecke treu an ihrer Seite. Der zweite Fisch steckte in Gregors Hosentasche.

»Wir haben vergessen, den Eingang zu verschließen«, fiel es Michael plötzlich ein, als sie schon ein gutes Stück gelaufen waren.

»Ist doch egal, dort gibt es nichts mehr zu holen«, entgegnete Gregor müde. Schweigend trottete er weiter, so, als wäre nichts gewesen. Ein dumpfes Traben von Pferdehufen ließ die beiden Brüder zusammenfahren. In vollendeter Verwirrung starrte Gregor seinen Bruder mit weit aufgerissenen Augen an.

Michael bekam es mit der Angst zu tun. Todesangst flutete und lähmte ihn. Als er den Reiter erblickt hatte, erstarrte er zur Salzsäule.

Niemand anderer als Semjon Pulski saß auf dem braunen Pferd und trabte schnurstracks auf sie zu. Erst als er ganz nah an den beiden Jungen war, riss er das Tier herum. Staub wurde zu einer grauen Wolke aufgewirbelt.

»Wohin des Weges, die edlen Herren?« Sein Grinsen glich dem bösartigen Zähnefletschen eines Raubtieres.

Er wusste Bescheid, mutmaßte Michael voller Sorge. Aus dem Augenwinkel nahm er wahr, wie Gregors Hand in dessen Tasche griff. Sie hatten ja den Fisch immer noch bei sich. Wenn Pulski ihn entdeckte, waren sie beide tot, dessen waren sie sich sicher, doch Michael wollte nicht sterben, egal auf welche Art.

Ein lauter Pfiff aus der Ferne ließ alle zusammenfahren. Selbst Pulski drehte sich um. Adolf schien der Einzige zu sein, der sich des Pfiffes erfreute. Sein buschiger Schwanz begann zu pendeln, er gab einen durchdringenden Laut von sich und schabte mit den Vorderpfoten über die Erde, wich jedoch den beiden Jungen keinen Zentimeter von der Seite. Michael wähnte sich in Sicherheit, zumindest baute er darauf, heute nicht sterben zu müssen.

»Adolf!«, hallte die tiefe Stimme von Onkel Emil zu ihnen herüber. Michaels Brust schwoll vor unsäglicher Freude an, sein Blick huschte hastig durch die Umgebung.

Onkel Emil Mann war nicht allein, ein schmächtiger Junge begleitete ihn. Es war niemand anderes als Konstantin.

»Wo seid ihr gewesen?«, brummte Emil. Er war leicht außer Atem. Die Anwesenheit von Semjon Pulski ignorierte er vollkommen, so, als existiere der Mann überhaupt nicht.

»Warum laufen deine Bengel frei herum?«, fuhr der Soldat den Mann, der um einiges älter als er selbst war, von oben herab barsch an.

»Weil es unerzogene Bengel sind. Und du, Adolf? Du steckst mit den beiden unter einer Decke, nicht wahr?« Plötzlich klang Onkel Emils Stimme sanft und überhaupt nicht anmaßend, so als spreche er mit einem kleinen Kind, das unartig war, jedoch nichts Schlimmes angestellt hatte. Adolf senkte schuldbewusst seine Schnauze, auch zog er jetzt seine Rute ein. Langsam kroch er zu seinem Herrchen und hob vorsichtig den Blick, woraufhin der ihn hinter den Ohren kraulte und ihm die Flanken tätschelte.

»Du Staubteppich – du bist ja voller Flöhe.« Onkel Emil klopfte dem Hund ein letztes Mal auf den Rücken. Mit ernster Miene sah er jetzt die beiden Brüder fragend an. »So, und nun zu euch beiden. Welche Ausrede habt ihr zwei Taugenichtse dieses Mal für mich auf Lager?«

Michael trat von einem Bein aufs andere und Gregor starrte auf seine nackten Füße.

»Ich habe kein Wort verstanden, was dieser Stotterjunge mir die ganze Zeit zu sagen versucht hatte. Eines weiß ich jedoch sehr genau, eine Tracht Prügel habt ihr alle mehr als verdient.« Eine ungewohnte Ruhe trat ein, die nur vom Schnauben des Pferdes unterbrochen wurde. Der Hengst wurde unruhig, als Onkel Emil den braunen Gürtel von seiner Hand abzuwickeln begann.

Nun lief auch Michael ein kalter Schauer über den Rücken. Nur ein einziger Gedanke hielt ihn davon ab, wegzurennen. Die Prügel bedeuteten, sie würden diesen Tag überleben.

»Wenn ich deine Bengel noch einmal ohne Aufsicht beim Spazierengehen erwische, zieht das Konsequenzen nach sich«, sprach Semjon Pulski mit gespielter Gefasstheit, riss die Zügel herum und gab seinem Pferd die Sporen. Erdklumpen flogen durch die Luft, doch Michael spürte gar nicht, wie sie sein glühend heißes Gesicht besprenkelten. Sein ganzes Augenmerk galt dem Gürtel, der abrupt erschlaffte, sobald der Kommandant außer Sicht war.

»Seid ihr des Wahnsinns?«, schrie Onkel Emil die beiden Brüder ohne jegliche Vorwarnung an. Grob packte er den Älteren der beiden am Kragen. Michael sah die Beine seines Bruders in der Luft baumeln. Dessen Kopf wurde puterrot, seine Augen traten vor Entsetzen hervor und er rang nach Luft. Schließlich ließ der aufgebrachte Mann von Gregor ab. Grob schleuderte er ihn auf den staubigen Boden.

Michael taumelte rückwärts. Doch das schmale Ende des Gürtels erwischte ihn dennoch am Hintern, sodass er einen heißen Schmerz zu spüren bekam, der jetzt durch seinen ganzen Körper kroch.

Der Schäferhund lief zu Gregor, der sich aufgerappelt hatte und sich hastig den Staub aus den Klamotten klopfte. Mit der Schnauze stupste Adolf ihn an der Tasche an, dort, wo der Fisch versteckt war. »Hau ab, Adolf«, krächzte Gregor und schob den Hund ihn von sich weg, worauf dieser zu knurren begann.

»Was hast du da versteckt?«, wollte Onkel Emil schnaufend wissen.

»Nichts!«, entgegnete Gregor matt.

Konstantin half Michael auf die Füße, seine Hände waren kalt und zitterten. »Wa…was ha…habt i…ihr ange… angestellt?«, flüsterte er kaum hörbar.

Die darauf folgenden Ereignisse sollten für immer in Michaels Gedächtnis bleiben.

Sein Bruder fasste in seine Tasche und zog mit zittrigen Fingern den verschrumpelten Fisch heraus.

Adolf sprang hin und her und leckte sich mit seiner rosafarbenen Zunge über die Schnauze, die vor Geifer glänzte.

Für einen Augenblick blieb dem alten Mann die Sprache weg. In der rechten Hand hielt er immer noch den Gürtel, mit der anderen fuhr er sich durchs graue Haar. Er sah Gregor ungläubig an. Nicht Zorn, sondern Mitleid spiegelte sich in seinen trüben Augen.

»Wo habt ihr diesen Fisch her?«, wollte er mit belegter Stimme von den beiden Knaben wissen.

Gregor sagte nichts, er deutete lediglich mit dem Kopf in die Richtung, aus der sie gekommen waren, dann liefen im Tränen übers Gesicht.

»Warum habt ihr den Fisch nicht auf der Stelle aufgegessen?«

»Wir wollten ihn teilen«, stammelte Gregor.

»Mit wem denn? Ihr wart doch zusammen dort. Du und dein Bruder.« Der alte Mann mit der zerfurchten Stirn konnte Gregor nicht ganz folgen.

»Mit Konstantin«, flüsterte Gregor. Er räusperte sich und wischte sich mit dem Handrücken über die Augen. Seine tief eingefallenen Wangen waren schmutzig und nass.

»Gib ihn mir«, verlangte Onkel Emil ruhig und streckte langsam seinen linken Arm aus. Gregor tat drei unsichere Schritte, während sein Blick unablässig auf den Gürtel in Onkel Emils rechter Hand gerichtet war.

»Wir essen ihn heute zu Abend, aber lasst euch eines gesagt sein: Klaut nie wieder was zu essen. Sonst knüpfen sie mich mit euch zusammen auf.« Mehr sagte der alte Herr nicht, als er den ausgedörrten Fisch in den Hosenbund stopfte und den Gürtel um seine Hand wickelte. Erneut ein Pfiff, dann drehte er sich um und lief Richtung Hof.

Die drei Jungen folgten ihm stumm.

Nach einer Weile roch Michael den ihm so vertrauten Pfeifenrauch. Allmählich legte sich die Sorge, und auch seine Brust schmerzte nicht mehr. Nur das stete Pochen in seinem Kopf war alles, was er wahrnahm, ansonsten hörte er nichts. Er lief einfach in seine Gedanken versunken mit Gregor und Konstantin an seiner Seite dem alten Mann hinterher.

# KAPITEL 39

## *Am Hof*

---

**M**ichael schwitzte. Obwohl die Luft kühl war, lief ihm der Schweiß in Strömen den Nacken hinunter. Onkel Emil blieb vor dem großen Scheunentor stehen. Die Pfeife hüpfte in seinem Mundwinkel, ohne zu qualmen. Keiner der drei Jungen wagte es, ihn anzusehen.

»Ihr alle geht heute in den Wald. Das wird euer letzter Arbeitstag bei mir sein. Ich weiß nicht, ob wir uns nächstes Jahr wiedersehen. Der Winter ist ein erbarmungsloser Gegner, er macht vor nichts Halt. Er kann schlimmer sein als der Deutsche. Der Vorrat an Essen ist knapp und wird mit jedem Tag weniger werden, also schnallt eure Gürtel noch enger. Gregor und Konstantin wissen, was sie zu tun haben, du, Michael, machst das, was dein älterer Bruder dir aufträgt. Wenn ihr gut gearbeitet habt, werden wir heute zu Abend noch einmal zusammen essen.«

Wie jeden Abend kochte Onkel Emils Schwester Gerstenbrei für sie. Ab und zu gab es auch Buchweizen. Trotzdem freuten sie sich immer, wenn es etwas Warmes zu essen gab.

»Wo habt ihr den Fisch jetzt eigentlich her?«, wollte Onkel Emil erneut wissen, als keiner sich rührte.

»Aus einer Räucherhütte am Fluss«, entgegnete Michael kaum hörbar.

»Gibt's da noch mehr?«

Die beiden Brüder schüttelten ihre Köpfe.

»Also gut, ihr vergesst den Weg dorthin, kapiert?«

Jetzt nickten die beiden.

»Ihr drei geht in den Stall und spannt die Ochsen ein. Michael, du gehst mit ihnen.« Onkel Emil haderte mit sich, dann kam er näher auf sie zu. »Nur um auf Nummer sicher zu gehen: Schreibt euch das hinter eure schmutzigen Ohren! Geht nie wieder dorthin.« Um zu verdeutlichen, was er mit dort gemeint hatte, zeigte Onkel Emil mit seinem bärtigen Kinn in dieselbe Richtung, in die Gregor gerade eben gezeigt hatte. Die beiden Brüder verstanden ihn, und auch Konstantin wusste, wovon der Mann sprach.

»Dann ist gut.« Emils Gesicht hellte sich auf, seine Augen waren nicht mehr stechend. »Ihr müsst heute mehr Holz denn je herbeischaffen«, wechselte Onkel Emil das Thema in versöhnlichem Ton.

»Und wenn die Ochsen nicht spuren? Einer der beiden lahmt«, wollte Gregor wissen.

»Das sind Bullen, keine Ochsen, die sind nicht kastriert, merk dir das, Junge. Später wirst du wissen, wozu du die zwei Nüsse zwischen deinen Beinen hast. Meine beiden Stiere sind noch komplett, an denen wurde nicht herumgeschnippelt.«

Michael glaubte, ein Augenzwinkern bemerkt zu haben, sicher war er sich jedoch nicht. Onkel Emil war nie leicht zu durchschauen. Nie wusste man, wann er einen Witz machte und auch Michael wusste nie genau, wann er sich einen Scherz erlauben durfte, ohne von Onkel Emil dafür gerügt zu werden.

»Wenn die beiden nicht spuren, macht ihr dem grauen Bullen Feuer unterm Arsch. Leonid ist der Anführer, der andere wird ihm dann schon folgen.«

Die drei Freunde nickten, ihre Münder verzogen sich zu einem schelmischen Grinsen. Lachend gingen sie zu den Tieren. Der alte Herr sah den drei Kindern nach, pfiff kurz und lief zum Haus.

Michael kniff die Augen zusammen, weil es in der Scheune viel dunkler als draußen war, und er für einen Augenblick die Umgebung nur vage wahrnehmen konnte. Den anderen beiden ging es ähnlich, auch sie blieben stehen und ließen sich etwas Zeit, sich an die Dunkelheit zu gewöhnen. »Wu...wusstet i...ihr ei...eigentlich, da... da...dass Ni...Nikolai sich er...erhängt hat?«

»Was? Wann? Wo?«, entfuhr es Gregor.

»Im Räucherschuppen, er wollte lieber je...jetzt sterben als an der Front. Er sa...sagte, die Faschisten würden einem die Ei...Eier abschneiden und Frau...Frauen vergewaltigen, um dann alle Ge...Gefangenen, auch Ki...Kinder in einem Haus einzu...einzusperren, um sie bei le...lebendigem Lei...Leib zu verbrennen«, flüsterte Konstantin stotternd.

»Woher weißt du das?«, wollte Gregor mit bebender Stimme wissen. Auch Michael verspürte ein leises Unbehagen und sah den Drachentöter vor seinem inneren Auge, wie er an einem Seil an der rußgeschwärzten Decke baumelte. Michael blinzelte mehrmals, um die Vorstellung aus seinem Kopf zu vertreiben.

»Mei…meine Ma…Mama hat es mir ge…ges…«

»Erzähl«, fiel Gregor ihm ungehalten ins Wort. »Wer hat ihn dort gefunden?«, wollte er schnell wissen.

»Sei…seine Schwester, vo…vor drei Tagen«, versuchte Konstantin sein Bestes, um nicht erneut zu stottern, scheiterte jedoch kläglich.

»Seine Schwester ist tot«, unterbrach Gregor das verzweifelte Stammeln von Konstantin.

»Er ha…hat noch ei…eine. Sie ist ein bisschen dumm, sagen die die Leu…Leute. Sie hat so la…lange geschrien, bis sie von ei…einem Jä…Jäger gefunden wurde.«

Michael taumelte rückwärts, weil er sich an die Nacht zurückerinnerte, in der er nicht schlafen konnte. Wenn der Hund ihn nicht aufgehalten hätte … Bei der Vorstellung, einem Toten – noch dazu in der Nacht – zu begegnen, bekam Michael eine Gänsehaut.

»Ich gehe da nie wieder hin. Jetzt lasst uns endlich die Ochsen …«

»Bullen«, verbesserte Michael seinen Bruder, ohne es beabsichtigt zu haben. Da er jetzt wieder alles sehen konnte, entging Michael der giftige Blick, den Gregor ihm zugeworfen hatte, nicht.

»Wenn du so schlau bist, kannst du ja auch gleich ohne uns die *Bullen*«, er betonte das letzte Wort, zog den Schleim die Nase hoch, und spuckte geräuschvoll aus, »in den Wald führen. Auch die Baumstämme darfst du gerne selbst festmachen.«

»Tut mir leid. Ich musste nur an den toten Nikolai denken.« Er war nicht gewillt, jetzt mit ihm zu streiten, und wollte die unnötige Konfrontation umgehen. ›Du sollst einem rollenden Stein einfach aus dem Weg gehen‹, sagte sein Opa immer, wenn Oma schlechter Laune war. Ein kleiner Schritt zur Seite reichte vollkommen aus, um den Zusammenstoß zu vermeiden. Michael tat jetzt diesen kleinen Schritt, und tatsächlich beruhigte sich Gregor wieder und lief zu einem der Holzpfeiler. Immer noch griesgrämig, schnappte sich dieser das Geschirr, während Konstantin ihm stumm folgte. Michael ging derweil zu dem Pferd hinüber, das er heimlich Pegasus nannte, und schmierte ihm die fast verheilten Wunden mit der grauen Paste aus Honig und Asche ein.

# KAPITEL 40

# *Im Wald bei den Holzfällern*

————

Die hellen Schläge der Äxte erfüllten den Wald mit lauten Klängen, die ab und an von Stimmen und warnenden Rufen unterbrochen wurden. Ein reißendes Ächzen ließ die Schreie lauter werden. »Baum fällt!« Ein lautes Krachen, dann ein prasselndes Rascheln, gefolgt von männlichen Stimmen, die nichts Gutes verhießen. Das trockene Knacken von Ästen oben in den Kronen ließ Michael gen Himmel schauen.

»Wir müssen weiter nach links«, fluchte Gregor. Er schlug einem der Bullen mit einem abgebrochenen Stock mehrmals heftig gegen die Flanke. Konstantin zog ihn mit vor Hast roten Wangen an einem Seil, das an den Nasenring des grauen Bullen geknotet war. Der Bulle muhte, verdrehte den Kopf, folgte dem Jungen jedoch, und auch das zweite Tier lief in die gewünschte Richtung. Blätter und Zweige fielen von oben auf sie herab wie Regen. Unzählige Tannennadeln rieselten auf die trockene Erde.

»Achtung!«, brüllte eine tiefe Stimme noch lauter als zuvor. Trotzdem nahm Michael diese kaum wahr. Das knackende Holz ächzte. Ein ohrenbetäubendes Krachen ließ die Erde erschüttern. Staub und Nadeln wurden aufgewirbelt.

Michael kam sich überflüssig vor, er wusste nicht, was er jetzt tun sollte. Unschlüssig taumelte er zu seinem Bruder, weil er vor sich nicht mehr viel sehen konnte. Der Staub kratzte in seiner Kehle.

Endlich war der Riese gefallen, stellte Michael mit weit aufgerissenen Augen fest, als er die mächtige Baumkrone unweit vor sich auf dem Boden liegen sah und schluckte trocken. Gregor schien von dem Geschehnis wenig beeindruckt zu sein, auch Konstantin ließ sich nicht aus der Ruhe bringen. Er schubste einen der Bullen weiter nach vorne, weil dieser mit einem Bein im Schlamm versunken war. Seine Anstrengung zeigte wenig Wirkung, bis Konstantin nach einem langen Ast gegriffen hatte und ihn am unteren Ende über seinem rechten Knie abbrach. Die dünnen Verzweigungen entfernte er mit einer raschen Abwärtsbewegung seiner geschlossenen Hand. Schon pfiff das dünne Ende des Astes durch die Luft. Der braune Bulle schüttelte mit seinem großen Kopf, als sich eine schmale Linie über seinen Hals zog, dort, wo ihn die Rute traf. »Beweg dich endlich, du faules Viech!«, brüllte Konstantin. Michael stellte fest, dass sein Freund plötzlich überhaupt nicht mehr stotterte. Er war auf seine Arbeit konzentriert, während Michael sich immer noch fehl am Platz fühlte und dumm herum stand.

»Pack ihn am Schwanz, Michael, und steh nicht einfach so da. Zieh in nach links«, fuhr ihn Gregor in barschem Ton an. Er zog Leonid bei den Hörnern mit vor Anstrengung verzerrtem Gesicht.

Michael wusste nicht, ob sein Bruder ihn nicht vielleicht verarschte. Doch dann sah er, wie Konstantin den braunen

Bullen tatsächlich am Schwanz packte. Mit beiden Händen zog er fest daran wie an einem Seil, kurz und heftig. »Hier, schlag ihn damit auf die Rippen, aber nicht zu fest, damit seine Haut nicht aufplatzt«, keuchte Konstantin. Er beugte sich schnell nach unten, schnappte die Rute, die an der Spitze zerfledert war, und warf sie Michael zu.

Michael fing den Ast geschickt mit der seiner Rechten auf. Ohne zu zögern, tat er wie ihm geheißen.

Nach gemeinsamer Anstrengung ließen sich die Tiere aus dem Graben führen, in den sie aus Versehen hineingeraten waren. Die Baumkrone versperrte ihnen zusätzlich den Weg.

»Seid ihr alle heil geblieben?«, wollte einer der Männer wissen.

»Geht schon«, entgegnete Gregor brüsk.

»Der ist an einem anderen Baum abgeprallt und ging noch mal schief«, scherzte der Mann. Er kletterte über den Baum und reichte Gregor den Arm, der den Gruß nickend erwiderte. Der bärtige Holzfäller, dessen sehnige Unterarme voller Kratzer waren, packte den grauen Bullen am Kummetgeschirr. Unbeirrt zog der Mann das Tier durch das Geäst. Äste knackten, Zweige wurden niedergetrampelt. Das Astwerk schlug Michael ins Gesicht und hinterließ dabei rote Striemen, die unangenehm brannten. Mit dem rechten Hemdsärmel blieb er an einem der abgebrochenen Äste hängen, worauf der Stoff augenblicklich riss und ihm ein großes Loch auf Höhe des Ellenbogen einbrachte. Er krempelte die Ärmel weiter nach hinten, bis zu seinen Oberarmen.

»Pass auf, das kann schnell ins Auge gehen«, meldete sich der Mann erneut zu Wort. Er war groß und schlank, sein blondes Haar war raspelkurz. Das Gesicht mager und von unzähligen Kratzern übersät. Sein Bart ließ ihn älter erscheinen, als er war. »Verstehst du mich?«

»Ja, ich heiße Michael«, antwortete Michael schüchtern.

»Also, Mischa, pass immer auf und schaue nie nach unten. Der Baum kommt immer von oben. Am besten, du gehst jedes Mal, wenn ein Baum fällt, hinter einem dicken Stamm in Deckung. Selbst ein Bär kann von einem Baum erschlagen werden.« Michael ist die Anspielung auf die russische Bedeutung seines Kosenamens nicht entgangen. Ein kurzes Augenzwinkern, dann drehte sich der gut gelaunte Holzfäller zu dem schmalen Pfad um, der von dem Baum flankiert wurde. »Obacht geben. In Ordnung?«, rief er laut, ohne sich erneut umzudrehen.

»In Ordnung«, bestätigte Michael.

»So etwas wie heute passiert uns eigentlich selten«, fuhr der Mann fort und wurde von Gregors Lachen unterbrochen.

»Wer's glaubt, wird selig«, prustete Gregor los. Jetzt lachte auch der Mann.

»Du sollst den Jungen nicht gleich an seinem ersten Tag einschüchtern. Sonst kommt er nicht mehr her. Wir brauchen aber jeden, der Arme und Beine hat«, sagte der große blonde Mann, packte Gregor mit gespielter Ernsthaftigkeit am Nacken und schüttelte ihn.

»Das ist mein jüngerer Bruder. Dumm ist er auch nicht. Schau dir doch dein Gesicht und deine Arme an, Alexej, das sagt doch alles über euch Holzfäller aus.«

Der Mann war viel älter als Gregor, er war um die dreißig, schätzte Michael, trotzdem duzte ihn sein älterer Bruder.

Alexej begutachtete seinen rechten Arm, sah auf die Hand, dann wackelte er mit den Fingern. »Es ist noch alles dran.«

»Noch«, schmunzelte Gregor, packte den linken Arm des Mannes, in der er das Seil hielt, mit dem er den Bullen an den Hörnern zog. »Und was ist damit?«

Tatsächlich. An dieser Hand fehlte Alexej der kleine Finger.

»Der hatte mich beim Hacken gestört«, war alles, was der Mann darauf erwiderte. »Kommt, wir haben für euch schon etwas vorbereitet.« Alexejs Stimme klang so, als spräche er von banalen Dingen, als wären sie alle gerade nicht haarscharf einem Unglück entkommen. Erneut waren Axthiebe zu hören. Hier und da stiegen die Männer die dicken Stämme. In schnellem Takt schlugen sie mit ihren Äxten dem Baum die dicken Äste ab.

Als Michaels Blick auf einen fertig bearbeiteten Baumstamm fiel, der auf einer Lichtung lag, wollte er nicht glauben, dass die beiden Bullen diesen Koloss von der Stelle wegbekommen sollten, geschweige denn den Stamm bis zu der Siedlung ziehen.

Wie so oft in seinem jungen Leben wurde er eines Besseren belehrt. Mit geübten Handgriffen kletterten Gregor und Konstantin von einer Seite zur anderen. Geschickt banden sie den von rauer Rinde überzogenen Baumstamm mit breiten Riemen und dicken Seilen fest. Michael half mit, überall da, wo er konnte und mit Verdruss musste er mehrmals feststellen, er stand den beiden öfter im Weg, als dass er ihnen half.

»Das wird sich nach einigen Tagen hier bessern«, munterte ihn Alexej auf, der danebenstand und die Arbeit der Jungs nicht ohne Anerkennung beobachtete.

Als Konstantin sich an Alexej vorbeizwängen wollte, hielt er ihn kurz im Schwitzkasten fest und rieb ihm mit seiner rauen Hand kurz über den blonden Schopf. »Selbst der Knirps hier, den keiner versteht, hat es schnell gelernt.«

Michael warf einen kurzen Blick zu seinem Freund. Er sah, wie sein ohnehin schon rotes Gesicht noch dunkler wurde. Ob vor Scham oder vor Entrüstung, das konnte keiner wissen.

Alexej ließ den Jungen wieder los und verpasste ihm einen leichten Arschtritt. »Ich lass euch jetzt allein.« Damit sprang er über den vertäuten Baum und verschwand im Dickicht.

Als sie endlich fertig waren, schnalzte Gregor mit der Zunge. Mit einer kurzen Handbewegung zog er den rechten Bullen am Nasenring, jedoch nicht so heftig wie vorhin. Leonids Nüstern blähten sich auf und er gab ein langanhaltendes Muhen von sich. Sein riesiger Kopf senkte sich gefährlich. Gregor zog ohne jegliche Furcht erneut an dem Seil. Der Bulle scharrte mit dem rechten Huf über den von unzähligen Ästen und Nadeln bedeckten Waldboden. »Jetzt zier dich nicht so«, brummte Gregor und setzte eine stoische Miene auf – wie die von Onkel Emil.

Konstantin klatschte dem zweiten Bullen mit der flachen Hand auf den breiten Rücken. Das schwere Gespann setzte sich nicht ohne Anstrengung in Bewegung. Langsam ging es endlich Richtung Siedlung, dorthin, wo das Holz zum Bauen von Blockhütten gebraucht wurde. Sie trafen noch auf weitere Tiere, die von Kindern, die alle etwa in Michaels Alter waren, geführt wurden.

Der Tag zog sich in die Länge. Gegen Abend spürte Michael seine Beine nicht mehr. Auch die zwei Bullen waren erschöpft. Die anstrengende Arbeit zehrte an ihren Kräften. Eines der Tiere humpelte leicht. Es war Leonid, der Bulle, der hier das Sagen hatte. Er lahmte auf dem rechten Bein. Sein Kniegelenk schwoll immer mehr an.

»Diesen Stamm müssen wir noch zur Baustelle bringen.« Gregor war müde. Sein Hemd war klatschnass, das dunkle Haar klebte an seinem Kopf.

»Aber es wird dunkel, wir werden auf dem Heimweg nichts mehr sehen können«, entgegnete Michael.

»Dann werden wir de…dem da Feu…Feuer u…u…unter'm Arsch ma…machen«, mischte sich Konstantin ein. Seine Augen funkelten böse. Er deutete auf den Bullen mit dem Nasenring und wedelte mit dem glühenden Stock, mit dem sie die Mücken verscheuchten, die zunehmend lästiger wurden, je weiter sich der Tag Richtung Abend neigte. Konstantin pustete auf die provisorische Fackel. Die Glut glomm auf und reizte seine Augen. »Der Kuhdung stinkt echt übel«, keuchte er naserümpfend.

Sie hatten getrocknete Kuhfladen gefunden und diese mit frischen biegsamen Ruten, die man sonst zum Korbflechten benutzte, an einem Knüppel festgebunden. Konstantin hatte Streichhölzer bei Onkel Emil stibitzt, dennoch dauerte es eine Weile, bis der Dung richtig glomm und rauchte. Konstantin war der Fackelträger und wedelte mit dem Stock in der Luft herum. Sie wussten nicht, ob diese selbstgebastelte Vorrichtung tatsächlich die Mücken abhielt, zumindest kam es den dreien so vor.

Konstantin reckte seinen Arm in die Luft und ließ die Fackel kreisen. »We…wenn er hei…heiß genug ist, werde i…ich seine Eier ankokeln.« Der blonde Junge brach in schallendes Gelächter aus.

»Genau«, grinste Gregor und klatschte sich auf die rechte Wange. Nur ein roter Blutfleck blieb von der Mücke übrig. »Kommt, lasst uns gehen«, trieb er sie an.

Tüchtig machten sich die drei wieder an die Arbeit. Die Fackel steckte solange in der Erde. Michael konnte den penetranten Gestank nicht mehr ertragen, aber die lästigen Blutsauger waren noch unangenehmer.

Schnell war der Stamm festgebunden. Jeder tat das, was er am besten konnte. Michael kannte nach der vierten Ladung die kniffligen Griffe fast aus dem Stegreif. So war der Baum schnell zum Transport bereit.

Konstantin schnappte sich als Erster seine stinkende Fackel, die jetzt sogar etwas Licht spendete, weil die Dunkelheit über den Wald gekrochen kam.

Das raue Holz schabte monoton über die Erde und hinterließ eine lange Furche. Erdiger Geruch vermischte sich mit dem Rauch. Michael war müde, seine nackten Füße waren taub und bleischwer.

Sie alle waren so erschöpft, dass niemand mehr etwas zu sagen vermochte. Jeder hing stumm seinen Gedanken nach, keiner wusste so genau, wie es in ihrem Leben weitergehen sollte. Plötzlich ertönte ein lautes Muhen. Leonid trat mit den Hinterbeinen nach hinten aus, er zerrte an den Ketten, die laut rasselten.

Michael rümpfte die Nase. Ein beißender Geruch nach versengten Haaren und verbranntem Fleisch breitete sich aus. Die Tiere wurden schneller. Er fragte sich, was da wohl geschehen war, bis er seinen Kopf nach hinten gedreht hatte. Konstantin hielt seinen glühenden Stock einem der Bullen zwischen die Beine. Eine helle Flamme flackerte auf.

»Bist du des Wahnsinns?«, fuhr Michael den verdutzt dreinschauenden Jungen an und schlug ihm den Stock aus den Händen.

Gregor zerrte so lange an dem dicken Seil, bis die Bullen stehen blieben. Leonid wedelte die ganze Zeit über mit seinem Kopf. Sein rechtes Hinterbein stampfte unaufhörlich auf den festgetrampelten Boden.

»A…aber Onkel Emil«, verteidigte sich Konstantin, lief zu dem brennenden Stock und hob ihn auf. Er trat die Blätter, die Feuer gefangen hatten, mit hastigen Fußtritten aus. Sein Gesicht war schmerzverzerrt, weil er mit seinem nackten Fuß wahrscheinlich auf einen spitzen Ast oder abgebrochenen Schössling getreten war, welchen er in der Dunkelheit und in dem Tumult übersehen hatte. Doch Michael war das egal. Ein kurzer Blick genügte ihm, um festzustellen, dass der graue Bulle zwischen den Beinen einen schwarzen Fleck hatte. An einer Stelle löste sich schon die Haut ab. Er sah rotes Fleisch und Blut.

»Das war nur ein Scherz, du Idiot«, presste er zwischen zusammengebissenen Zähnen hervor.

Konstantin zuckte zusammen. Jetzt suchte er mit einem verzweifelten Blick bei Gregor nach Bestätigung, die jedoch nicht kam, mehr noch, Gregor hob den Schwanz des Bullen an. Ließ ihn los, kniff die Augen zusammen und verpasste Konstantin einen heftigen Klaps auf den Hinterkopf, sodass aus der Fackel Funken davon stoben.

»Wenn der verreckt, macht Onkel Emil mit uns dasselbe, was er mit Bullen macht, damit sie zu Ochsen werden, du Depp! Du bescheuertes Stück Scheiße«, fluchte Gregor. Verzweifelt fuhr er sich mit beiden Händen durch sein Haar.

»Und jetzt?« Michael war sein Unbehagen förmlich anzusehen.

Konstantin stand nur da und war zu keiner Äußerung mehr imstande. Sein Gesicht war in ein orange-rotes Leuchten getaucht, um seine Fackel kreisten Insekten. Mit leisem Zischen verbrannten sie und fielen zu Boden.

Gregor schritt hin und her, war verzweifelt, er fühlte sich für das Ganze hier verantwortlich, dennoch hatte er keine Ahnung, wie sie jetzt vorgehen sollten.

»Wir müssen weiter. Wenn wir den Baumstamm abgeliefert haben, müssen wir uns der Strafe stellen, gemeinsam«, schlug Michael vor.

Gregor lachte auf. Sein Gesicht strahlte Verzweiflung und Wut gleichermaßen aus. »Was schlägst du da vor, mein lieber Bruder?« Provozierend senkte er den Kopf. Er war wieder auf Krawall aus, warum auch immer.

Michael stand ruhig da, auch als sein Bruder dicht vor ihm stand, die Hände zu Fäusten geballt. »Ich soll mich zusammenschlagen lassen, nur weil er zu blöd ist?« Gregors Lippen zitterten. »Oh nein, nicht schon wieder. Nicht bei so was.« Seine rechte Faust öffnete sich. Er deutete mit dem Zeigefinger dem verletzten Bullen zwischen die Beine. »Denn meine Eier will ich noch behalten. Ich habe keine Lust darauf, sie mir von Adolf abbeißen zu lassen.« Seine Stimme klang trotz des Zorns gemäßigt und spiegelte die Last des Unrechts wider, die ihm sein Bruder aufzubürden versuchte. Er war sichtlich nicht gewillt, die Schuld eines anderen auf sich zu nehmen. Die Sühne eines anderen zu tragen, damit war er nicht einverstanden. »Ich werde mich hüten, Onkel Emil das hier zu beichten, vergiss es!« Er zeigte mit gestrecktem Finger auf Michaels Gesicht.

»Was bleibt uns anderes übrig?«

»Na, wir sagen die Wahrheit, so, wie uns unsere Eltern das immer beigebracht haben.« Gregor öffnete seine beiden Hände und hob sie zum Himmel.

»Sie sagten aber auch, wir sollen immer füreinander da sein und zusammenbleiben, egal, was passiert«, entgegnete Michael stoisch.

»Pah, dass ich nicht lache. Wo sind sie denn, unsere Eltern? Ich sehe sie nicht. Sie haben sich einfach verpisst und uns allein gelassen. Wir, du und ich, sind alles, was von der Familie übrig geblieben ist«, presste Gregor aus sich heraus. Er mimte den harten Kerl, doch seine Fassade bröckelte. Tränen schossen ihm in die Augen, die er mit einer energischen Armbewegung wegwischte. »Wir sind auf uns allein gestellt, was zählt, sind du und ich. Du und ich, Michael. Du bist mein Bruder, ich hätte die Schuld auf mich genommen, wenn du es gewesen wärst. Verstehst du? Nur, weil du mein Bruder bist. Und der da, wer ist er? Ein dahergelaufener Stotterjunge, wegen dem wir ständig in der Scheiße stecken.« Gregors Stimme bebte.

»I…ich sa…sage, da…dass ihr ni…nichts da…damit zu tu…tun habt«, unterbrach sie Konstantin mit ausdrucksloser Miene. Die Augen stumpf, den Blick nach innen gekehrt, als hätte er mit seinem Leben abgeschlossen. »Scheiß auf mein beschissenes Leben«, fügte er schnell hinzu, ohne sich zu verhaspeln. Zwei glänzende Spuren zogen sich vertikal über seine Wangen und sammelten sich an seinem spitzen Kinn zu einem Tropfen, der in der Fackel leuchtend aufblitzte, um im selben Moment zu verschwinden. Konstantin weinte stumm. Das Weiß seiner Augen färbte sich rot, der glühende Stock in seiner

Hand erhellte sein Gesicht nur zur Hälfte, was seinem Aussehen etwas Bizarres verlieh. Hier im Wald war es jetzt schon dunkel, obwohl die Abenddämmerung noch nicht ganz angebrochen war. Der Mond war nirgends zu sehen, während der Himmel die gelbe Farbe eines Eidotters angenommen hatte.

Ein lauer Wind kam auf, das Feuer begann zu züngeln und warf unruhige Schatten auf Konstantins schmächtiges Gesicht. Er senkte seinen Blick, lief an den beiden Jungen vorbei, nahm den auf dem Boden liegenden Strick und zog einmal heftig daran. Die Hand zur Faust zusammengeballt, warf er sich das Seil über die Schulter. Jetzt führte er das Bullengespann den schmalen Pfad entlang, der sich durch den Wald schlängelte. Gregor und Michael folgten ihm schweigend.

## KAPITEL 41

# Am Hof

———

Die Sonne stand tief am Horizont, zeitgleich schimmerte der Mond leicht am grauen Himmel. Die schwach leuchtende Sichel verlieh der angespannten Atmosphäre einen falschen Eindruck der Behaglichkeit. Es war alles andere als friedlich auf dieser Welt. Michael fürchtete sich vor der bevorstehenden Standpauke. Er konnte die Anspannung in der abendlichen Luft förmlich knistern hören. Das Rauschen stieg stetig an, sodass er Mühe hatte, seine eigenen Gedanken zu hören. Sie standen vor dem großen Tor der Scheune und warteten zitternd auf ihren Henker. Auf dem Nachhauseweg kamen sie stumm darüber überein, sich gemeinsam der Strafe zu stellen.

Das Knirschen von Stiefeln auf dem staubigen Boden kam mit jedem Atemzug näher. Ein kleiner Lichtpunkt tänzelte in der Luft und wurde immer heller. Obwohl es noch nicht ganz dunkel war, hatte Onkel Emil seine Lampe dabei. Das Rauschen in Michaels Kopf war auf einmal verschwunden. Seine Glieder wurden steif, die Finger fingen an zu kribbeln, in seinem Bauch lag ein heißer

Klumpen und strahlte eine angsteinflößende Wärme in seine Beine aus. Seine Knie waren butterweich, der Kopf war schwer von Gedanken.

»Wo wart ihr so lange, ihr Taugenichtse?« Onkel Emil brummte schon von Weitem.

Michael hörte anhand der Stimmlage heraus, dass Onkel Emil sich bestimmt ein oder zwei Gläser hinter die Binde gekippt hatte. Das konnte zu ihrem Vorteil werden – oder auch nicht. Alles hing davon ab, aus welchem Grund sich der alte Mann etwas von dem Selbstgebranntem gegönnt hatte. Onkel Emil gab einen kurzen Grunzlaut von sich, dann endlich stand er vor ihnen. Die Petroleumlampe hing über ihren Köpfen, metallisch quietschend schwang sie am verbogenen Bügel leicht hin und her. Der Mann, der sie monatelang durchgefüttert und ihnen ein Nachtlager geboten hatte, starrte sie mit zusammengekniffenen Augen durchdringend an.

»Was habt ihr dieses Mal verbrochen?«

*Woher weiß er das?*, überlegte Michael. Konnte er es an unseren Gesichtern ablesen, oder roch er den Gestank nach verbranntem Fleisch?

Mit der linken Hand fuhr er sich, wie es seine Gewohnheit war, über den dichten Bart. Mit einer Beherrschung, die nichts zu erschüttern vermochte, sah der alte Mann zu den zwei Bullen, die unweit am Scheunentor standen. »Was ist mit Leonid passiert? Warum zittert er?« Emil brummte und sein dicker Bauch trat noch weiter hervor und spannte sein Hemd. Er tat einen tiefen Atemzug und plötzlich knickte eines der Beine des verletzten Bullen ein.

»Die Tiere waren müde, dann haben wir uns an Ihren Spruch erinnert«, entfuhr es Michael. Aus dem

Augenwinkel sah er, wie Konstantin einen Schritt nach hinten trat.

»Welchen Spruch?« Der Mann torkelte auf die Tiere zu. »Ach du meine Güte. Was zum Geier habt ihr Teufelsbrut da angerichtet?«, hörten sie ihn fluchen. »Wer von euch Deppen war das?«

Als Michael sich ein Herz fasste und sich umwandte, sah er, wie Onkel Emil den Schwanz des verletzten Bullen anhob, um die Fleischwunde genauer in Augenschein zu nehmen. Dabei hielt er die Lampe dicht zwischen die zuckenden Hinterbeine des Tieres.

Der Bulle muhte laut und wedelte mit dem mächtigen Kopf, sodass die Kette an seinem Hals rasselte.

Onkel Emil ließ den Schwanz los, fuhr sich mit den gespreizten Fingern durchs Haar. Langsam kam er zurück auf die drei Jungen zu. »Wer von euch dreien war das?« Er sprach jedes Wort einzeln betont aus. Seine rechte Hand schloss und öffnete sich dabei mehrmals.

»Sie haben gesagt, wir müssen uns heute beeilen. Falls die Bullen nicht spuren …« Michael verschluckte sich, er starrte die ganze Zeit zu Boden, doch dann entschied er sich, dem Mann in die Augen zu schauen, »… macht dem Bullen Feuer unterm Arsch«, wiederholte er den einen Satz, wegen dem sie jetzt tief in der Klemme steckten.

Dann geschah etwas, womit Michael niemals gerechnet hätte.

Onkel Emil begann zu lachen. »Bei euch muss man echt aufpassen, was man sagt. Ständig muss man damit rechnen, dass ihr das anstandslos in die Tat umsetzt. Ihr Deutschen macht tatsächlich alles, was man euch befehligt. Was soll ich nur mit euch machen?«, grummelte er. Der alte

Mann fuhr sich mit Daumen und Zeigefinger über die Augen. »Ich bin ja auch ein alter Narr …« Er klang jetzt eher müde als erzürnt. »Geht euch waschen, danach könnt ihr etwas essen«, brummte er. »Ich hole Stepan, wir werden den Bullen schlachten. Ihm ist ein Baumstamm gegen die Vorderbeine gerollt. Das vordere Knie ist angeschwollen, und eines seiner Beine ist gebrochen, sagt ihr?«

Die drei Jungen starrten den Mann verdutzt an. Zuerst begriff keiner von ihnen, was Onkel Emil da sagte. Dann nickten sie schließlich, selbst Konstantin verstand, dass es der offizielle Grund für das Schlachten des Tieres war.

»Fjodor Iwanowitsch wird zwar nicht begeistert sein, aber es war ein Arbeitsunfall, nicht wahr?« Onkel Emil sah sie noch einmal prüfend an.

Erneutes Nicken, diesmal noch heftiger.

»Jetzt seht zu, dass ihr von hier verschwindet, und sagt Ludmilla, sie soll euch etwas von dem Fisch geben. Vielleicht kann sie morgen einen Braten machen.« Der letzte Satz klang nicht sehr überzeugend.

## KAPITEL 42

# Haferschleim und Blut

———

Der Haferschleim schmeckte heute besonders gut. Eine wohlige Wärme breitete sich in Michaels Bauch aus. Auch Gregor und Konstantin löffelten die glibberige Pampe mit zufriedenen Mienen in sich hinein, ohne dabei von ihren Tellern aufzuschauen. Der Brei hatte heute einen leichten Fischgeschmack und war das beste Essen seit Langem.

Als die Teller leer waren, fuhren sie mit ihren Fingern über die Stellen, wo noch Essensreste klebten. Konstantin schleckte sogar mit der Zunge darüber.

»Ich habe nichts mehr für euch. Ihr könnt schlafen gehen, Nachschlag gibt es keinen. Ab morgen bin ich euch endlich los. Ich weiß nicht, warum mein Bruder so einen Narren an euch gefressen hat.« Ludmilla giftete sie an. Sie kam an den Tisch und riss den Kindern die Teller aus den Händen.

»Eure Rationen und die Essensmarken, für die ihr Hafer oder Gerste bekommt, reichen bei Weitem nicht, um eure Mäuler zu stopfen, doch mein dämlicher Bruder sieht es als seine Pflicht an, euch am Leben zu halten. Euretwegen plündert er den Ertrag unserer Ernte, der so schon dürftig ist, weil wir den größten Teil für die Soldaten an der Front spenden müssen. ›Das sind Kinder, und sie haben nichts mit dem Krieg zu tun‹, sagt er immer«, knurrte sie. Sie ahmte ihren Bruder nach, indem sie mit etwas tieferer Stimme sprach. »Aber ihr seid deutsche Kinder, und ihr seid für den Krieg mitverantwortlich. Das Unkraut sollte samt Strauch und Saat gejätet werden«, beendete sie ihre Hasspredigt. Sie lief um den Tisch herum, wischte mit einem feuchten Lappen über die Tischplatte, schnappte sich die schmutzigen Teller und lief schnellen Schrittes zurück ins Haus.

Auch wenn Michael kein Sättigungsgefühl verspürte und sein Magen knurrend nach noch mehr Haferbrei verlangte, fühlte er sich trotzdem so gut wie seit Langem nicht mehr. Auch schien sein Bruder förmlich zu schweben, als er sich mit ein wenig verzerrten Gesichtszügen erhob.

»Ich dachte, wir drei würden heute im Kochtopf dieser Hexe schmoren, nachdem uns Onkel Emil in Stücke gehackt hat«, sprach Gregor den furchteinflößenden Gedanken aus, der dem Michaels sehr ähnelte. Er sah sich nämlich neben seinem Bruder und Konstantin vor einem Graben stehen, drei Gewehrläufe wurden auf sie gerichtet. Niemand geringerer als Pulski gab den Befehl zum Erschießen.

»Ich ich da…dachte, er wird Adolf au…auf mich hetzen«, stotterte Konstantin und holte sie ein.

Gregor schlug ihn gegen die Schulter.

Konstantin rieb sich die Schulter, grinste aber breit.

»Du denkst wie immer zuerst nur an dich, Stotterjunge.«

Konstantin erlaubte sich denselben Spaß und boxte Gregor zurück, traf ihn jedoch nicht an der Schulter, sondern an seinem Kinn.

Der Älteste von den dreien war alles andere als gutmütig und ließ das nicht auf sich beruhen. Seine Rechte flog durch die Luft, und schmatzend landete sie mitten auf Konstantins Nase.

Michael packte seinen Bruder von hinten und hielt ihn an den Armbeugen fest. Der Grobian wollte sich befreien, er konnte es nicht bei der Entschuldigung bewenden lassen, die Konstantin vor sich her stotterte.

»Bitte Gre…Gregor. E…es tu…tut mir lei…leid«, stammelte Konstantin. Mit vor der Brust erhobenen Händen lief er rückwärts, während Gregor in Michaels Klammergriff zappelte. Fast schaffte er es, sich loszureißen.

Konstantin hielt jetzt die Hände schützend vor sein Gesicht.

Ein langanhaltendes Muhen, das in einem blubbernden Keuchen erstickte, ließ die Jungen zusammenzucken. Gregors Gegenwehr erlosch abrupt, und Michael ließ ihn los. Auch er sah jetzt in die Richtung, aus der der letzte Ruf des Bullen, dessen Tod sie zu verantworten hatten, zu hören war.

Michael fragte sich, wie es dem alten Mann gelungen sein mochte, so ein großes Tier zu töten.

Die ernüchternde Antwort bekam er nur kurze Zeit später zu sehen. Auf dem Boden liegend war der Kopf des Bullen mit einem dicken Seil an den Hörnern an einem massiven Pfosten fixiert, die Vorder- und Hinterbeine gefesselt. In dem zweiten Mann, dessen rechte Hand rot vom Blut glänzte, erkannte Michael Stepan. Er hielt einen

Eimer an den Hals des sterbenden Tieres und fing damit das strömende Blut auf. Nichts wurde vergeudet. In der Zeit, in der der Hunger herrschte, hatten die Menschen alles gegessen. Selbst Katzen wurden nicht verschont. Man konnte sie essen, nur schmeckten diese Biester ekelhaft. Das hatte Michael von Konstantin gehört. Er, seine zwei Brüder und ihre Mutter hatten ihre eigene Katze gegessen. Aber ohne Salz war das zähe Fleisch wie Stroh, hatte Konstantin den beiden Brüdern erzählt. Als sie in der ersten Nacht, die sie hier auf dem Hof verbracht hatten, lange wach gelegen und nicht hatten einschlafen können, sprachen sie von der beschwerlichen Reise und dem Leben davor. Auch Konstantins Dorf wurde geplündert, sie hielten sich mehrere Tage im Keller versteckt. Danach flohen sie in den Wald, die Katze war ihnen gefolgt. Als sie schließlich nichts mehr zu essen hatten, hatte die Mutter den Kater erwürgt. Später hatte sie ihm die Haut abgezogen und den schmächtigen Körper über einer Feuerstelle gebraten. Aber es nützte alles nichts, sie liefen zurück in die Siedlung und den Soldaten direkt in die Arme.

»Kommt her!« Onkel Emils Stimme riss Michael aus seinen Erinnerungen. Der bärtige Mann winkte sie zu sich. »Schnell, Fjodor Iwanowitsch kann jede Minute da sein. Bewegt euch, verdammt noch mal! Stepan, lass die Jungs etwas von dem Blut trinken. Ich will kein Wort von euch hören. Wenn ihr leben wollt, dann trinkt das Zeug.«

Wie paralysiert liefen sie auf den großen Mann zu, dessen Glatze im Licht der Dämmerung glänzte. Er hielt den Eimer in der rechten Hand und in der linken eine Schöpfkelle. Gregor war als Erster dran. Als er zögerte und den großen hölzernen Löffel nicht ergriff, schob ihn

Konstantin zur Seite. Der blonde Junge trank das Blut, ohne die Kelle abzusetzen.

Michael wurde es flau im Magen.

»Jetzt du«, brummte Stepan. Er tauchte den Löffel in den Eimer und reichte Michael den Schöpflöffel. Das Blut begann bereits zu gerinnen. Die glibberige warme Flüssigkeit schwappte in dem großen Löffel.

»Wenn du auch nur einen Tropfen verschüttest, wird Fjodor Iwanowitsch die Wahrheit erfahren«, drohte Onkel Emil.

Michael gab sich einen Ruck, schloss die Augen und trank. Der erste Schluck wollte nicht so recht seine Kehle hinunterfließen. Aber Michael zwang sich, das Blut hinunterzuwürgen. Er schluckte so lange, bis die Schöpfkelle leer war.

Gregor haderte nicht länger und leerte die Kelle mit wenigen Schlucken.

»Und jetzt macht, dass ihr mir aus den Augen kommt.«

Michael wischte sich ununterbrochen über die Lippen, lief dann aber, ohne sich umzuschauen, in die Dunkelheit der Scheune, die ihn geräuschlos verschluckte. Im Inneren roch es nach Mist und Heu – der vertraute Geruch würde ihm bald fehlen, denn schon morgen würden sie in das Haus von Konstantins Mutter ziehen.

# KAPITEL 43

D er Morgen war kühl, und dünne Bindfäden verhießen, dass der heutige Tag nass sein würde und der Herbst inzwischen vollends Einzug gehalten hatte. Michael lag wach, dann drehte er sich auf den Bauch und kroch bis an die Wand. Lange spähte er durch einen breiten Spalt nach draußen. Er konnte in dieser Nacht kein Auge zumachen, sobald er einschlief, verfolgten ihn Bilder, wie er dem Bullen mehrmals in den Hals stach, um in dessen Blut zu baden.

Als er so dalag und die Stimmen von draußen verstummt waren, kletterte er noch mal nach unten. Alles, was von dem Bullen übrig geblieben war, war eine rote Pfütze, die von dem schmutzigen Regen weggespült wurde. Eigentlich war der Regen nicht schmutzig, aber das sagte seine Mama immer, wenn draußen die Erde aufgeweicht wurde und sich in den Löchern im Boden tiefe Schlammpfützen bildeten. Danach kletterte er zurück ins Heu, lag schlaflos da und wartete auf den Morgen. Er drehte sich auf den Rücken und starrte hinauf auf die alten Balken des Dachstuhls, die voll von Spinnweben waren.

»Aufwachen, i…ihr Ni…Ni…Nichtsnütze.«

»Das heißt Nichtsnutze, du Arsch! Und hör auf, hier so laut zu brüllen.« Gregor fluchte immer, wenn er noch müde war. Er sprang auf und trat dem aufgebrachten Konstantin gegen das Schienbein, worauf dieser kurz aufschrie und hinfiel.

»Runter mit euch!« Eine tiefe Stimme von unten ließ die beiden Streithähne verstummen.

Michael wagte einen Blick nach unten. Dort stand, wie nicht anders zu erwarten, Onkel Emil, der sich gerade seine Pfeife anzündete. Nachdem er zwei der Streichhölzer angerissen hatte, schmatzte er verärgert mit den Lippen. »Wird's bald? Oder braucht ihr eine Extra-Einladung?«

»Wi…wir ko…kommen scho…schon!« Konstantin kam der Aufforderung schleunigst nach.

Als der Tabak zu qualmen begann, wedelte Emil die kleinen Holzstäbchen mit wenigen Bewegungen aus, warf sie auf den Boden und zerrieb sie unter der Sohle seiner Stiefel.

Jetzt erst fiel Michael auf, dass Onkel Emil einen Sack neben sich liegen hatte.

Ihre Blicke trafen sich kurz, und Michael wurde es kalt ums Herz. Er fasste an sein Medaillon, das sich warm von seiner Haut anfühlte. Er sprang er auf, klopfte die trockenen Halme von seinen Sachen ab und  kletterte dann die schiefe Leiter nach unten.

»Zieht euch aus, macht schnell«, herrschte Onkel Emil die drei ängstlich dreinschauenden Kinder an.

Sie zögerten.

Der alte Mann schnaubte und schüttelte entrüstet den Kopf.

Michael schaute in die Augen des Mannes. Darin spiegelte sich eher Mitleid als Unmut. Die Pfeife wanderte von einem Mundwinkel zum anderen. Qualm waberte um Onkel Emils Gesicht, den er mit seiner linken Hand wie ein lästiges Insekt vertrieb.

»Das, was ihr da anhabt, eignet sich höchstens noch zum Bodenwischen.« Emil beugte sich brummend nach unten, ergriff den Sack und zerrte fluchend an dem Knoten, der zu fest zugezurrt war. Dann, als seine knorrigen Finger den Knubbel endlich aufbekommen hatten, drehte er den Jutesack um und schüttete den Inhalt auf dem mit Heu bestreuten Boden aus. Michael traute seinen Augen nicht. Das, was er das sah, verschlug ihm den Atem.

»Müsste euch allen passen.«

Nun gab es kein Halten mehr. Die Jungen streiften ihre zerrissenen Klamotten von ihren nur noch von Haut zusammengehaltenen Körpern ab und griffen nach den Sachen, die auf dem Boden verstreut lagen. Michael erwischte eine Hose und ein rotes Hemd mit weißen Punkten, auch ein Paar Stiefel konnte er ab heute sein Eigen nennen. Die Zehen fühlten sich angenehm eingeengt an. Ein dünner Strick aus Leder hielt seine etwas zu groß geratene Hose fest um seine schmale Hüfte. Seine Kiefermuskeln taten ihm weh, weil er die ganze Zeit über wie ein Wahnsinniger grinste. Auch Gregor und Konstantin konnten ihr Glück nicht fassen.

»Hat alles meinem jüngeren Sohn gehört«, grummelte Onkel Emil, und war gerade im Begriff zu gehen.

»Onkel Emil«, rief Michael.

Der Mann mit dem graumelierten Haar drehte sich zu ihnen um.

Ohne lange zu überlegen, stürmte Michael auf den oft übel gelaunten Mann zu und klammerte sich an ihm fest. Er umarmte ihn und begann vor Glück zu weinen.

»Ist schon gut, Junge«, flüsterte Onkel Emil mit zitternder Stimme. Er klopfte Michael sachte auf den Rücken. »Ist schon gut«, sagte er immer wieder und kämpfte selbst gegen die Tränen. »Der verdammte Krieg ist an allem schuld, nicht ihr, und auch nicht eure Eltern.« Die schwere Hand des Mannes strich Michael jetzt über den Rücken, fast schon zärtlich – wie die eines Vaters. Das brachte Michael dazu, laut zu schluchzen.

»Ich glaube, ihr werdet jetzt abgeholt.« Onkel Emil räusperte sich, als er draußen das laute Bellen von Adolf vernommen hatte.

Eine leise Unruhe hatte sich seiner bemächtigt, als Michael mit sanfter Bestimmtheit weggeschoben wurde. »Wisch dir das Gesicht trocken«, entfuhr es dem Mann.

Michael tat, wie ihm geheißen. Tatsächlich wurden draußen Stimmen laut.

»Ich glaube, da…das i…ist mei…meine Ma…Mama«, flüsterte Konstantin. Auch seine Augen waren rot.

»Ja, deine Mutter ist da, sie holt euch jetzt ab, macht, dass ihr von hier verschwindet, ich werde jetzt die Tiere füttern, ihr kommt auch ohne mich zurecht.« Onkel Emil und schnappte nach einer Heugabel.

Michael sah, wie Onkel Emil mit dem Hintergrund zu einer Einheit verschwamm. *Werden wir uns nächstes Jahr alle wiedersehen können?*

# Erfahre wie die Geschichte
# von Mischa weitergeht ...

Mischa Teil 3
ISBN: 978-3986600709

www.kampenwand-verlag.de

# *Dir hat das Buch gefallen?*

---

Ich freue mich sehr, dass du mein Buch bis zu dieser Stelle gelesen hast. Wenn es dir gefallen hat, wäre es toll, wenn du ihm bei dem Online-Shop eine Bewertung gibst, bei dem du bestellt hast. Oder du schreibst bei einem deiner Lieblings-Buchportale eine Rezension.

Es ist nicht nur sehr schön, Meinungen zu meinem Buch zu lesen. Außerdem hilft es mir auch dabei, weitere Geschichten zu schreiben und neue Leser für meine Bücher zu finden.

**KAMPENWAND**
VERLAG

**Band 2**

**Band 3**

**Band 4**

**Band 5**

## Morgan's Hall Band 1
### Emilia Flynn

1938: Die Amerikaner John Morgan und Richard Cooper treffen in
Wien auf die Halbjüdin Isabelle. Beide verlieben sich in die Sie. Als
Hitler Österreich dem Deutschen Reich einverleibt, schwebt sie in
höchster Gefahr, und die Männer verhelfen ihr zur Flucht. Fortan
lebt Isabelle auf Johns Apfelbaumplantage. John hofft auf ihre Liebe,
doch insgeheim gehört Isabelle's Herz zu Richard.

Softcover, 564 Seiten
ISBN 978-3966984768

Mehr unter: www.kampenwand-verlag.de